Kimberly Knight

BURN FALLS

Traduzido por Marta Fagundes

1ª Edição

2021

Direção Editorial:	**Preparação de texto:**
Anastacia Cabo	Ana Lopes
Gerente Editorial:	**Revisão final:**
Solange Arten	Equipe The Gift Box
Arte de Capa:	**Diagramação:**
Bianca Santana	Carol Dias
Tradução	**Ícones de Diagramação:**
Marta Fagundes	Smashicons/Flaticon

Copyright © Burn Falls by Kimberly Knight, 2018
Copyright © The Gift Box, 2021

Todos os direitos reservados.
Nenhuma parte do conteúdo desse livro poderá ser reproduzida em qualquer meio ou forma – impresso, digital, áudio ou visual – sem a expressa autorização da editora sob penas criminais e ações civis.
Esta é uma obra de ficção. Nomes, personagens, lugares e acontecimentos descritos são produtos da imaginação da autora. Qualquer semelhança com nomes, datas ou acontecimentos reais é mera coincidência.

Este livro segue as regras da Nova Ortografia da Língua Portuguesa.

CIP-BRASIL. CATALOGAÇÃO NA PUBLICAÇÃO
SINDICATO NACIONAL DOS EDITORES DE LIVROS, RJ
Leandra Felix da Cruz Candido - Bibliotecária - CRB-7/6135

K77b

Knight, Kimberly
  Burn Falls / Kimberly Knight ; tradução Marta Fagundes. - 1. ed. - Rio de Janeiro : The Gift Box, 2021.
  288 p.

  Tradução de: Burn Falls
  ISBN 978-65-5636-087-4

  1. Romance americano. I. Fagundes, Marta. II. Título.

21-71721 CDD: 813
          CDU: 82-31(73)

Para Andie M. Long.
Obrigada por me ajudar a tirar essa história do papel.
Eu não teria conseguido sem você.

PRÓLOGO

DRAVEN
Chicago – 1928

De onde estava, na parte dos fundos da taverna esfumaçada, eu podia ouvir as notas abafadas do saxofone através da parede. Era o esconderijo perfeito para o que estava prestes a fazer com minha doce Mary.

Ela já se encontrava sem fôlego de tanto dançar em cima do palco na parte principal do clube de Jazz. Enquanto a maioria dos companheiros frequentava o puteiro ao lado, depois que o bar fechava, minha próxima diversão já se encontrava bem aqui. Ela gemeu quando ergui sua saia e enfiei a mão em seu centro.

— Onde está sua lingerie, Mary?

Ela mordeu o lábio inferior carmesim, e os olhos castanhos se focaram aos meus acinzentados enquanto sorria.

— Você me disse para não usar nenhuma.

— Boa garota.

Minha boca se encontrou à dela, e meus dedos começaram a penetrá-la. Eu conseguia sentir em sua língua o gosto do cigarro que havia fumado, enquanto a aproximava cada vez mais de mim. Não demorou muito e Mary gozou em meus dedos. Rapidamente abri o fecho da minha calça, desesperado para me afundar dentro dela antes de os caras virem atrás de mim para mais um jogo de pôquer.

— Vamos sair daqui e ir para o paraíso dos amantes — Mary implorou.

— Não posso esta noite, querida. Eu vou tirar cada centavo daqueles idiotas hoje, enquanto enchem a cara de uísque.

— Então amanhã, quando você sair novamente. Precisamos conversar...

Deixei a calça cair no chão.

— Conversar sobre o quê?

— Sobre a gente sossegar e formar uma família.

Kimberly Knight

Meu olhar se conectou ao dela outra vez.
— Você quer se casar?
— É claro que sim.
— Em pouco tempo?
— Pensei que o quanto antes seria melhor, já que estou carregando um filho seu.
Pisquei uma e outra vez.
— Meu filho?
Mary sorriu.
— Acho que estou grávida, meu amor.

Duas horas depois, era eu quem estava chapado do tanto de uísque que havia ingerido. Comemorei com meus companheiros porque, em breve, eu seria pai. Logo após Mary me contar que estava grávida, eu a enviei para casa, para que pudesse descansar. Com ela longe, tomei todo o dinheiro daqueles tolos – o suficiente para comprar uma aliança de noivado.

Havia sido uma noite muito boa.

Enquanto caminhava para casa, sentindo o perfume doce de Mary exalando de mim, cheguei a pensar em me esgueirar pela janela de sua casa, mas desisti, já que não queria que seu pai arrancasse minhas bolas. Ele, com certeza, ia me matar por eu ter engravidado sua filha. Eu só precisava torná-la uma mulher honesta – e rápido. Antes que ele descobrisse.

Mary sabia sobre todas as coisas que eu fazia à noite. Para dizer a verdade, ela me ajudava, às vezes, distraindo os outros jogadores ao revelar sua coxa e a cinta-liga que eles não estavam acostumados a ver com frequência – a não ser que pagassem por isso. Eu estava mais do que satisfeito em dominar as mesas de jogatina, passando a maior parte do meu tempo em antros e sem me importar com nada mais, exceto dinheiro e transar com Mary. Eu ainda me importaria com essas coisas, mas agora, aos vinte e quatro, minhas prioridades, finalmente, mudariam.

Cambaleei pela calçada até que fui barrado por um homem que se postou à minha frente.

— Eu gostaria de seguir por esse caminho se você não se importar de dar um passinho para o lado, companheiro. — Dei uma risadinha.

Ele não disse nada. Ao invés disso, sorriu, curvando o canto de seus lábios de um jeito muito mais desdenhoso do que amigável. Grunhi baixinho, nem um pouco a fim de me envolver em uma briga.

— Saia da frente, por favor.

— Não — o homem respondeu, por fim.

Pelo que pude ver através da minha visão borrada, ele era mais baixo que eu – que tinha mais de um e oitenta –, possuía a pele pálida e o cabelo escuro e curto. Se eu não estivesse mais bêbado que um gambá, seria facilmente capaz de derrubá-lo com um golpe só.

— Você quer o meu dinheiro? — perguntei, engrolado. Em seguida, peguei as notas do meu bolso e acenei em sua direção. — Aqui. Quanto vai custar pra você dar o fora do meu caminho?

Antes que eu me desse conta, ele já havia me agarrado pela gola da camisa. O homem se moveu com tanta rapidez que, num momento ele estava lá, e, no outro, uma dor excruciante no meu pescoço fez com que minhas pernas cedessem. Caí de joelhos enquanto sangue jorrava e empapava meu terno e se espalhava pelo asfalto ao meu redor.

— Por quê? — gemi em agonia. Foi a única palavra que consegui me obrigar a dizer enquanto meu sangue esvaía.

Pensei em Mary...

Pensei em nosso bebê...

Pensei nos dois vivendo sem mim...

E então apaguei diante da dor agonizante enquanto sangrava por todo o chão.

Quando acordei, não tinha certeza de onde estava ou por quanto tempo fiquei apagado. Eu não estava morto, a não ser que a vida pós-morte fosse assim, então pelo menos isso já era alguma coisa.

Eu estava amarrado a uma cadeira em um quarto minúsculo, escuro e sem janelas. A única luz que se infiltrava pelo aposento provinha de candeeiros na parede que ladeavam uma porta de metal, lançando um tom amarelado ao lugar. Pelo que pude perceber, o sangramento no meu pescoço havia estancado, a contar pela ausência de poças de sangue no chão ao redor, mas eu me sentia delirantemente fraco. Cansado. Será que eu realmente estava aqui? Talvez, em meu estado de embriaguez, eu tenha sonhado com tudo. Talvez ainda estivesse sonhando.

— Já ouviu falar em Renzo Cavalli?

Virei a cabeça na direção da voz masculina e observei o mesmo cara que me atacou dar a volta para ficar frente a frente. Seus passos eram lentos e calculados, como se eu fosse sua presa.

— Não.

— Capone?

— Quem nunca ouviu falar dele? — zombei.

— Então você sabe exatamente do que somos capazes de fazer.

Capone? O que eu tinha a ver com Capone? Eu me debati contra as amarras nos meus pulsos, sentindo as fibras ásperas dilacerando minha pele. Essa situação era muito, muito real.

A porta às suas costas se abriu, e um homem barbudo e de cabelo castanho e penteado para trás – que não era o Capone – entrou carregando o corpo sem vida de Mary.

— Obrigado, Samuel. Eu assumo daqui.

Assim que o tal Samuel saiu do quarto, o homem segurou o corpo de Mary pela nuca, na minha frente, como se fosse um troféu, seu sangue escorrendo pela camisa branca, cujas mangas ele havia enrolado até os cotovelos. Meu corpo retesou enquanto eu observava o sangue esvaindo de uma ferida no pescoço, e, mais uma vez, tentei me libertar das amarras. Dessa vez, eu queria rasgar esse cara em pedaços por tê-la machucado, bem como ao meu filho não nascido.

— Senhor Delano — o homem disse meu nome com desdém. — Diga-me, você já ouviu falar em vampiros?

Ignorei sua pergunta, ainda tentando me soltar das cordas apertadas.

— Eu vou matar você, seu patife miserável!

Ele afastou o corpo de Mary e a encarou, ainda mantendo o agarre firme em sua nuca.

— Por quê? Por causa dela?

— Você não precisava ter acabado com a vida dela. Ela estava esperando um filho meu! Eu teria te dado todo o meu dinheiro.

— Sinto muito pela sua perda — ele disse, friamente —, mas não é o seu dinheiro que quero. Eu sou Renzo Cavalli, e mando nesta cidade toda.

BURN FALLS

Eu nunca tinha ouvido falar desse cara antes. Capone era o único homem que controlava Chicago, e este idiota não era ele.

— Capone manda nesta cidade.

Cavalli deu uma risada debochada, ainda segurando o corpo inerte de Mary.

— E de quem você acha que ele recebe ordens?

Pisquei, confuso.

— O quê?

Ele sorriu. *O filho da puta sorriu.*

— Vou te perguntar mais uma vez: você já ouviu falar de vampiros?

Revirei os olhos.

— Já assisti ao filme *Nosferatu*.

Com um leve movimento do braço, ele arremessou o corpo de Mary contra a parede, o som doentio de seus ossos se partindo por conta do impacto. Meus olhos arregalaram ao perceber que sua força ia além do que os humanos poderiam fazer. A bile subiu à garganta quando meu estômago nauseou.

— Você se acha engraçado? Ninguém fala comigo desse jeito e continua vivo para contar a história. Eu sou Renzo Cavalli, e agora sou seu dono.

— Você vai precisar me matar antes de se tornar meu dono!

Ele riu e suas presas projetaram quando abriu a boca.

— Isso não é verdade. Não vou te matar. Vou te transformar e, dessa forma, você não terá escolha a não ser trabalhar para mim.

— M-me t-transformar?

— Você terá milhares de anos quando perceber que foi apenas um peão no meu jogo. Apenas um soldado.

Ele agarrou minha cabeça com brutalidade, segurando pelo cabelo castanho-escuro e curto. Meu couro cabeludo parecia estar em carne viva quando do ele expôs meu pescoço e mordeu do outro lado. Mais uma vez, tentei me libertar das amarras que me mantinham imóvel na cadeira, mas não havia nada que pudesse fazer além disso enquanto ele chupava meu sangue.

Eu estava atordoado quando Cavalli se afastou e limpou a boca, manchando o dorso de sua mão com meu sangue carmesim. Em seguida, ele riu.

— Como pode ver, sou um vampiro de setenta e nove anos.

Setenta e nove? Ele não parecia ser mais velho do que eu. Senti dificuldade em engolir e em falar, ainda me recusando a acreditar.

— Vampiros não existem.

Ele agarrou minha cabeça e me obrigou a olhar para o corpo brutalizado de Mary. Então, ele se dirigiu até onde ela estava e a ergueu usando apenas as pontas dos dedos.

— Isso é prova o bastante? — Em um golpe só, arrancou sua cabeça e largou seus restos mortais aos meus pés, no chão.

— Estou sonhando — murmurei, incerto se estava falando para mim mesmo ou para ele. Nada disso fazia sentido, e a única conclusão lógica era a de que eu ainda estava dormindo.

Quando se aproximou de mim outra vez, ele começou a rir.

— Você vai aprender, muito em breve, que está enganado. Está na hora de encerrar essa discussão e selar seu destino no meu jogo, Draven.

Renzo mais uma vez empurrou minha cabeça para trás e então mordeu seu próprio pulso.

— Beba, garoto. Complete a transformação para que eu possa realmente ser seu dono.

Ele empurrou o pulso contra a minha boca, e assim que a primeira gota tocou meus lábios, fui incapaz de resistir e me apeguei a ele como uma sanguessuga. Era difícil descrever o nível da fome que senti pela força vital que escorria de sua veia. Era quase como sentir o primeiro sabor de alguma comida após anos de inanição.

— É o bastante — ele disse, afastando o pulso de minha boca. Então, ele se foi em um piscar de olhos, e o único ruído que restou foi o da porta metálica se fechando com força.

Fui deixado naquele quarto sem janelas, enquanto esperava para acordar deste pesadelo. Senti como se o próprio diabo tivesse aberto a fornalha quando tudo por dentro começou a queimar, espalhando-se como uma dor agonizante por todo o meu corpo.

Enquanto o pesadelo seguia firme, estive vagamente atento a alguém soltando meus grilhões. Meus membros estavam fracos, devastados e renovados, meu corpo se tornando retesado. Quando a dor finalmente me abateu, senti-me resvalar ante a inconsciência.

Outra vez.

Ao abrir os olhos, novamente, percebi que conseguia enxergar claramente em meio à escuridão, apesar de a luz dos cadeeiros ter se extinguido.

Pisquei algumas vezes para me adaptar com a acuidade da minha visão. Um cheiro se infiltrou pelas narinas, um aroma muito mais potente e agradável do que qualquer bebida que já saboreei. Virei para o lado e meus olhos arregalaram quando senti o cheiro ferroso – de sangue.

Meu olhar se focou no corpo de Mary, e sem pensar duas vezes, eu a despedacei, em busca de cada gotícula restante de sangue. Depois de ter consumido tudo o que podia de seu corpo destruído, lambi os dedos para me assegurar de não ter deixado escapar nada. Assim que a pele estava limpa, encarei minhas malditas mãos.

Eu era um monstro.

Soquei a porta de metal diversas vezes, sem cessar, mas sem sucesso. Eu estava aprisionado, trancado em uma masmorra – talvez para sempre.

Quando a porta finalmente se abriu, um tempo depois, uma garota foi empurrada para dentro do quarto, e eu parti para cima dela antes de sequer perceber qual era a cor de seu cabelo, de seus olhos, ou até mesmo a idade que devia ter. Eu não dava a mínima. Tudo o que me importava era o seu sangue. Alimentei-me rapidamente antes de rasgar sua garganta como se fosse uma besta selvagem.

Eu era a besta.

Detectei o som da aproximação de alguém, e sorri internamente. Eu havia aceitado o meu destino, mas já estava bolando um plano.

A porta se abriu e mais uma mulher foi empurrada para dentro. A necessidade de me alimentar estava começando a diminuir com o tempo, mas toda vez que alguma *comida* entrava na minha cela, a luxúria por mais sangue fluía pelo meu corpo, tornando-me incapaz de resistir à fome. Eu sabia que era errado me alimentar de um humano, mas não conseguia me controlar. O veneno que corria pelas minhas veias era como o pavio de uma dinamite sendo aceso, e tudo em que eu pensava era em saciar meu apetite.

Mas não desta vez.

Agora eu queria minha liberdade. Voei pelo quarto e agarrei o vampiro pela garganta antes que ele fosse capaz de fechar a porta. A mulher fugiu, gritando histericamente enquanto eu lutava contra o vampiro, de um lado ao outro, tentando superá-lo, até que fui arrancado de cima dele e arremessado contra a parede. O cimento esfarelou ao meu redor e a dor por causa do impacto amenizou quase que na mesma hora, já que meu corpo agora se curava com rapidez.

— Olhem só, parece que Draven sobreviveu à transformação — Renzo disse, encarando-me de cima.

CAPÍTULO 1

CALLA
Seattle - dias atuais

Suspirei e me joguei contra a cama, com vontade de chorar porque o jeans que cabia até sexta-feira passada, agora não queria mais abotoar. Eu sabia o motivo: minha mãe. Três semanas atrás, fui visitar minha família para o Dia de Ação de Graças, e desde então tenho comido tudo o que aparece pela frente.

Donuts às segundas na sala de descanso: confere.

Pizza no almoço nos dias chuvosos: confere. E, claro, em Seattle, parece que todo dia é chuvoso.

Margaritas às sextas: confere.

Frustrada, enviei uma mensagem de texto à minha amiga, Valencia:

> Vou pular nossa sexta-feira de Margaritas. Não consigo abotoar a porra do meu jeans!

Alguns segundos depois, ela me respondeu:

> Coloque uma calça legging e engole o choro!

> Nunca mais vou comer na minha vida.

Valencia enviou outra mensagem em seguida:

> Em primeiro lugar, você vai ficar com fome se não comer nada. Em segundo, é tudo culpa dos feriados. As pessoas sempre ganham uns quilinhos a mais. Grande coisa...

Kimberly Knight

Rosnei baixinho e respondi àquela bunda magra:

> Tá bom, mas esta será a última sexta-feira em que vamos beber Margaritas. Vou entrar de dieta assim que voltar da casa dos meus pais, depois do feriado de fim de ano.

Outro ano se aproximava com rapidez. Consequentemente, mais uma decisão seria tomada, porém, era bem capaz que eu não cumpriria. Não porque não podia fazer isso, mas, sim, porque eu não possuía força de vontade suficiente quando o assunto era comida, e só de pensar em fazer exercícios já me dava taquicardia. Eu já havia tentado de tudo: academia, saladas, jejuns. E, por mais que tivessem funcionado por um tempo, alguma coisa sempre acontecia e me fazia desistir.

Era uma batalha sem fim.

Quando eu era mais nova, era magrela e devorava comida caseira toda noite. Eu era uma estrela nas pistas de corrida no ensino médio e universidade, e sempre chegava em primeiro lugar nas provas de 100, 200 e 400 metros. Além disso, eu sempre era a última a correr na prova de revezamento de 400 metros, porque não importava a distância que estivesse, eu dava um jeito de alcançar e levar o grupo à vitória. Tudo isso mudou quando me formei na Universidade de Washington e arranjei um trabalho em período integral.

A partir daí, eu já não tinha mais tempo para praticar minhas corridas, e passei a comer porcarias quase todas as noites por ser mais prático, rápido, barato e delicioso pra caramba, então acabei ganhando uns treze quilos nos últimos dez anos. Gosto de chamar esses quilos extras como 'quilos da vida adulta'.

Em um instante, eu estava começando a minha carreira como coordenadora financeira em um grande banco em Seattle, e, no outro, percebi que cinco anos haviam se passado; cinco anos de trabalho duro que acabava atrapalhando minhas dietas, porque o estresse sempre me fazia enfiar qualquer coisa na boca. Longas jornadas, números entediantes para analisar, e, a partir do próximo mês, eu teria que organizar tudo por causa do Imposto de Renda.

O fato de ter ido visitar minha mãe no feriado tinha tudo a ver com minha calça não cabendo mais. Além disso, eu ainda teria que voltar lá para o Natal e o Ano Novo – um período bem mais longo do que os quatro dias que passei com ela no feriado de Ação de Graças.

BURN FALLS

Também não me ajudou em nada a oferta que minha mãe fez: para cada quilo que eu perdesse, ela me daria vinte dólares. *Eu só quero que você encontre um bom homem para sossegar*, ela disse como se somente mulheres magras conseguissem se casar. Na verdade, eu não era obesa – embora toda vez que eu pegava meu Wii Fitness para jogar, a porcaria jogasse na minha cara que eu estava acima do peso. E eu nem poderia mentir, mas quando isso aconteceu, acabei me empanturrando de chocolate *Snickers* assim que desliguei a TV e o console.

Meu celular anunciou a chegada de uma mensagem de Valencia.

> Eu te acho linda. Peça então uma Margarita light, se isso for te fazer sentir melhor.

Revirei os olhos na mesma hora.

> Ela fica aguada. É muito mais barato se eu pedir uma garrafa d'água.

> Você não vai pular o nosso compromisso. Esta é a minha chance de fazer o Chance me dar uma... chance. ;)

Dei um suspiro cansado e me levantei da cama. Enquanto eu me dirigia ao meu *closet*, enviei outra mensagem para ela:

> Você já está nessa paquera com o Chance por dois meses. Será que você vai finalmente partir para cima esta noite?

V e eu sempre frequentamos um bar chamado Unicórnio, nas noites de sexta-feira, na Rua Pike. O Unicórnio era um bar com um tema extravagante que servia coquetéis mágicos e culinária festiva durante todo o ano. Era um dos inúmeros motivos pelo qual minha dieta sempre falhava, porque V e eu pedíamos 'bolas' de unicórnio, seguido de um hamburguer de unicórnio mágico e, é óbvio, 'cocô' de unicórnio como sobremesa, que consistia em nada mais, nada menos que cookie de manteiga de amendoim assado.

Chance havia sido contratado recentemente como um dos bartenders, e, quase que na mesma hora, Valencia começou a bater as pestanas. Ele retribuiu a paquera, e nem se dignou a olhar para mim, mas, mesmo assim, nenhum dos dois tomou iniciativa.

> Vou esperar até passar o Natal, daí não tenho que comprar presente pra ele.

> O fato de marcar um encontro não significa que tenham que trocar presentes.

> Tudo bem, mas vou perguntar o que ele vai fazer no Ano Novo, já que você vai me abandonar outra vez.

> Você sabe muito bem que sempre vou para a casa dos meus pais no final do ano.

> Eu sei. E se eles não morassem onde Judas perdeu as botas, eu iria com você para que pudéssemos festejar.

> Anchorage não é assim tão longe...

A maioria das pessoas nunca ouviu falar de Burn Falls, até que descobriam a respeito do legado da minha família, conhecido como Conhaque O'Bannion – ou o que chamamos de COB. Esse conhaque era um uísque maltado puro que, na minha opinião, era o melhor dos uísques. A bebida era feita com a receita que foi passada de geração em geração, da bisavó do meu pai, Gael, que era irlandesa. O Conhaque O'Bannion era doce, suave, com um toque de canela e semente de cominho, bastante popular na Irlanda. A mistura era única e era capaz de aquecer por dentro à medida que escorria pela garganta.

Meus pais saíram de Dublin, na Irlanda, e se mudaram para o Alasca antes de eu nascer. Eles viajaram para a lua de mel, para que pudessem ver a aurora boreal em 1987, e acabaram se apaixonando pelo lugar. Eu não fazia ideia da razão, porque, no inverno, a luz do dia só durava cerca de sete a oito horas, e no verão, era o contrário, com o breu da noite durando apenas cinco horas. Eu odiava isso, mas foi o lugar escolhido pelo meu pai para construir sua destilaria usando a receita da minha tataravó, sem que tivesse que competir com um país inteiro e conhecido pelo seu uísque. Meu pai deu início ao COB em 1992, desejando ganhar dinheiro suficiente para sustentar sua família, e se tornou muito bem-sucedido nessa empreitada.

BURN FALLS

> No próximo ano, então.
> Agora, vista suas leggings e
> nos veremos lá depois do trabalho.

— O de sempre? — Chance perguntou, olhando diretamente para Valencia.

Tínhamos nos arrastado até o bar depois de eu ter caminhado alguns quarteirões, na chuva, quando saí do do trabalho. E era óbvio, já que estava chovendo, que meu almoço, mais uma vez, consistiu em pizza. Decidi comer duas fatias porque estava usando *leggings* e ainda não era o dia primeiro de janeiro. Valia a pena tomar uma decisão para fazer dieta, logo após o Reveillon, se eu já soubesse que fracassaria?

Porra! Eu deveria voltar a correr.

— Você lembra do nosso pedido? — V sondou, fingindo ignorância e piscando os lindos olhos azuis.

Acabei revirando os meus quando Chance se inclinou e recostou os antebraços contra o balcão. O cabelo castanho-claro e desgrenhado cobria um de seus olhos cor de mel, mas ele afastou a mecha com a mão.

— Eu lembro de tudo o que garotas bonitas pedem.

— É mesmo? — ela insistiu, enrolando um cacho de seu longo cabelo castanho-claro.

Eu queria tanto fingir estar com vontade de vomitar, ou então cochichar no ouvido de V que ele não estava se referindo somente a ela. Ao invés disso, fiquei de boca fechada e olhei para cima, vendo uma cabeça de zebra empalhada atrás do balcão enquanto aguardava que o bartender preparasse minha bebida.

— Eu também me lembro do nome delas, Valencia. — Piscou e, aí, sim, eu me engasguei.

V virou a cabeça na minha direção e deu um sorrisinho, então concentrou sua atenção novamente em Chance.

— O que você vai fazer no Ano Novo?

— Estarei aqui. — Ele ajeitou a postura e gesticulou para o bar.

— Então estarei aqui também. — Ela riu.

Eu estarei no quinto dos infernos, no Alasca, se alguém quiser saber.

— Deixe-me registrar aqui o seu pedido. — Chance piscou outra vez e se virou para a máquina registradora.

Eu tinha vinte e oito anos, e, novamente, estava revirando os olhos, mas não estava nem aí. Eu estava com ciúmes. Estava sem namorar há... Bem, fazendo os cálculos, há pelo menos um ano, porque estava concentrando todo o meu tempo no trabalho. Saí com alguns caras, mas nada evoluiu para algo mais sério por conta da minha carga horária no banco. Em cinco anos que trabalho lá, fui promovida para o posto mais alto dentro da minha área.

Eu queria encontrar o mesmo tipo de amor que meus pais compartilhavam. Do tipo que bastava um olhar para que meu coração vibrasse, mesmo depois de anos de casamento. Cresci admirando o amor que eles sentiam um pelo outro. Agora que minha promoção já havia sido efetivada, eu teria um pouco mais de tempo para namorar. Portanto, eu acrescentaria 'sair com alguém pelo menos uma vez na semana' na minha lista de decisões tomadas após o Ano Novo.

Na noite seguinte, eu estava a caminho de casa, no Alasca. Estava animada por reencontrar minha família, relaxar e jogar UNO até altas horas da madrugada. Reservei um voo noturno porque tinha certeza de que não conseguiria acordar a tempo de manhã, especialmente depois da sexta-feira das Margaritas. Assim que desembarquei em Anchorage, cerca de seis horas depois, fui até a esteira de bagagens, já sabendo que meus pais estariam à minha espera. No instante em que os vi, corri para os braços do meu pai.

Mesmo com a minha idade, eu ainda me considerava a garotinha do papai. Desde a infância, sempre senti como se fosse sua preferida. Ele me levava para o trabalho, e, todo Natal, até hoje, eu era a responsável por entregar os cheques da bonificação para todos os funcionários na véspera do feriado.

— Oi, papai — murmurei contra o seu peito.

— Raio de sol — ele me cumprimentou naquele sotaque irlandês, e era nítido o amor que eu podia vislumbrar em seus olhos verdes. Era como voltar ao lar.

Então fui até minha mãe e a abracei com força.

— Oi, mãe.

Assim que nos separamos, ela me olhou de cima a baixo.

— *Leggings?* — perguntou, deixando óbvio o desprezo pela minha escolha de roupa ao empinar o nariz pontudo. Aquele gesto, por incrível que pudesse parecer, indicou que eu estava realmente em casa.

Recuei um passo e ignorei sua pergunta.

— Al e Betha já chegaram? — Meu irmão e irmã ainda estavam frequentando a faculdade. Enquanto Alastair cursava o quarto ano na Penn State, Betha era caloura na faculdade estadual do Arizona.

— Os dois chegaram ontem à noite — mamãe respondeu.

— Mal posso esperar para dar uma surra naqueles dois no UNO — brinquei enquanto esperava pela minha mala na esteira.

Os feriados não significam apenas passar um tempo com a família. Eles representavam minhas vitórias em cada tipo de jogo que escolhêssemos brincar. Desde a infância, nós três éramos competitivos. Eu era a estrela das pistas de corridas, Al era um lutador habilidoso e Betha mostrava agilidade absoluta nas pistas de hóquei. Nosso espírito competitivo se apresentava em qualquer modalidade que escolhêssemos praticar. Até mesmo em jogos de cartas, embora meu pai nos superasse. Nós o obrigávamos a brincar para que pudesse descontrair depois de um longo dia na destilaria, e ele sempre trapaceava e caía na risada quando era apanhado em flagrante.

Meu pai pegou minha mala assim que ela deu sinais, e nos dirigimos à garagem, para seguir rumo ao lar da minha infância, cerca de uma hora de distância, em Burn Falls.

Assim que entrei na casa dos meus pais, senti o cheiro de comida.

— Al e Betha fizeram o jantar? — zombei.

Ambos viraram as cabeças para trás, da sala de TV, e se levantaram quando me viram.

— É claro que sim — Alastair respondeu e abriu os braços para mim. Eu o envolvi em um abraço apertado e baguncei seu cabelo castanho cacheado, como sempre fazia quando o via.

— Mamãe fez a torta e nos deu instruções para colocar no forno — Betha informou, também esperando por um abraço.

Todos nós éramos excelentes cozinheiros, à nossa maneira, porque cada um de nós, incluindo meu pai, possuía um paladar e olfato apurados. Éramos capazes de identificar as mais tênues ervas e especiarias em uma comida. Isso era bem estranho, mas, ao mesmo tempo, bem surpreendente. Mamãe nos deixava cozinhar um bocado quando pequenos, mas agora que não morávamos mais ali, ela fazia questão de nos agradar com sua culinária quando voltávamos para casa.

O aroma que se infiltrava no ar não era de sobremesa. Eu nem precisava perguntar para saber que Betha estava se referindo à torta de repolho e bacon. Minha mãe costumava fazer comidas tradicionais de sua terra, como guisado irlandês, carne seca, bolinhos de batata e linguiça com purê. Por um milagre não me tornei obesa quando criança, mas talvez por conta da corrida, eu podia comer tudo o que quisesse.

Porra, eu realmente precisava voltar a correr imediatamente.

— E, se eles tiverem seguido minhas instruções, o jantar estará pronto em dez minutos.

Mamãe se dirigiu à cozinha, e quando passou pelo meu pai, levou um tapinha no traseiro, revirando os olhos para ele, do jeito que sempre fazia.

— Vou preparar a salada. Calla, você deveria comer mais da salada do que da torta. Isso vai te ajudar a caber em calças normais.

Ai, essa doeu.

— *Leggings* são tendência — Betha disse, vindo em meu socorro.

Ainda estávamos abraçadas, e eu enrolei meu dedo em um de seus cachos tingidos de loiro. Essa cor combinava com ela.

— Vou só colocar as minhas coisas no meu quarto e já volto. Estou morrendo de fome, então vai levar apenas alguns segundos.

Na segunda-feira, depois da minha chegada, entrei na sala de estar quando meu pai se preparava para sair para o trabalho.

— Tenha um bom-dia no trabalho, papai! — gritei.

Ele se virou, deixando a porta entreaberta.

— Te vejo ao meio-dia. Nós podemos almoçar juntos e daí você pode entregar os cheques para os funcionários.

Dei um sorriso e respondi:

— Vou adorar.

Acenei um tchauzinho e fui em busca de café.

Ao meio-dia em ponto, estacionei o Volvo da mamãe em frente à destilaria que pertencia à minha família desde quando eu tinha dois anos de idade. O nascer do sol havia acontecido há apenas algumas horas, e por volta das quatro da tarde, se poria. Eu, sinceramente, não conseguia me imaginar morando na área mais ao norte do Alasca, onde eles não viam o sol por cerca de setenta dias, ou no verão, quando tinham mais de oitenta dias de claridade extrema. Isso me levaria à loucura. Felizmente, as noites em Burn Falls duravam mais do que isso.

Assim que entrei no prédio de tijolos, cumprimentei todo mundo que eu via pela frente no meu caminho até o escritório do meu pai. Quando entrei na sala, estaquei em meus passos, chocada com as pilhas de papéis que cobriam cada superfície do lugar.

— Pai... — eu disse, apreensiva.

Ele olhou para cima e seu olhar acinzentado se encontrou com o meu esverdeado.

— Raio de sol, já é meio-dia?

— Sim. — Ergui a sacola de papel pardo que mamãe embalou para nós. Ali dentro havia sopa de cebola e pãozinho irlandês para o meu pai, e uma salada para mim. — Mas o que é isso aqui? — perguntei, coçando a nuca enquanto encarava meu maior pesadelo.

— Não tive tempo de substituir a Mandy desde que ela se aposentou.

— Mas isso aconteceu há seis meses — retruquei, pegando alguns papéis com a mão livre e analisando se eram documentos importantes. Mandy foi a gerente do meu pai por mais de vinte anos.

Ele franziu o cenho, tomando os papéis da minha mão e guardando-os em algum lugar.

— Tenho andado ocupado, Calla. Desde que ganhamos o prêmio este ano, e com todas as matérias sendo veiculadas nos jornais, tanto daqui quanto de Nova York, as encomendas triplicaram.

Todos os anos meu pai era indicado ao Prêmio Mundial de Melhor Uísque. Este ano, o Conhaque O'Bannion foi coroado como melhor uísque maltado do mundo, e vários meios de comunicação veicularam matérias sobre o processo de fabricação da bebida, expondo até mesmo uma foto da minha tataravó como uma espécie de homenagem. O uísque agora era vendido em todas as lojas e bares de Seattle.

— E o Ted? — sondei, referindo-me ao braço direito e melhor amigo do meu pai. Ele operava como gerente regional de vendas, mas fazia muito mais do que seu trabalho exigia em amizade, e porque ele era quase como um tio para mim e meus irmãos.

— Ele tem viajado muito, para levar o COB a bares e distribuidoras de bebidas ao redor do país. Não tem mais tempo para me ajudar com a papelada.

— Por que você não me disse que estava atolado com o trabalho? Eu poderia ter ajudado no Dia de Ação de Graças, ou poderia ter vindo para casa de vez em quando nos últimos meses.

Papai apenas deu de ombros.

— Isso não é grande coisa.

— É grande coisa, sim. O mês de abril está logo aí. — Só em pensar no período das declarações de Imposto de Renda já me dava ataques de ansiedade.

— Vai ficar tudo bem. — Ele retirou os óculos e os colocou sobre o teclado do computador. Seu cabelo preto era salpicado com mechas grisalhas que caíam sobre sua testa.

Dei a volta na mesa e lhe dei um abraço singelo.

— Depois do almoço, vou te ajudar.

— Você não precisa fazer isso.

— É óbvio que preciso — debochei.

— De verd...

— Pai, eu trabalho com isso. Então, só me deixe te ajudar. — Eu não era gerente, mas poderia dar um jeito na documentação de suas finanças e deixar tudo pronto para abril, já que eu fazia isso no Banco.

BURN FALLS

Ele me encarou por um momento, com um ar derrotado.
— Obrigado.

Depois de comermos na sala de descanso, entreguei os cheques a todos antes que eles saíssem mais cedo, e voltei para o escritório do meu pai, onde eu sabia que não sairia até que fosse bem mais tarde. Eu estava determinada em ajudá-lo a organizar seus documentos e lhe dar um pouco de alívio em relação ao COB antes do feriado. Eu odiava vê-lo tão estressado, ainda mais quando os negócios estavam indo tão bem.

Não fazia ideia de que horas eram ou quanto tempo passei ali dentro organizando a zona da papelada do meu pai. Estava tão concentrada no que fazia que quase não ouvi o grito que ressoou do corredor. Levantei-me tão rápido que bati a coxa contra a quina da mesa, antes de sair correndo pela porta do escritório. Corri na direção de onde o grito veio e estaquei em meus passos quando vi um homem debruçado contra o corpo do meu pai. O olhar do homem se conectou ao meu, e então ele despareceu antes que eu pudesse piscar. Não tive nem mesmo tempo de refletir como ou por que ele sumiu assim tão rápido, porque no instante em que ele se foi, corri até onde meu pai estava deitado em uma poça de sangue ao redor de sua cabeça. Um sangramento jorrava de seu pescoço. Voltei correndo para o escritório e liguei para emergência na mesma hora.

CAPÍTULO 2

DRAVEN

O relógio da parede marcava o tempo lentamente, ecoando contra minha audição aguçada.

Eu estava sentado na sala de descanso do hospital, bebendo uma xícara de café enquanto lia o jornal, para me inteirar do que havia acontecido no dia anterior enquanto eu dormia. Meu turno estava calmo até agora – de um jeito enervante –, como a calmaria antes de uma tempestade.

Tenho atuado como médico há quase sessenta anos desde que me formei na faculdade em 1960. A princípio foi um desafio, já que tive que descobrir como frequentar as aulas de medicina somente à noite, então acabei fazendo amizade com os professores e os compeli a providenciarem todo o material e as provas até que pudesse clinicar. Depois da formatura, peguei mais algumas matérias extracurriculares até me especializar como cirurgião. Mas é claro que isso aconteceu anos atrás.

A desvantagem em ser tão velho quanto eu era, e um fugitivo do homem que queria arrancar meu coração do peito, era o fato de que eu precisava mudar de cidade em cidade, antes que os humanos percebessem que eu não estava envelhecendo. Toda vez eu tinha que usar um novo disfarce e hipnotizar alguém na Associação Médica Americana, para atualizar minha licença de trabalho com um novo nome. Era um processo demorado e que precisava ser feito, dadas as circunstâncias. Já havia chegado a pensar em não me mudar mais e apenas coagir mentalmente as pessoas a pensarem o que eu precisava que pensassem, mas já era assustador ter que hipnotizar as mulheres após o sexo, então imaginei que a mudança para outro lugar era mais fácil.

Pelos últimos cinco anos, tenho sido um cirurgião traumato-ortopedista no Hospital Geral Edgewater, em Anchorage, no Alasca, sob o pseudônimo de Dr. Parker Young. Achei o sobrenome divertido, já que eu era tudo, menos jovem.

O clima durante o inverno era perfeito para um vampiro. As horas sob o manto da escuridão duravam muito mais, enquanto, no verão, eu me deslocava para Seattle, para trabalhar nos plantões noturnos, onde havia um equilíbrio entre o tempo escuro e claro durante os dias.

Ser um médico não foi a primeira opção de carreira, porque havia um monte de sangue envolvido, e eu precisava bebê-lo para viver, mas já que eu tinha uma quantidade absurda de tempo livre, escolhi uma profissão onde eu pudesse trabalhar tarde da noite e tivesse acesso a um suprimento infindável de sangue, sem que precisasse matar pessoas inocentes. E como minha aparência exterior era a de um homem de vinte e quatro anos, passei a usar óculos e me valer da compulsão mental para conseguir os empregos que queria. Também usei de hipnose para convencer os funcionários do banco sanguíneo para me fornecerem bolsas de sangue para armazenar em casa, na cidade onde eu estivesse. Essa era uma das coisas boas em ser um vampiro: a possibilidade de usar o controle da mente nos humanos para conseguir tudo o que quiséssemos ou para fazê-los esquecer que nos viram. E era por causa disso que, quando eu conseguia um emprego em algum hospital, nunca precisava me preocupar tanto com um disfarce, mas precisava me mudar constantemente para que as chances de Renzo me encontrar se tornassem mínimas. Além do mais, eu minimizava o uso da hipnose em pessoas inocentes.

No entanto, desde que me mudei para o Alaska, há cinco anos, percebi que essa cidade pacata era perfeita para mim. Tão perfeita, que pensei até mesmo em fazer dela minha moradia permanente, e se Renzo algum dia me encontrasse, eu encararia meu destino. Eu estava mais do que cansado de fugir. Não tinha certeza ainda do que faria em relação ao fato de não envelhecer, mas a hipnose parecia ser a resposta para tudo, então eu poderia continuar com isso até que se tornasse cansativo.

Elizabeth, a enfermeira-chefe em serviço, enfiou a cabeça pela porta da sala de descanso.

— Helicóptero da *LifeMed* a caminho. Mordida grave vindo de Burn Falls. Tempo estimado de chegada em treze minutos.

Abandonei o copo de café e corri até o meu armário para ingerir uma bolsa de sangue 'O' negativo antes de entrar em cirurgia, de forma que conseguisse manter minha sede sob controle.

— Miles O'Bannion, cinquenta e seis anos. Pressão arterial 90x50, taquicardia em 110 batimentos por minuto. Ferimento grave causado por mordida na garganta e intensa perda de sangue. Demos início a uma transfusão assim que ele apresentou sinais de hipovolemia. A filha diz que tudo o que viu foi um homem, e que ele desapareceu da cena do crime.

— Vocês não conseguiram estancar o sangramento durante o voo? Ele está com uma hemorragia severa — afirmei, encarando o sangue encharcando as bandagens ao redor do pescoço do paciente.

— Nós tentamos — TJ, o médico do voo, respondeu assim que erguemos o paciente da maca e o colocamos sobre a mesa na unidade de trauma.

— Deve ter sido a Carótida. Ligue para o centro cirúrgico, Elena, e diga que já estamos a caminho — ladrei, já movendo a cama hospitalar para fora do quarto. Minha equipe de enfermagem seguiu em meu encalço, em direção aos elevadores.

Os médicos de bordo haviam usado inúmeras gazes para comprimir em uma tentativa de estancar o sangramento, mas o sangue agora vazava pelo material. Afastei um pouco a gaze para averiguar o ferimento, e assim que o vi de perto, fiquei boquiaberto. Se respirar fosse algo que eu fizesse, eu teria parado na mesma hora. Aos olhos humanos, poderia ser confundido com a mordida de um animal que arrancou dois pedaços do pescoço do paciente, mas eu sabia que não tinha nada a ver com isso. Aquelas feridas foram feitas pelas presas de um vampiro. Já vi inúmeras mordidas deste tipo antes, e eu mesmo cheguei a causar ferimentos como este, embora nunca a ponto de enviar as pessoas para o Pronto-socorro.

— Você está bem? — Rosey, a enfermeira-chefe da minha equipe perguntou assim que entramos no elevador.

Eu sabia que estava disfarçando meu choque, mas este homem fora mordido por um vampiro, portanto, havia outra criatura em Burn Falls. Nos cinco anos em que moro aqui, nunca cruzei com outro da minha espécie além de Athan, meu amigo, e mesmo assim, só quando ele vinha me visitar.

— Em que lugar ele foi atacado? — sondei, comprimindo a bandagem novamente em cima do ferimento. Eu precisava saber onde, quando e, com certeza, quem.

— Burn Falls — Rosey informou.

— Certo. Mas onde? — insisti e as portas se abriram no andar do centro cirúrgico. Disparamos pelo corredor em direção à sala já preparada.

— A equipe de bordo não disse — ela respondeu.

BURN FALLS

Óbvio que não disseram. Eu precisava conversar com TJ assim que finalizasse a cirurgia.

Enquanto o anestesista deu início ao processo de coletar a veia para administrar a anestesia por acesso intravenoso, minha equipe e eu nos apressamos em nos preparar para dar prosseguimento à cirurgia. Assim que o anestesista acenou com a cabeça, eu me aproximei.

— Vamos retirar a bandagem e ver exatamente o que temos aqui. — Removi as gazes e as entreguei para Rosey. O sangue ainda jorrava e se eu não reparasse a artéria, ele morreria na mesa cirúrgica.

— Bisturi — solicitei.

Fiz a incisão e o sangue carmesim expeliu em profusão. Mesmo que eu tivesse me alimentado recentemente, ainda assim, minha boca salivou.

— Sugador, por favor. — Peguei a pinça com a enfermeira e comecei a remendar a artéria depois que o ferimento foi esterilizado.

Enquanto eu fazia o reparo, uma enfermeira se aproximou.

— A família chegou e quer saber alguma informação.

— Diga que ele está em boas mãos, e avise que assim que acabarmos aqui, eu mesmo irei informar a respeito do estado do paciente.

Após atestar a integridade da artéria, nós tomamos a decisão de colocar o Sr. O'Bannion em um coma induzido devido à perda de sangue e falta de oxigenação no cérebro do momento em que fora atacado até que fui capaz de restaurar a artéria. Eu sabia que ele não sobreviveria, mas eu não podia tomar essa decisão enquanto ele ainda tivesse pulso.

Assim que terminei a minha higienização para que pudesse retornar para a sala de espera, eu saí para dar a notícia para a família e conseguir o máximo de informações possível. Havia muitas pessoas esperando quando entrei.

— O' Bannion? — chamei.

— Sim? — Virei a cabeça e deparei com três mulheres e um homem correndo na minha direção.

— Sou a esposa dele, e estes são os meus filhos — declarou a mulher mais velha.

— Eu sou o Dr. Young. Vamos para dentro do saguão onde é um pouco mais calmo. — Fiz um gesto para a porta por onde havia acabado de entrar.

Todos eles se moveram enquanto eu segurava a porta aberta, e quando vi aquela que deduzi ser a mais velha dos irmãos, aquela que encontrou o pai sangrando até à morte, tive uma vontade incontrolável de a alcançar e tocá-la. A minha mão foi para a parte inferior de suas costas, e senti o calor irradiando do seu corpo e enviando uma energia desconhecida para o meu pau. Tinha estado com muitas mulheres desde a minha transição, mas nenhuma teve este efeito imediato em mim. Era a vulnerabilidade nos seus olhos verde-escuros, e essas curvas. Eu só queria puxá-la para os meus braços e confortá-la.

— Como está o meu marido? — perguntou a Sra. O'Bannion, assim que todos tínhamos atravessado a porta. Notei que ela respirava fundo, sem dúvida num esforço para se manter calma.

— Ele está estável por agora, mas a sua artéria carótida foi cortada, e perdeu muito sangue.

— Ele vai ficar bem? — perguntou o homem, pigarreando.

Dei um sorriso forçado.

— É muito cedo para dizer. Devido à perda de sangue, há uma chance de ele ter sofrido danos nos seus principais órgãos, incluindo o cérebro. Por agora, o colocamos em coma induzido para dar ao seu corpo uma oportunidade de recuperação. Gostaria de obter mais informações sobre o ataque para ter uma linha temporal mais precisa e saber quanto sangue ele perdeu. — Todos os olhares se voltaram para a mulher que eu tinha tocado.

— Fui eu que o encontrei.

Eu acenei com a cabeça.

— Pode me contar o que disse à polícia?

— Claro. — Esfregou a nuca como se estivesse nervosa ou estressada. — Eu estava ajudando o meu pai na nossa destilaria com a papelada, depois do almoço, e perdi a noção do tempo. Não tinha percebido que o sol havia se posto, mas quando ouvi um grito, corri em direção a ele. — Soluçou, em prantos. — Dobrei a esquina e o vi deitado no chão.

Não entendi por que o vampiro havia escolhido atacar alguém enquanto ele estava no trabalho e com outras pessoas por perto. Não fazia sentido.

— Vamos nos sentar — sugeri, gesticulando em direção às cadeiras alinhadas à parede. Depois de todos nós nos sentarmos, puxei a minha cadeira para a frente da jovem mulher. — Leve o tempo que for preciso. Uma enfermeira comentou o fato de que você viu um homem lá.

BURN FALLS

— Sim… Ele estava ajoelhado sobre o corpo do meu pai, e depois desapareceu.

— Sabe como ele era? — Normalmente não perguntaria isto, porque era um trabalho para a polícia, e era da responsabilidade deles abrir uma investigação, mas dadas as circunstâncias, eu precisava saber.

Ela sacudiu a cabeça.

— Não. Aconteceu tudo tão depressa.

Coloquei a mão em seu joelho, precisando sentir novamente o seu calor.

— Está tudo bem…

— Não está nada bem — resmungou ela, os lindos olhos de esmeralda vermelhos pelo choro. — Como os policiais vão poder apanhá-lo se não sabem a quem devem procurar?

A irmã enrolou o braço ao redor do ombro da mulher e a abraçou.

— Está tudo bem, Calla. Eles vão encontrá-lo.

A mãe suspirou como se estivesse aborrecida com o fato de a filha não ter conseguido uma descrição completa do cara, mas, na verdade, fiquei surpreso por ela ter captado o menor vislumbre do vampiro, dada a nossa audição amplificada e velocidade.

— Não vamos nos preocupar com isso neste momento — disse eu. — Devemos nos concentrar na recuperação do seu pai. Ele está tomando antibióticos para prevenir uma possível infecção, e nós estamos monitorando os seus sinais vitais. — Não haveria uma infecção por uma mordida de vampiro, mas, obviamente, eu não podia dizer isso.

— Certo — suspirou Calla. — Só não compreendo o motivo para que o atacassem assim.

— Você mesma disse que não sabia há quanto tempo estava cuidando da papelada. Será possível que ele tenha saído durante esse tempo? Talvez o cara o tenha trazido, entrado em pânico, e depois tenha ido embora?

— Acho que sim, mas quem ataca alguém com uma mordida?

— Mike Tyson — o rapaz escarneceu.

— Alastair! — a mãe repreendeu e eu tentei ocultar o sorriso.

— Não consigo ouvir mais nada disto — disse a garota mais nova e se levantou.

— Por que vocês não vão tomar um café? Vocês realmente não precisam ouvir isto — sugeriu Calla.

— Calla está certa — concordou a irmã. — Vamos procurar algo para comer, sei lá.

— E se o seu pai acordar? — perguntou a mãe.

— Posso assegurar-lhes que isso não vai acontecer por agora, se ele acordar — disse.

— Vão. Tenho mais algumas coisas a dizer ao Dr. Young — falou Calla.

Observei enquanto os outros três partiam, e depois voltei minha atenção para Calla, com o meu olhar diretamente focado na veia pulsante em seu pescoço. Eu precisava de outra bolsa de sangue ou Calla descobriria exatamente que tipo de pessoas atacava as outras com mordidas letais.

— O que precisa me dizer?

Ela desviou o olhar, e vi uma gota de lágrima escorrer pelo seu rosto até cair no casaco preto.

— Você disse que ele perdeu muito sangue e que os seus órgãos podem ter sido prejudicados?

Acenei com a cabeça, em concordância.

— Sabe me dizer quanto sangue ele perdeu?

— Ainda não tenho cem por cento de certeza, mas dado que a sua artéria carótida foi rasgada e pela quantidade de sangue em cima da mesa, foram vários litros.

— Ele perdeu muito na destilaria também.

Voltei a tocar seu joelho porque sabia que as chances não eram boas para ele. A única forma de ele sobreviver seria se eu próprio o transformasse, mas eu nunca havia feito isso, e não seria agora que começaria.

— Ele está recebendo uma transfusão neste exato momento, e esperemos que haja uma recuperação total assim que o tirarmos do coma.

Ela acenou com a cabeça, as lágrimas ainda deslizando pelo seu rosto.

— Há mais alguma coisa antes de eu voltar para ver como ele está?

Calla suspirou.

— Quero que seja sincero comigo, Dr. Young. Será que o meu pai vai ficar bem?

A resposta era não, mas por alguma razão, não pude dizer a verdade a esta mulher porque uma parte minha queria evitar mais sofrimento.

— É muito cedo para dizer. Ele pode se recuperar totalmente, mas só teremos como saber ao certo depois de pelo menos setenta e duas horas. Vou ver como ele está agora e, enquanto isso, busque algo para comer e beber com a sua família, e vá para casa se for preciso. Pode demorar várias horas até sabermos alguma coisa.

Ela acenou com a cabeça.

— Obrigada, Dr. Young, mas vou ficar aqui.

BURN FALLS

Depois de encerrar o meu turno, retirei a roupa do hospital e liguei para Athan.

— Alguma chance de você estar perto de Anchorage?
— Estou na Rússia, a trabalho.

Fechei os olhos por um breve segundo.

— Porra.
— Por quê? O que está rolando?
— Um humano acabou de aparecer na minha Emergência com uma mordida de vampiro. Sabe se tem alguém na área?
— Não ouvi nada, e estou sozinho aqui na Rússia, como de costume.
— Bem, aparentemente, eu, já não estou. O meu paciente foi atacado em Burn Falls, bem na porra da minha porta.
— Só porque ninguém se estabeleceu no Alasca, além de você, não significa que nunca chegariam aí. Não se sabe quantos humanos foram transformados pelo exército de Renzo desde que partimos em 1932. Tem de haver milhares de nós a essa altura.
— Sim, mas Burn Falls tem uma taxa de criminalidade quase nula e um pequeno número de residentes. Aqui só há trabalhadores da destilaria, e algumas pessoas que não querem viver em Anchorage, e isso fica a uma hora de distância.
— Dez minutos a pé.
— Eu dirijo para manter as aparências.
— Certo. Bem, você gosta de Burn Falls, então por que outra pessoa não gostaria?
— Não sei — suspirei. — Alguém acaba na minha mesa com uma mordida de vampiro, é para me deixar desconfiado. Nós não andamos por aí matando pessoas.
— Olha, estou prestes a passar o dia na clandestinidade. Quando acordar, ligo para o Peppe e vejo se ele sabe de alguém que esteja querendo fazer residência no Alasca.

Depois de sairmos de Chicago, passaram-se alguns anos antes de nos depararmos com outro vampiro. Felizmente, ele não fazia parte da máfia de Renzo. Ele era realmente da Itália, e tal como Athan e eu, ele se mudava o tempo todo para manter as aparências. Não tinha visto Giuseppe (ou o apelido que usamos, Peppe) há setenta anos, mas, de alguma forma, ele e Athan tinham mantido contato.

— Faça-me um favor e dê um jeito de vir para cá. Se isso for obra da máfia, vou precisar da sua ajuda.

— Sim, claro. Pegarei um voo amanhã à noite, se estiver disponível.

— Vou ver o que posso descobrir nesse meio-tempo também.

— A vítima foi alguém importante?

— É o O'Bannion. Ele é dono da destilaria.

— Um uísque do caralho.

Eu ri. Enquanto a comida não tinha valor nutricional para os vampiros, o álcool podia nos embebedar uma que vez que nos alimentássemos e bombear o sangue através de nossas veias.

— O'Bannion foi encontrado no chão por sua filha em uma poça de sangue. Ele está internado, mas você sabe tão bem quanto eu que, dado o que a filha viu, alguém estava se alimentando dele.

— Você precisa transformá-lo.

— Não vou transformá-lo! — vociferei.

— O que vai acontecer com o uísque dele? Eu vivo de três coisas: sangue, boceta e uísque...

Eu sorri.

— Há outras marcas.

— Tem gosto de merda.

— Você sabe qual é o gosto de merda? — brinquei.

— Não, porra, claro que não. Tudo que estou dizendo é que prefiro o uísque dele. Você precisa salvá-lo...

— Não vou transformá-lo.

— Então eu vou...

— Athan — repreendi.

— Muito bem. Quando eu chegar aí, vou obrigar que me deem a receita.

— Podemos nos concentrar primeiro nos outros vampiros que matam inocentes na minha cidade, porra?

— Sim. Eu te ligo quando estiver a caminho, depois de fazer algumas ligações.

BURN FALLS

Athan tinha me telefonado na noite anterior, sem pistas sobre quem poderia estar na minha cidade e para me avisar que estava a caminho. Planejamos nos encontrar na destilaria quando eu terminasse meu turno para ver se havia algum outro motivo além de O'Bannion ter sido atacado por uma simples "alimentação". Ainda não consegui esquecer o fato de que ele foi atacado enquanto havia outros humanos por perto, até porque não havia como o vampiro não saber que Calla estava lá. Podemos ouvir e sentir o cheiro de humanos a vários metros de distância. Além disso, podemos rastrear alguém na multidão pelo seu perfume, desodorante ou falta dele. Cada humano tem um cheiro único. O de Calla era limão e lavanda.

O'Bannion ainda estava em coma, e Calla e sua família tinham grandes esperanças de que ele acordaria. Tentei dizer-lhes que isso não aconteceria, mas dar más notícias aos membros da família em luto não é algo fácil. Eu também tentei ficar o mais longe possível de Calla. Havia algo que me impulsionava a querer hipnotizar sua mente. Algo que me fez querer descobrir todos os seus segredos. Especialmente os mais obscuros.

Sempre que fazia meus check-ups em seu pai, eu podia sentir os olhos dela em mim. Eu também podia ouvir seu coração bater mais rápido, o que só intensificava minha atração por ela. Eu podia facilmente acabar com a esperança deles e tirá-los do meu hospital, onde não me sentiria tentado por Calla e suas curvas, mas algo dentro de mim me disse para mantê-la por perto. Talvez fosse o fato de eu precisar saber mais sobre o vampiro que atacou seu pai. Ela era, afinal, a única que o vira.

Quando cheguei mais perto da destilaria, vi Athan encostado em um poste de luz. Eu o conhecia há muito tempo, e ele era o único outro vampiro em quem eu confiava. Ele era como um irmão para mim, e nós chegávamos até mesmo a ser parecidos. Ambos com 1,80 m de altura com o mesmo comprimento de dedos, cabelos castanhos e olhos pretos, mas eu sempre me barbeava, enquanto ele mantinha uma barba rala.

— Dei uma rápida olhada, mas não havia nada para encontrar — disse ele, a título de cumprimento.

— Porra!

— Veja por si mesmo; quer fazer uma varredura?

— Não, eu confio em você. Preciso entrar no prédio de alguma forma. — Não tinha o hábito de invadir lugares, mas era isso que eu precisava fazer para ver tudo lá dentro. — Eu também preciso de uma chance de interrogar a filha de Miles novamente. Vou compeli-la para que me diga algo que não teria percebido com sua mente humana.

34   *Kimberly Knight*

Athan acenou com a cabeça.

— Quero saber sobre qualquer coisa que você descubra.

— Claro que sim. Vamos entrar...

As portas não estavam destrancadas, mas pudemos subir no telhado e entrar por uma janela no topo do prédio. Não havia nada para ver, exceto a mancha de sangue que ainda manchava o piso de concreto.

Eu não tinha certeza se isso era bom ou ruim.

BURN FALLS

CAPÍTULO 3

CALLA

Meu pai estava em coma há três dias. Ele havia perdido o Natal, e o Dr. Young não tinha certeza quando, ou se, ele acordaria de novo.

Nos últimos dois dias, meu irmão, minha irmã e eu tínhamos ido e voltado para Burn Falls todas as manhãs e noites enquanto minha mãe ficava ao lado da cama do meu pai, esperando que ele reagisse ou algo assim. À espera de qualquer sinal de que ele estava melhorando. Hoje eu tinha finalmente convencido minha mãe a ir para casa passar a noite, tomar um longo banho quente e ter uma boa-noite de sono antes de voltar pela manhã. Ela e meus irmãos haviam saído há cerca de uma hora, e eu fiquei para processar tudo sozinha antes que o Dr. Young fizesse sua ronda.

A polícia não tinha pistas sobre quem atacou meu pai, e eu não pude dar-lhes uma descrição completa do agressor porque não consegui vê-lo direito nos poucos segundos em que o vi. Eu nem conseguia imaginar a rapidez com que ele tinha desaparecido. Num segundo ele estava lá, e no outro, havia sumido.

Eu estava lendo em meu *e-reader* quando uma mensagem de texto apitou no meu telefone. Valencia.

> Como está seu pai?

Suspirei enquanto lhe respondia.

> Ainda do mesmo jeito.

> Queria poder estar aí com você.

> Eu também.

V não mandou mensagem de volta imediatamente, então voltei à minha leitura. Vários minutos depois, meu telefone finalmente indicou que havia outra mensagem.

> Eu posso pegar um voo na sexta-feira de manhã.

Arregalei os olhos enquanto lia.

> O quê? Você está falando sério?

> Você é minha melhor amiga e quero poder te apoiar nesse momento.

> Estou ficando o tempo todo no hospital.

> E estarei aí com você até que me expulsem à noite.

> E o Chance? Você não tem planos para o Ano Novo?

> Você é mais importante.

Eu sorri, sem alegria alguma, diante de suas palavras enquanto aqueciam meu coração. Mesmo que minha mãe e meus irmãos estivessem comigo a maior parte do tempo, eu me sentia como se estivesse sozinha nisto, como se todo o peso estivesse sobre meus ombros.

> Estou bem, por enquanto, e o hospital pode não ficar contente com mais visitantes em seu quarto. Eu a informarei se eu mudar de ideia.

> Está bem, mas estou falando sério. Apenas me avise e pego um voo na mesma hora.

> Eu te amo.

> Te amo mais.

Voltei a ler meu livro de romance enquanto aguardava a visita noturna do Dr. Young. Suas visitas foram sempre o ponto alto dessa situação toda, e quando ele entrava no quarto, era impossível desviar o olhar. Não dava para evitar. Ele era alto, tinha cabelo castanho e era gostoso pra caralho – todas as qualidades que eu procurava em um cara. Ele também era um médico, o que era uma vantagem. Um homem como ele nunca iria atrás de uma garota cheinha como eu, mas isso não me impedia de olhar para seu perfil enquanto ele digitava no computador. A maneira como sorria calorosamente para mim, como se pudesse ouvir meu coração batendo no peito, me fazia gaguejar quase em todas as palavras.

— Vai ao Maxwell's depois do turno?

Levantei a cabeça ao ver duas enfermeiras passando pela porta aberta.

— Sim, é claro. Depois do dia que tive, preciso de uma bebida ou cinco. — Elas riram e continuaram andando.

O Maxwell's era um bar do outro lado da rua e dado os últimos três dias, uma bebida era o que eu precisava também. Assim que o Dr. Young verificasse meu pai, eu atravessaria a rua e tomaria uma bebida.

No entanto, não foi o Dr. Young que veio ver como estava meu pai.

— Srta. O'Bannion? — Olhei para cima e deparei com um homem mais velho de jaleco branco.

Eu fiquei de pé na mesma hora.

— Sim...

— Eu sou o Dr. Blumberg.

— Olá. — Sorri calorosamente.

— Dr. Young está de folga esta noite, então estou fazendo sua ronda.

— Ah, tudo bem.

O Dr. Blumberg começou a digitar no computador ao lado da cama do meu pai.

— Vejo que não há mudanças na condição do seu pai. — Acenei com a cabeça, já sabendo que era o caso. — Como nas últimas noites, as enfermeiras continuarão a monitorá-lo.

— Obrigada — respondi. A cada dia que passava, eu dizia a mim mesma que nenhuma mudança era, na realidade, uma coisa boa. Que ele estava lutando e que tinha uma chance de se recuperar. Era o que me dava esperanças, o que me dava forças e me impedia de cair aos pedaços.

O Dr. Blumberg saiu, e eu fui ao banheiro para me refrescar antes de atravessar a rua, satisfeita de que meu pai ficaria bem por um tempo. Eu precisava escapar daquele ambiente estéril e organizar meus pensamentos.

O barulho do bar lotado contrastava com o silencioso quarto do hospital que acabara de deixar. Reconheci algumas enfermeiras do hospital, sentadas em várias mesas, rindo e se divertindo. Rindo como se não houvessem pessoas do outro lado da rua lutando por suas vidas. Eu não as culpava. Se estivesse nesta posição, eu estaria fazendo a mesma coisa. Mas eu não estava. Meu pai estava em coma e não havia nada que pudesse fazer para ajudá-lo. Não podia nem mesmo ajudar a encontrar a pessoa que o atacou, e isso me fazia sentir inútil.

Dei de ombros e esperei até que o barman aparecesse.

— O que vai querer? — perguntou ele, colocando um guardanapo preto de coquetel à minha frente.

Observei às suas costas, a seleção de bebidas que o bar tinha a oferecer e sorri quando vi a garrafa de vidro com o rótulo COB preto.

— Conhaque O'Bannion com gelo.

O barman virou-se para pegar a garrafa na prateleira superior enquanto eu retirava a carteira da bolsa para pegar meu cartão de crédito.

— Ei, Mikey. Coloque o uísque da Srta. O'Bannion na minha conta.

Fiquei imóvel ao ouvir a voz suave e aveludada à qual estava me acostumando. Quando virei a cabeça, meu olhar encontrou as íris escuras do Dr. Young.

— Não, não posso deixar que você faça isso.

Ele estendeu o braço, e meu olhar pousou no local onde sua mão me tocava. Não era a primeira vez que ele fazia isso, mas a primeira vez que eu não estava no estado de espírito certo para dar aos meus hormônios a chance de se descontrolarem.

— É o mínimo que posso fazer. — Umedeceu os lábios e depois sorriu.

— Não, sério. Está tudo bem. — *Deus, o que eu daria para sentir essa língua na minha pele…*

— Eu insisto. A herdeira do melhor uísque maltado dos Estados Unidos não deveria ter que pagar um dólar a mais por ele.

— Herdeira — sussurrei enquanto via Mikey despejar o líquido ambarino. Não gostei da escolha dessa palavra. Era como se ele soubesse que meu pai não ia conseguir.

— Tá brincando? — perguntou Mikey.

— O pai da senhorita O'Bannion é o dono e criador do Conhaque O'Bannion. Por que você não me serve um também, Mikey? — Dr. Young perguntou enquanto o bartender colocava o uísque sobre o guardanapo à minha frente.

Mikey pegou outro copo e eu tomei um pequeno gole enquanto ele o enchia de gelo a alguns metros de distância e recebia o pedido de outro cliente.

BURN FALLS

— Obrigada, Dr. Young.

— Por favor, me chame de Dra... ven.

Eu me calei, confusa. Por que ele estava usando um nome diferente? Ele sorriu.

— Atendo pelo meu nome do meio, Draven, exceto no ambiente do hospital.

— Aah. — Sorri ao compreender. — Bem, obrigada, Draven, mas realmente, não era necessário.

— Não é um problema, senhorita O'Bannion.

— Já que insiste por informalidade, por favor, me chame de Calla.

Draven sorriu, e na mesma hora, aquilo me aqueceu por dentro e meu coração pulou uma batida.

— Eu gostaria disso. — Ele bebeu um gole do uísque que Mikey havia lhe entregado, antes de perguntar: — Como está seu pai esta noite?

Suspirei, cansada.

— Na mesma.

Ele acenou com a cabeça.

— Passaram-se as setenta e duas horas...

— Podemos não falar sobre o meu pai? Eu sei que você é seu médico e tudo mais, mas estou meio cansada. — Tomei um gole da bebida.

O olhar negro de Draven encarou fixamente meus olhos esmeralda.

— Então, por que você atravessou a rua hoje à noite?

— Por que você não estava de serviço hoje? — Choquei-me pela minha ousadia. Porra, este uísque estava deixando minha boca solta.

Draven riu.

— Minha folga no plantão é hoje e amanhã.

Virei o rosto vermelho de vergonha para ele.

— E quanto aos cuidados do meu pai? — Eu sabia que Draven precisava de dias de folga, mas me preocupava que ele não estivesse lá, sendo seu cirurgião.

— Se algo acontecer, o hospital me chamará. Mas ele está em boas mãos com todos os outros médicos de plantão.

— Espero que sim — murmurei, olhando para o meu copo vazio. Olhei por cima do barman e pedi outra dose.

Draven se virou em seu assento para me enfrentar, o que me fez olhar para ele novamente. Enquanto encarava seus olhos, eles começaram a pulsar, quase como se estivessem correspondendo aos batimentos do meu coração.

— Calla... — ele suspirou enquanto eu continuava hipnotizada pelo ritmo de suas íris. — Conte-me sobre o homem que atacou seu pai.

CAPÍTULO 4

DRAVEN

Athan e eu observamos a família de Calla deixar o hospital enquanto planejávamos o que fazer a seguir. Eu deveria entrar sorrateiramente no quarto do hospital de O'Bannion e coagir Calla a me contar sobre o vampiro que tentou drenar seu pai, assim que Blumberg fizesse sua ronda. Não havia como eu fazer isso enquanto estava de serviço, pois eu teria vários outros pacientes para atender, além de quaisquer traumas que chegassem. Além disso, Calla nunca estava sozinha.

Mas o plano mudou rapidamente quando senti o cheiro de Calla lá fora. Meu olhar acompanhou o seu cheiro, e eu a vi atravessando a rua e entrando no bar. Provavelmente isso foi o melhor, já que não teria que me preocupar em ser visto mesmo com minha supervelocidade. Ninguém no Alasca sabia que eu era um vampiro.

No instante em que toquei seu braço, sentado ao seu lado no bar, meu corpo se acendeu com o calor. Há noventa anos eu não sentia um calor como o dela. Seu brilho alimentava minha corrente sanguínea, e quanto mais tempo eu observava a pulsação em seu pescoço, mais tinha que lutar contra a vontade de prová-la. Provar tudo dela, e não apenas o seu sangue. Eu queria deslizar minha língua ao longo de cada centímetro de seu corpo enquanto ela gemia meu nome. Queria fodê-la contra cada superfície da minha casa, fazendo com que a parede de gesso se esfarelasse em pedaços por causa da minha força.

Caralho, quanto mais tempo passava perto dela, mais percebia a necessidade urgente de hipnotizá-la para obter a informação que precisava, antes de convencê-la, mentalmente, a ir para casa comigo como um pervertido. Eu precisava agir logo e seguir meu caminho.

O plano não era revelar meu verdadeiro nome, mas mantive-me estoico, ciente de teria que compeli-la a esquecer. O problema é que não foi isso que aconteceu quando tentei obrigá-la.

— Calla... Conte-me sobre o homem que atacou seu pai...

Ela fechou os olhos e respirou fundo.

— Não quero mesmo falar sobre isso. Eu quero...

— Calla — eu disse seu nome para que ela encarasse meus olhos pulsantes novamente. No instante em que ela ergueu a cabeça, percebi que o encanto não teve efeito. Como isso era possível? Ela era humana, e todos os humanos podiam ser compelidos. Eu já havia feito isso com centenas de pessoas.

E não, não para ir para casa comigo. Era sempre depois do sexo, porque no segundo em que meu pau penetra suas bocetas, elas percebem imediatamente que não sou humano. Estou morto, e minha temperatura corporal muda, dependendo da temperatura do quarto em que me encontro, fazendo-as sentir frio enquanto deslizo para dentro delas – como se eu fosse feito de gelo.

— Por favor, Draven. Eu sei que você é o médico dele, mas não posso. Eu vim aqui para desanuviar a cabeça por alguns minutos.

— Sinto muito — murmurei, ainda atordoado. Precisava falar com Athan, que estava sentado no fundo do bar com uma bebida. Ele podia ler meus pensamentos, já que estava dentro do alcance, então, poucos segundos depois, ele surgiu ao meu lado, confirmando que estava ouvindo tudo.

— Vai me apresentar a esta linda senhorita? — perguntou, olhando para Calla.

Ela corou diante do elogio, e depois tomou a nova dose de uísque que o barman havia servido. Eu não a culpava. Antes da minha transformação, eu era conhecido por beber meia garrafa de uísque enquanto jogava cartas. Na verdade, eu ainda bebia muito, depois de noites estressantes no hospital.

Deslizei meu copo até ela, encorajando-a a se soltar.

— Calla, este é meu amigo, Athan. Athan, Calla...

Eles se cumprimentaram e então Athan beijou o dorso de sua mão. Meu sangue frio, não circulante, começou a ferver enquanto eu via seus lábios tocarem sua pele. Pude sentir as pontas das minhas presas contra a língua, lembrando-me que precisava me acalmar. Athan se aproximou dela, ainda segurando sua mão e encarou fixamente seus olhos esmeralda.

— Calla, precisamos saber tudo sobre o homem que atacou seu pai.

— Por quê? — ela perguntou, retribuindo seu olhar.

Ele inclinou ligeiramente a cabeça como se percebesse que a hipnose não estava funcionando com ela.

— Para que possamos encontrá-lo.

— Como você pode encontrar alguém se nem eu sei como ele é?

— Diga-nos tudo o que sabe — encorajou.

Calla ficou em silêncio por um segundo, e o som de gargalhadas quase perfurou meus tímpanos. Risos de meus colegas de trabalho que estavam em seu próprio mundo, não percebendo que dois vampiros se encontravam no bar tentando lançar um encantamento em um humano.

— Já disse ao Draven tudo o que sei.

"Você lhe disse seu nome verdadeiro?", ele me perguntou telepaticamente.

"Escapou, e eu pensei que poderia hipnotizá-la", respondi da mesma forma.

— Nem tudo — disse Athan em voz alta a Calla.

O olhar dela pousou em mim.

— Porque vocês dois querem tanto saber? Eu já disse a todos tudo o que sei, e os policiais não sabem nada toda vez que ligamos para averiguar notícias.

Athan deu um passo atrás, e fechou os olhos.

"Ela não pode ser compelida".

"Eu posso ver isso, porra", comuniquei-me com ele de volta. Então, para responder a Calla, eu disse:

— Só estamos curiosos. Eu também vivo em Burn Falls, e queremos saber mais sobre o ataque, para sabermos de quem devemos cuidar.

— Bem, se eu soubesse mais alguma coisa, você também saberia. Você não acha que eu quero encontrar a pessoa responsável pelo meu pai estar naquela cama de hospital? — Ela acenou com a mão na direção do hospital.

— Eu sei que sim — comentei, e depois usando meus pensamentos, disse a Athan:

"Eu fico com a Calla. Vá ver se encontra alguma coisa em Burn Falls e eu o encontrarei em minha casa antes do nascer do sol".

"Talvez o álcool lhe solte a língua e nos dê respostas?"

Eu me virei para ele e assenti, depois disse em voz alta:

— Você não tem que ir a algum lugar?

Athan bateu no meu ombro duas vezes.

— Sim. — Estendeu uma mão para Calla. — Foi um prazer conhecê-la, Calla. Espero que a situação de seu pai melhore...

Ela pegou a mão dele e a apertou, mas não havia nenhuma emoção nítida. Seu sorriso não chegou aos seus olhos. Eu conhecia aquele olhar, o entorpecimento. O álcool estava começando a bater.

— Outro? — perguntei, apontando para o terceiro copo de uísque vazio.

Ela olhou para o copo.

— É melhor não. Se algo acontecesse...

BURN FALLS

— Estou bem aqui com você. Se acontecer alguma coisa, eles me chamarão e então iremos direto para lá...

— Não quero estar bêbada se algo...

— Você não precisa ficar bêbada — interrompi. — Você pode apenas entorpecer a dor. — Eu sabia que ela ia ficar bêbada, e já estava quase lá. Mas eu também sabia que Miles nunca mais acordaria, e não adiantava fazê-la voltar logo. As máquinas que o maninham vivo estavam apenas dando falsas esperanças.

— Okay. Mais uma — ela concordou.

Chamei a atenção do barman e pedi mais duas doses.

— O uísque de seu pai é notável — comentei enquanto tomava outro gole. O álcool queimou minha corrente sanguínea, e me aproximei mais dela. Ela tinha esta influência sobre mim. Uma atração à qual eu vinha resistindo desde a noite em que a conheci na sala de espera do hospital.

— É mesmo — ela concordou, tomando um gole. — É a semente de alcaravia misturada com canela.

— Semente de alcaravia? Nunca ouvi falar disso.

— Está na família das cenouras, mas parece com sementes de funcho ou cominho. Na verdade, tem um sabor de alcaçuz.

— Mesmo? — Sorri, ainda sem fazer ideia do que aquilo significava. Além disso, eu não conseguia me lembrar da última vez que comi uma cenoura ou um alcaçuz.

— Receita da família...

Meu olhar se arrastava por suas curvas suaves, notando o volume de seus seios. O que ela tinha que tornava tão difícil resistir a ela? Eu não havia sentido isso desde Mary, e, na época, foi só porque eu tinha vinte e quatro anos e era um garoto com muito tesão. Ao longo dos anos, tive minhas necessidades atendidas, mas não havia nada que despertasse meu coração silencioso.

Mas agora...

Agora eu queria saber tudo o que havia sobre Calla O'Bannion.

Ela inclinou a cabeça para mim.

— Você vem muito aqui? Acho que você vê muitas coisas ruins em seu trabalho.

— Venho aqui de vez em quando. Não com frequência.

— Como você consegue então? Lidar com as más notícias. Ter que dizer às famílias que seus parentes morreram, ou estão gravemente feridos. Você fica imune a isso?

Franzi o cenho diante de perguntas sucessivas.

— Esqueça que perguntei isso.

— Não. Você quer saber. Vou responder. — Tomei outro gole. — Quando os pacientes chegam, averiguo seus ferimentos e então meu foco é o corpo deles. Eles não são uma pessoa para mim naquele momento, e, sim, como uma máquina que precisa ser consertada. Então, no segundo em que me afasto da mesa, fico muito consciente de quão humanos são, especialmente quando conheço suas famílias. Sinto um pesar se perdemos um paciente, uma tristeza se alguém tem que viver o resto de sua vida com uma deficiência. É por isso que você nos encontrará aqui de vez em quando, alguns de nós com mais frequência do que outros. — Eu gesticulava para as pessoas que se sentavam conversando e rindo. — Temos que nos soltar de alguma forma, ou o trabalho nos destruirá. Eu moro a cerca de uma hora de distância, então normalmente vou para casa antes de tomar uma bebida forte. — Eu precisava chegar em casa antes de o sol nascer.

Ela deu um sorriso nervoso.

— Eu entendo a necessidade do álcool para esquecer. E obrigada por me tranquilizar, sei que meu pai está em boas mãos.

Estendi a mão e toquei seu braço novamente.

— Não há muito mais que possamos fazer neste momento. É o corpo de seu pai que precisa tomar a decisão por ele — menti. Eu odiava mentir para ela, mas era tudo o que eu podia fazer neste momento.

— O que você quer dizer?

— Lembra que eu disse a você e sua família que as primeiras setenta e duas horas são as mais cruciais?

Ela acenou com a cabeça.

— Sim, eu me lembro. Já se passaram mais de setenta e duas horas…

— Quase, mas sim, esperávamos ver alguns sinais de melhora agora para que pudéssemos começar a diminuir a sedação. — Bebemos nosso uísque em silêncio, e eu desejava poder afastar sua dor, torná-la imune à tristeza que eu sabia que viria em seu caminho. — Deixe-me dar-lhe meu número no caso de precisar de mim amanhã, antes de voltar ao hospital. — Tirei um cartão de visita da carteira, e escrevi o número do meu celular no verso com a caneta que pairava sobre o balcão. Em seguida, deslizei o cartão até ela. — Ligue-me a qualquer momento.

— Obrigada. É errado que eu esteja gostando de estar aqui sentada, conversando com você enquanto meu pai está lutando pela vida do outro lado da rua?

— Não, Calla. Não é errado viver sua vida.

BURN FALLS

Ela deslizou seu copo para longe dela como se estivesse prestes a mordê-la.

— Não deveria estar bebendo. E se ele precisar de mim?

Entendi seu medo e o fato de ela continuar se preocupando em abandonar o pai, mas ela não estava. Não havia nada que ela pudesse fazer.

— Confie em mim. Há muitos médicos e enfermeiras de plantão caso algo lhe aconteça ou haja uma mudança.

Ficamos em silêncio novamente enquanto ingeríamos nossos uísques.

— Você é casado? — Calla perguntou.

Olhei para ela e sorri.

— Não, eu não sou. Você é?

Ela suspirou, e foi então que percebi que o álcool estava finalmente agindo.

— Minha mãe disse que nenhum homem vai me querer se eu estiver acima do peso, e olhe para mim. — Ela fez um gesto para si mesma. — Eu sou uma vaca.

Voltei meu corpo na direção dela e coloquei minha mão sobre seu joelho.

— Estou olhando para você. Não consigo parar desde que nos conhecemos há quatro dias.

— Draven — Calla murmurou. — Você não precisa me dizer o que acha que quero ouvir.

— Não é isso. Estou lhe dizendo a verdade.

Ela encarou meus olhos escuros.

— Você está flertando comigo?

Eu sorri.

— Estou, sim. — Nunca tinha estado nesta posição antes. Era antiético, mas agora eu não me importava.

— Por que você gostaria de flertar comigo quando pode ter qualquer mulher neste bar? — Ela olhou em volta como se fosse encontrar a minha próxima conquista.

— Algo me diz que seu gosto é incrível. — Eu estava falando do seu sangue, mas pela maneira como os olhos de Calla se arregalaram, percebi que ela pensava que eu estava falando de sua boceta. Eu estava quase certo de que isso teria um sabor ainda melhor.

Ela corou, e seu coração começou a bater mais rápido. Se ela me desse o "ok", eu não tinha certeza do que faria. Ao invés disso, ela deslizou do banco do bar. Calla tropeçou como se todo o álcool tivesse descido aos seus pés, e estendi a mão para estabilizá-la.

— Acho que eu deveria levá-la para casa.

— Eu preciso voltar para o hospital — disse ela, engrolado.

Fiquei de pé e a encarei.

— O que eu disse sobre confiar em mim?

Ela oscilou enquanto eu a segurava.

— Não haveria mudanças hoje à noite.

— Muito bem. Deixe-me levá-la para casa, e amanhã à tarde irei vê-la no hospital.

Felizmente os dias eram curtos no Alasca, e estava escuro antes das quatro da tarde.

— Você vai me levar para casa?

Acenei com a cabeça.

— Sim.

— Você vai fazer sexo comigo?

Eu sorri.

— Hoje não, gatinha.

— E se eu quiser fazer sexo?

— Pergunte-me de novo quando estiver sóbria.

Ela cruzou os braços sobre os seios fartos.

— Minha mãe estava certa.

— Sua mãe está errada. Errada pra caralho. Se eu não fosse o médico de seu pai, e você não estivesse tão bêbada, eu te dobraria sobre este banco e te foderia tão duro que todos neste bar ficariam com ciúmes.

Suas bochechas flamejaram de novo, e se eu não soubesse que isso era impossível, pensaria que seu coração ia sair do peito.

— Okay. Deixe-me pagar a conta, e depois você pode me levar para casa.

— Eu lhe disse, estas bebidas são por minha conta.

— Obrigada. — Ela pegou a bolsa e a ajeitou sobre o ombro enquanto eu entregava meu cartão ao barman. Eu não a soltei, com medo de que caísse.

— Claro.

Depois que assinei o recibo do cartão de crédito, atravessamos a rua até onde eu tinha estacionado na garagem do hospital. Se não fosse pela minha força, eu teria que carregá-la, mas consegui mantê-la erguida e nos movendo. Pode ter havido um ou dois momentos em que seus pés se levantaram do chão, mas ela estava muito bêbada para perceber isso.

Abri a porta lateral do passageiro de meu Mercedes preto e ajudei Calla a sentar-se no banco, apertando seu cinto de segurança depois de vê-la atrapalhar-se com ele. Então, depois de entrar do meu lado, saí em direção

BURN FALLS

a Burn Falls. Eu esperava saber mais sobre ela, mas cinco minutos depois de ter saído, ela adormeceu.

Uma hora depois, parei do lado de fora da casa de dois andares no meio do nada. Esta foi outra razão pela qual eu havia escolhido viver em Burn Falls; o vizinho mais próximo encontrava-se a 800 metros ou mais de distância. Ocorreu-me um pensamento: se Miles foi drenado por algum negócio escuso, por que o vampiro não esperou até que estivesse em casa e não na cidade? Não fazia sentido ele ser atacado na destilaria. Isto provava que se tratava de um ataque aleatório?

Sacudi o corpo de Calla com gentileza.

— Calla, você está em casa.

Seus olhos tremeluziram.

— Hum?

— Estamos aqui. Eu te acompanho até a porta.

Quando dei a volta no carro para abrir a porta do passageiro, ela havia voltado a dormir. Entrei, desafivelei o cinto e comecei a carregá-la pela longa passagem.

— Calla — sussurrei uma vez que cheguei até a porta. — Eu preciso de suas chaves.

— Hmmm? — ela murmurou contra o meu peito.

— Suas chaves, querida.

— Bolsa — disse, baixinho.

— Pode você pegá-las para mim? Estou com as mãos cheias...

Ela piscou para mim com seus lindos olhos verdes.

— Você está me carregando.

Acenei levemente com a cabeça.

— Estou...

— Mas sou pesada.

— Você não pesa nada para mim. — Era verdade.

— Está bem — ela murmurou novamente e começou a fechar os olhos mais uma vez.

— Calla, você realmente precisa pegar suas chaves e depois me convidar para que eu possa te aconchegar na cama.

Seus olhos se abriram novamente, e depois que ela me encarou fixamente, enfiou a mão em sua bolsa e pegou as chaves.

Retirei as chaves de sua mão.

— Quero ter certeza de que você pode chegar ao seu quarto inteira. Posso entrar? Embora eu tivesse acabado de lhe dizer que ela precisava me convidar para entrar, não tinha certeza se ela se lembraria da parte mais importante de eu entrar em sua casa. Ela pode não ser a dona da casa, mas havia alguma lei vampírica que permitia a qualquer pessoa que estivesse residindo na casa por um longo período de tempo convidar um vampiro a entrar.

Ela suspirou.

— Sim.

Abri a porta e depois a fechei silenciosamente na esperança de não acordar sua família. Havia uma luz sobre a mesa na sala de estar, e notei uma luz noturna no alto das escadas. Não que eu precisasse delas.

— Para onde devo ir?

— Suba as escadas, segundo quarto à direita. — Ela pressionou a cabeça contra o meu peito novamente, mas desta vez murmurou: — Que vergonha do caralho.

Sorri enquanto a carregava escada acima. A porta dela já estava aberta, então entrei e a deitei na cama acolchoada.

— Obrigada por me trazer para casa em segurança.

— Por nada. Você precisa de alguma coisa antes de eu ir? Um copo de água, talvez.

— Eu só quero dormir. — Ela se virou para o outro lado.

— Okay. Vamos então colocá-la embaixo do edredom. — Ajudei a tirar seus sapatos e depois a cobri. — Boa noite, Calla. — Beijei sua testa.

— Boa noite, Draven.

Deixei suas chaves na mesinha de cabeceira e depois deslizei pelas escadas para não fazer mais barulho. Depois de fazer uma varredura rápida, porque não sabia se o vampiro que atacou Miles tinha conseguido que um dos membros de sua família o convidasse a entrar ou não, tranquei a fechadura inferior da porta da frente e a fechei.

Ao dirigir em direção à minha casa, pensei sobre a noite e sobre tudo o que havia acontecido. Miles precisava ser retirado do suporte de vida porque, uma vez morto, o motivo do vampiro seria revelado.

Eu tinha certeza disso.

CAPÍTULO 5

CALLA

— Calla!

Eu gemi ao ouvir vagamente meu nome.

— Calla!

O som da voz de minha mãe ecoou em minha cabeça latejante.

— Calla, fale comigo!

— O quê? — resmunguei, irritada, fazendo com que minha cabeça doesse ainda mais.

— Por que você não está no hospital com seu pai?

Eu me ergui, mas rapidamente gemi, enquanto o sangue girava ao redor do meu cérebro.

— É melhor você me responder!

Segurei a cabeça e depois abri lentamente os olhos para ver minha mãe com as mãos sobre os quadris, me encarando.

— Vi o Dr. Young ontem à noite e...

E merda.

Tudo voltou depressa. Será que ele me carregou para a cama? Será que o médico do meu pai me carregou para dentro de casa? Carregou meu traseiro pesado como se eu pesasse tanto quanto uma pluma? Será que ele se esforçou? Eu não me lembrava dos detalhes, mas o simples fato de Draven ter me carregado foi suficiente para me fazer querer rastejar para dentro de um buraco e morrer.

— Claro que sim, mas isso não explica porque você está aqui e não no hospital!

— Não — eu corrigi. — O Dr. Young não estava de plantão ontem à noite. Eu o vi quando eu estava... — Fiz uma nova pausa, sem saber como dizer à minha mãe que o médico do marido estava flertando comigo ontem à noite. *Ele estava flertando comigo?* Novamente, os detalhes estavam confusos. — Eu o vi quando estava comendo do outro lado da rua. Ele me garantiu que não haveria mudanças, e... — Parei de falar novamente. Como eu poderia dizer-lhe que ele me levou para casa e me aconchegou na cama também?

— E o quê?

Eu teria que dizer a ela que ele me trouxe para casa. Eu não tinha carro, exceto aquele com que minha família havia voltado para casa quando saíram do hospital. Eu suspirei.

— E ele me trouxe para casa.

Os olhos dela se entrecerraram, e ela apontou a cabeça para mim.

— Você mandou o médico de seu pai trazê-la para casa? Por que não voltou para o hospital? Eu não entendo. O que você não está me dizendo, Calla?

— Estava bêbada — admiti, antes de perceber.

Minha mãe me olhou de relance.

— Então você não estava apenas comendo? Você ficou bêbada a ponto de o Dr. Young ter que trazê-la para casa? Não sei o que você estava pensando, mas não era sobre seu pai. Você é uma garota egoísta...

— Sinto muito — sussurrei, envergonhada.

— Temos que ir para o hospital. Você vem ou não?

— Está bem, estou me aprontando agora. — Afastei as pernas da cama e minha cabeça latejou enquanto o quarto balançava um pouco.

— Sairemos em dez minutos com ou sem você, Calla. — Ela bateu a porta quando saiu.

Porra. O que havia acontecido ontem à noite? Draven realmente flertou comigo? Eu me lembrei que não queria sair quando começamos a conversar. Eu não consegui resistir a ele. E ele tinha me dado seu número. Meu corpo formigou ao pensar nisso e um sorriso se formou em meus lábios. No entanto, ele foi rapidamente substituído pelo cenho franzido à medida que eu pensava nas palavras de minha mãe. Ela estava certa. Eu tinha sido egoísta, mas precisava de uma pausa de alguns minutos. Uma pausa na constante vigilância do que parecia ser um sono pacífico do meu pai, quando, na verdade, ele estava lutando pela sua vida. Esse plano havia mudado rapidamente assim que Draven sentou-se ao meu lado, e agora minha mãe estava chateada.

Depois de largar a roupa que usei ontem à noite, no chão, tomei um banho frio de dois minutos para tentar despertar e depois vesti algumas roupas limpas, deixando o cabelo úmido. Quando desci a escada, minha mãe já estava andando de um lado ao outro na cozinha. Na mesma hora, ganhei outro olhar de desaprovação.

BURN FALLS

— Mãe, sinto muito. Eu cometi um erro. — Enchi uma caneca de viagem até a borda com o café recém-passado, depois me virei para encará-la.

— Um erro? Deixar seu pai por conta própria não foi um erro, Calla. Foi negligência. E embriagada em um bar? E se o Dr. Young não tivesse chegado? Você teria tropeçado de volta ao hospital bêbada? — Mamãe pegou as chaves do carro e sua bolsa, e depois chamou meu irmão e minha irmã dizendo que era hora de ir.

O tom alto de sua voz me lembrou de que eu precisava tomar algo para minha cabeça latejante.

Enquanto íamos de carro até o hospital, aproveitei o tempo para tentar juntar o que havia acontecido na noite anterior, enquanto minha mãe me dava o tratamento de silêncio. O Draven parecia ser um cara muito legal e que, juntamente com a aparência, era um homem que eu gostaria de conhecer melhor. Mas não importava o que eu sentia por Draven porque assim que meu pai se recuperasse, eu precisaria voltar para Seattle e não o veria mais.

Quando chegamos à porta do quarto do hospital do meu pai, os médicos estavam de pé perto da cama hospitalar. Um deles olhou para cima assim que entramos, e ele e o colega se entreolharam. Na mesma hora, meu peito apertou.

— O que está acontecendo? Está tudo bem? — Minha mãe olhou de um para o outro.

A expressão no rosto de um deles me disse tudo o que eu precisava saber, e eu desabei em uma cadeira quando meus olhos começaram a arder com as lágrimas.

— Sra. O'Bannion, sou o Dr. Barr, o cardiologista do seu marido. Temo que seu marido esteja mostrando sinais de insuficiência cardíaca.

— Então... Então, o que faremos a seguir? Ele precisa de um transplante?

Minha irmã, Betha, segurou o braço da minha mãe, e ela se agarrou a esse conforto.

— Sinto muito. Não há nada mais que possamos fazer por ele agora, a não ser deixá-lo confortável. Precisamos que você considere a remoção do suporte de vida.

— Deve haver algo que você possa fazer. — A voz de minha mãe era uma súplica angustiada.

— Você tem que ser capaz de fazer alguma coisa. Qualquer coisa! — chorei. Eu podia sentir um caroço se formando na minha garganta como se fosse me sufocar. Isto não poderia estar acontecendo. Não agora, não quando eu não tinha estado lá com ele. Quando ele tinha ficado sozinho.

Um dos médicos falou novamente:

— Sinto muito, mas não há. Eu sou o Dr. Connor, o pneumologista, e sem os respiradores fazendo o trabalho por ele, é impossível que ele sobreviva. Realmente não há mais nada que possamos fazer. Entendo como isto deve ser difícil, por isso vamos lhe dar algum tempo juntos agora. Um de nós voltará mais tarde para discutir as coisas mais a fundo, e se você decidir que está na hora, chamaremos o Dr. Young, já que ele é o cirurgião principal para tomar a decisão final.

Com um aceno de cabeça e um sorriso contido, ele deixou a sala, seguido por seu colega.

Minha mãe correu para a cama de meu pai e acariciou seu rosto, com lágrimas escorrendo pelas bochechas.

— Miles? Miles, querido. Precisamos que você acorde. Você pode me ouvir? Se você puder, aperte minha mão, está bem? Basta apertar minha mão. Por favor!

Todos nós esperamos como se algum milagre pudesse ocorrer através das palavras de nossa mãe, mas nada aconteceu. Ela se virou para mim, os olhos castanho-claros brilhando de puro ódio em sua expressão.

— Você fez isto! Você deixou seu pai, e algo aconteceu com ele enquanto você não estava aqui. Eu nunca deveria ter ido para casa. Eu confiei em você!

— Mãe, não é culpa da Calla — Alastair tentou argumentar com ela.

— Não? Eu fiquei com ele todas as noites. Ela me fez ir embora, me disse que estaria aqui, e foi embora. — Mais lágrimas deslizaram pelo seu rosto enquanto ela cuspia as palavras em seu sotaque irlandês. — Eu nunca te perdoarei por isto, Calla. Nunca...

— Mãe, eu sinto muito. Eu também nunca me perdoarei. — Segurei minha cabeça entre as mãos e solucei.

— Não acredito que o meu pai está morrendo — Betha soluçou. Eu fiquei de pé e a puxei para os meus braços e Alastair se uniu a nós. Depois arrastamos as cadeiras para o lado de nosso pai. Estendi o braço e segurei sua mão fria. Como ele poderia estar morrendo? O que eu faria sem ele?

BURN FALLS

Nós quatro nos sentamos junto ao seu leito por horas, esperando qualquer mudança antes de tomarmos a decisão mais significativa de nossas vidas.

— Acho que eu deveria ligar para o Dr. Young para confirmar se ele concorda com o outro médico — declarei, por fim.

— Pensei que eles disseram que ligariam quando tomássemos uma decisão? — perguntou Betha.

— Precisamos esperar? — contra-argumentei. — Prefiro que ele nos diga que pode fazer algo antes de decidirmos... — parei de falar, sem conseguir finalizar o pensamento.

Minha mãe deu um leve aceno de cabeça e eu peguei meu telefone da bolsa e enviei uma mensagem de texto ao Draven.

> Sinto muito pela noite passada. Obrigada por se assegurar de que eu chegasse bem em casa. Estou no hospital agora, e os médicos estão nos dizendo que é hora de retirar o suporte de vida. Tem que haver algo que você possa fazer para salvá-lo. Não estou pronta para dizer adeus.

Algum tempo depois, ouvi um pigarro e Draven entrou. Exalei profundamente, feliz em vê-lo. Seu olhar capturou o meu, a tristeza se refletindo em seus olhos.

— Dr. Young! — minha mãe chorou. — Por favor, faça alguma coisa.

Observei como Draven se aproximava de meu pai e o avaliava. Então ele pronunciou as palavras que eu não queria que dissesse:

— Eu realmente gostaria de poder, mas sinto muito. Não há mais nada que possamos fazer.

O nó se instalou de volta na minha garganta.

— Você tem certeza de que ele não vai acordar?

— Tenho. Ele não acordará. Seu pai está apresentando sinais de morte cerebral agora.

Os soluços de minha mãe encheram o quarto.

— Posso ter um momento a sós para dizer adeus?

Betha começou a soluçar, e Alastair a segurou firmemente quando todos saímos e Draven fechou a porta assim que também saiu.

— Obrigada por ter vindo — murmurei.

— Lamento muito — ele disse. Ele estendeu a mão e muito brevemente tocou meus dedos, como se quisesse segurar minha mão, fazendo com que eu não quisesse mais nada além de me atirar em seus braços e sentir seu forte abraço enquanto eu chorava.

— Eu sei, e sei que você fez o que pôde. — Ele deu um passo à frente, e eu encarei a porta fechada; meu rosto estava molhado pelas lágrimas. — Eu o deixei. Eu o deixei e fui beber. Eu estava bêbada em um bar enquanto meu pai estava morrendo.

Draven me puxou para um canto, e depois de se assegurar que o corredor estava vazio, segurou meu rosto entre as mãos frias. A sensação era gostosa contra a minha pele quente.

— Pare com isso, Calla. Seu pai estava à beira da morte desde que chegou. Eu lhe disse ontem à noite que não importaria se você estivesse aqui ou não, e essa é a verdade, porra.

— Ele estava estável — chorei, encarando seus olhos.

— Ele está em coma e com falência múltipla de órgãos. Ele nunca vai acordar.

Eu não queria acreditar nele, mas uma parte minha sabia que ele estava certo.

— Minha mãe me culpa.

— Eu vou conversar com ela e explicar que a culpa não foi sua. — Assenti, e Draven olhou para cima como se ele tivesse ouvido alguma coisa.

— Venha. Está na hora de você se despedir.

Nós saímos do canto, e minha mãe abriu a porta com as lágrimas deslizando pelas bochechas. Ela não disse nada enquanto meus irmãos e eu voltávamos para o quarto. Draven não nos seguiu. Em vez disso, ele começou a conversar com minha mãe, como ele disse que faria.

Caí de joelhos ao lado do leito hospitalar e segurei a mão do meu pai.

— Eu te amo, papai. Sentirei tanto a sua falta, tanto, tanto, tanto. Vamos descobrir quem fez isso com você e eles vão pagar.

Meu irmão e minha irmã se despediram com lágrimas, e então Draven e minha mãe entraram. Observei enquanto Draven desligava as máquinas que mantinham meu pai ainda vivo. Era como se eu estivesse assistindo o fim do mundo se desenrolar diante de meus olhos. Não demorou muito para que a máquina que monitorava seu coração emitisse o som que eu só tinha ouvido antes em filmes e séries de TV.

O som assombroso de uma linha reta.

BURN FALLS

CAPÍTULO 6

DRAVEN

Arredores de Chicago – 1928

Espiando pela janela, pude ver meus pais e minha irmã sentados ao redor da mesa da cozinha. Eu não vinha para casa há duas semanas e, ao bater à porta, senti-me estranho. Eu precisava que eles me convidassem a entrar.

Minha transformação havia mudado tudo.

Meu pai respondeu:

— Draven! Onde diabos você esteve?

— Oi, pai.

— Sua mãe tem estado muito preocupada contigo. Por que você bateu à porta? Entre aqui.

— Desculpe-me por ter preocupado vocês — disse eu, enquanto passava pelo umbral.

Meu pai fechou a porta e, imediatamente, senti como se as paredes fossem ceder sobre mim por ter que mentir para eles.

— Onde você esteve? Não sabíamos se você estava morto, espancado, ou se simplesmente resolveu ir embora.

— Draven! — Minha mãe veio da cozinha e entrou na pequena sala de estar, me dando um abraço na mesma hora. — Onde você esteve? Você está tão gelado.

— É uma longa história. — Pude sentir o olhar caloroso de meu pai, enquanto minha mãe me guiava até minha cadeira habitual à mesa da sala de jantar.

— Sente-se. Vou te fazer um prato de comida quentinha. Você precisa comer alguma coisa. Você está muito pálido.

— Onde você esteve? — Meu pai fez a pergunta de um milhão de dólares novamente.

Antes que eu pudesse responder, minha mãe deslizou um prato de comida na minha frente. Eu podia sentir o cheiro do assado vindo do prato – normalmente minha refeição favorita –, mas isso não fazia mais meu estômago roncar ou me deixar com água na boca. Comecei a comer a refeição sabendo que não ganharia nada com ela.

— Pare com esse estardalhaço. Quero saber onde ele esteve durante o mês passado — meu pai repreendeu.

Minha irmã revirou os olhos cinzentos quando, finalmente, disse:

— Ele provavelmente estava bêbado no bordel.

— Cuide de sua boca, mocinha — meu pai ralhou. — Responda minha pergunta, Draven.

— Fui para Chicago jogar cartas — menti, parcialmente. Eu estava em Chicago, mas não por vontade própria. Samuel havia me levado para lá, e agora eu estava sob o domínio de Renzo.

— Você precisa ficar longe de Chicago. É perigoso lá — a mãe exclamou.

— Olha, Draven. Você precisa se recompor. Você não pode desaparecer por dias a fio assim. — A expressão e o tom do meu pai eram severos. — Talvez esteja na hora de me ajudar, de se tornar um caixa de banco como seu pai? Isso traz uma renda estável e não atrai o tipo errado de pessoas.

— Sim, sobre isso… — murmurei, passando uma mão pelo meu cabelo castanho liso para afastá-lo do rosto. — Consegui um emprego em Chicago, e vim avisar que estou me mudando. Vou pegar todos os meus pertences depois de comer.

— O quê? — mamãe arquejou.

Meu pai balançou a cabeça em incredulidade.

— Que tipo de trabalho?

—Trabalho para um homem chamado Renzo Cavalli — respondi com a boca cheia de comida.

— Quem é esse Cavalli? — perguntou meu pai. — O que ele faz?

Não havia como eu dizer a verdade à minha família: que eu trabalhava para um homem que contrabandeava álcool e controlava prostitutas enquanto ordenava assassinatos a Al Capone. No entanto, meu trabalho principal era garantir que a casa ganhasse quando se tratava das operações de jogos clandestinos de Cavalli.

Voltei-me para meu pai.

— Estou trabalhando na porta de um clube de jazz, e estou ganhando um bom dinheiro. Está na hora de crescer e conseguir um emprego de verdade, certo?

BURN FALLS

O meu pai me olhou fixamente e, tendo uma audição sensível, pude ouvir o choro silencioso de minha mãe enquanto lavava pratos na pia.

— Você está certo — ele, finalmente, disse. — Está na hora de você crescer. Agora você é um homem. Você tem vinte e quatro anos e deveria pensar em se estabelecer.

Os pensamentos sobre Mary se atropelaram na minha cabeça, e dei um sorriso forçado diante da memória. Mal sabia ele que eu quase havia me tornado pai. Mas agora, eu nunca teria minha própria família, e nunca envelheceria além dos vinte e quatro anos.

— Eu vou — menti.

Pude senti-lo antes de me virar e deparei com Renzo de pé na porta do quarto que compartilhava com um companheiro do clã, Athan, na mansão de Cavalli, ou seja lá que espécie de nome o clã dá a este complexo.

— Como está a família?

Eu não havia informado que tinha ido vê-los. Dada a minha velocidade, pensei que poderia correr a distância e voltar antes que ele soubesse. Aparentemente, eu estava errado.

— Bem — hesitei, ainda sem me virar para encará-lo.

— Você nunca mais deve vê-los novamente.

Por fim, girei o corpo.

— Por quê?

Recostado na ombreira da porta, vestido em um terno elegante, ele estava de braços cruzados.

— Você é meu agora.

— Eles são a minha família.

— E morrerão antes de você.

— E daí? — Eu sabia que eles morreriam, enquanto eu viveria para sempre.

— Você não acha que eles não vão notar que você não envelhece? — Eu o encarei e Renzo sorriu. — É melhor se livrar deles agora.

— O quê?! — Parti para cima dele em um piscar, e apertei as lapelas de seu terno. — Não toque neles, porra!

O sorriso dele se alargou.

— Eu não vou, mas você vai.

Um rosnado profundo escapou da garganta e minhas presas saíram à mostra.

— Só se for por cima do meu cadáver.

Renzo me enviou voando pelo quarto, e eu me choquei contra o meu armário. Ele estilhaçou, a madeira rasgou minha pele que rapidamente cicatrizou antes de eu ficar de pé.

— Não me provoque ou vou acabar com você, Draven. Eu sou seu mestre, e sempre o serei. Você faz o que eu digo, sem perguntas.

— É a minha família — implorei.

— São as regras — ele declarou e num segundo já havia ido embora.

Eu estava em meu quarto, tentando elaborar um plano sobre como escapar e salvar minha família, quando a porta se abriu e Athan entrou. Desde que cheguei à mansão de Renzo, Athan havia se tornado meu aliado mais próximo. Ele foi transformado três meses antes de mim, e era um guarda que trabalhava na porta do cassino. Renzo queria um exército inteiro, e estava rapidamente formando um. Pelos meus cálculos, havia pelo menos cem de nós vivendo em sua fazenda fora de Chicago, aprendendo a ser assassinos enquanto ganhávamos dinheiro em negócios ilegais.

Athan não disse uma palavra. Em vez disso, ele me entregou um pedaço de papel e apontou para sua orelha. Eu sabia que ele queria dizer que Renzo ou Samuel podiam nos ouvir e era por isso que ele estava colocando por escrito. Se falássemos telepaticamente, outros também poderiam ouvir, porque só podíamos desligar completamente a capacidade ou não podíamos de todo. Eu peguei a nota, bloqueei meus pensamentos para que não fossem lidos, e tentei decifrar o que estava escrito.

— Vista-se. Vamos receber algumas 'gatas selvagens' hoje à noite — disse Athan. As mulheres que chegariam entravam na categoria de dar trabalho dobrado.

> *Ren ordenou que Sam fosse com você para matar sua família.*

Aregalei os olhos, ciente de que ele estava me avisando que não importava o que acontecesse, minha família não estaria por muito tempo neste mundo.

— Quando? — perguntei, interrompendo-o.

— Amanhã.

— Você fez isso também? — perguntei, referindo-me à sua família.

— Todos o fizeram.

Fechei os olhos e sacudi a cabeça.

— Por quê?

— São as regras.

Eu precisava falar mais com ele e descobrir o motivo.

— Deixe-me. Eu vou me trocar, e então poderemos seguir nosso caminho.

Athan e eu fomos a um clube onde sabíamos não haver outros vampiros por perto, já que a maioria deles ficou em Chicago. Este clube situava-se mais perto de Rockford, e logo seria dominado por Renzo, mas por enquanto, era um lugar em que Athan e eu podíamos beber sem ter que nos preocupar com ninguém nos ouvindo.

O barman nos serviu dois dedos do uísque âmbar que pedimos, e conversei com Athan, telepaticamente, enquanto ambos ingeríamos nossas bebidas.

"Por que você fez aquilo?"

Demorou um segundo para ele entender minha pergunta.

"Se eu não tivesse feito, Samuel não lhes teria dado uma morte pacífica."

"Por que ele se importa se meus pais estão vivos?"

"Se tivermos laços, então eles nos reconhecerão, e o brutamontes viria nos procurar, o que nos levaria de volta a Capone e Cavalli e causaria outra guerra".

Um pouco mais de dez anos atrás, a Grande Guerra na Europa havia terminado. Eu tinha apenas nove anos quando começou, e treze quando terminou, por isso não sabia muito sobre isso. Agora, com vinte e quatro anos e sob o controle de um louco, eu poderia ser enviado para uma nova guerra se Renzo não conseguisse o que queria. Se assim fosse, como seria um mundo cheio de vampiros? Como seria nunca mais sentir o corpo quente e nu de uma mulher abaixo de mim? Qual seria a sensação de nunca mais sentir o gosto do sangue humano?

"Neste ritmo, todos de Chicago se tornarão um de nós", comentei e completei: *"Ou mortos"*.

Athan balançou a cabeça.

"Então o trabalho acabaria".

Claro que se tratava de dinheiro. Tudo se resumia a lucros, e era por isso que estávamos contrabandeando uísque, administrando bordéis, e oferecendo jogos de cartas clandestinos.

"Veja desta maneira, Draven. Não sabemos o que o futuro nos reserva, e é melhor que nossa família não veja isso. Você quer ver o olhar de sua mãe enquanto ela observa você se curvar sobre o peito de um homem e arrancar seu coração? Para saber que você é um assassino agora?"

Eu só tinha matado no início quando não conseguia controlar a fome. Agora eu podia, e quando me alimentava, sabia quando parar.

"Isso nunca aconteceria".

"Poderia acontecer. Renzo faria com que isso acontecesse. Ele matou sua namorada gráv..."

"Eu faria com que minha mãe esquecesse, se isso alguma vez acontecesse". Interrompi o que ele dizia mentalmente. Eu não queria pensar em Mary.

"E o olhar no rosto dela quando Renzo arrancar seu coração do peito?" Ele contra-atacou. *"Você sabe que ele apenas os mataria depois que estivesse morto"*.

"Você gosta de viver esta vida?" Questionei ao invés de responder suas perguntas. Ele sabia a minha resposta. É claro, eu não gostaria de ver o sofrimento no rosto de minha mãe. Partiu-me o coração ao ouvir seu choro silencioso quando lhe disse que estava me mudando para Chicago e longe de Peoria.

"Estamos realmente vivendo?"

Sacudi a cabeça e tomei outro gole do meu uísque. Não estava vivendo. Não estávamos mais respirando, mas também não estávamos a dois metros de profundidade.

"Não, mas não posso matar minha família".

"As alternativas são: você lhes dá uma morte pacífica onde eles não sentirão dor, ou Samuel arrancará seus corações um a um, enquanto seu pai observa antes de fazer o mesmo com ele".

BURN FALLS

Anchorage – dias atuais

O momento em que desliguei as máquinas que estavam mantendo Miles vivo foi a primeira vez que desejei, desde a minha transformação, que não tivesse superaudição. Os soluços de Calla eram como um picador de gelo esfaqueando meu coração que já não pulsava. Era tudo em que eu podia me concentrar no minúsculo quarto do hospital, e eu tinha que lutar contra tudo dentro de mim para não correr até ela e segurá-la com força para tirar toda a sua dor.

Eu precisava descobrir quem era o maldito vampiro que matou o pai dela. Normalmente, os vampiros não andavam por aí matando pessoas porque isso levava a perguntas, mas foi isso que Renzo nos obrigou a fazer em Chicago e foi o motivo pelo qual ele transformou quase quatrocentos de nós. Até hoje, as pessoas assumem que Capone dirigia Chicago, mas a verdade é que Renzo Cavalli era quem dava as ordens, e Al Capone era apenas o rosto. Athan e eu tínhamos escapado antes da morte de Capone, e enquanto as pessoas pensavam que ele havia sofrido um ataque cardíaco, eu sabia que, na verdade, ele fora assassinado por Renzo. Eu só não sabia o porquê.

Eu não via Renzo há 86 anos.

Quando Athan e eu estávamos viajando de cidade em cidade, depois de escapar de Renzo e de sua gangue, parei em Seattle antes de me mudar para o Alasca. Foi lá que conheci meu amigo humano, o Tenente Martin Ellwood. Ao longo dos últimos quinze anos, havíamos formado um vínculo e um entendimento. Nunca pensei que ser um vampiro se tornaria algo útil, mas eu tinha um compromisso mensal com ele, e não seria agora que eu deixaria o único humano que realmente sabia quem eu era, na mão.

Meu olhar encontrou o de Calla, e dei um sorriso forçado antes de me virar e sair do quarto para que ela e sua família pudessem enfrentar o luto com privacidade. Eu sabia o que era perder um dos pais. Eu havia assassinado minha família inteira durante o sono para poupá-los, mas foi naquele dia, oitenta e seis anos atrás, que jurei nunca mais matar uma pessoa *inocente*.

CAPÍTULO 7

CALLA

Fizemos o percurso do hospital até em casa em total silêncio. Atordoados. Nunca imaginei ter que dizer adeus ao meu pai, e não estava preparada para isso.

Quando estávamos a alguns minutos de casa, peguei o celular e enviei uma mensagem para Valencia.

> Tiramos meu pai do suporte de vida esta tarde. Ligarei dentro de alguns dias, assim que estiver melhor.

Sua resposta chegou rapidamente.

> Lamento muito, Calla. Se você precisar de mim, basta dizer e eu pego um avião. Dê meu amor e minhas condolências à sua família.

> Eu darei. Obrigada.

Ao passar pela porta da frente da minha casa de infância, a alegria das decorações natalinas fez com que a tristeza me atingisse como um trem de carga mais uma vez. Vi todos os nossos presentes ainda debaixo da árvore e percebi, enquanto olhava para as luzes coloridas, que nunca mais veria meu pai, nunca mais poderia passar outro feriado ao seu lado. Ele nunca me buscaria no aeroporto e me receberia de braços abertos. Ele nunca se sentaria à mesa da sala de jantar e trapacearia em jogos de tabuleiro, fazendo com que eu e meus irmãos discutíssemos de brincadeira com ele. Ele nunca mais beijaria minha mãe na bochecha e lhe daria uma palmada afetuosa no traseiro, dizendo que a amava tanto agora como no dia em que se casaram.

E ele nunca mais me diria que me amava de novo.

Depois de respirar fundo e enxugar as lágrimas, dei de ombros e fui até a cozinha para me servir de um copo gigante de COB. Se não fosse por minha mãe, e o fato de ela sempre me repreender por tudo, eu beberia direto da garrafa neste momento. Tudo era surreal, e para ser honesta, eu não sabia o que fazer. Eu queria me atirar na cama e chorar até não ter mais lágrimas, mas tinha minha mãe e meus irmãos em quem pensar. Eu era a mais velha, e sentia como se fosse meu dever cuidar de todos agora.

Peguei meu copo, a garrafa e mais outros três copos, e me juntei a todos na sala de estar. Enquanto colocava os itens na mesa de café, notei minha mãe mexendo em sua bolsa perto da porta de entrada. Ela tirou seu celular, depois foi até a mesa e pegou sua agenda de endereços.

— Mãe, beba um copo de COB. Você precisará ligar para todos na Irlanda amanhã, porque agora é tarde demais lá. — Estávamos oito horas atrás de minha avó e dos amigos de meus pais em Dublin, então era meio da madrugada lá.

— Certo. — Ela suspirou e fechou os olhos, uma lágrima escorregando pela bochecha.

— Ligaremos para todos de manhã, mãe. Deixe que façamos isso por você. — Alastair foi até ela e enlaçou seus ombros, abraçando-a apertado. — Diga-nos apenas para quem ligar além da vovó, e nós cuidaremos disso pela manhã.

Ela acenou com a cabeça e lhe entregou a agenda de endereços.

— Okay, obrigada. Ligue para... todos.

Betha serviu uma dose tanto para ela quanto para minha mãe, enquanto Alastair foi até a cozinha para pegar uma cerveja. Às vezes, ele e meu pai sentavam-se no terraço no quintal e bebiam cervejas enquanto falavam besteiras. Todos nós teríamos que encontrar uma maneira de enfrentar a perda. Assim que ele voltou, nos sentamos em silêncio até que a mãe falou novamente:

— Calla, você pode ligar para Ted e avisá-lo? — Percebi que ela havia abrandado o tom comigo desde que Draven conversou com ela. O que

64   *Kimberly Knight*

quer ele tenha dito a ela no hospital, aparentemente, havia amenizado seu ódio contra mim. Eu não o via desde que ele saiu do quarto do hospital, dando-nos tempo para chorar sozinhos, e esse pensamento me fez perceber que eu precisava ligar ou mandar uma mensagem para agradecer por tudo; mesmo que ele não tenha conseguido salvar meu pai.

Eu acenei com a cabeça.

— Sim, é claro. Eu resolvo as coisas do COB.

Todos na destilaria O'Bannion eram como família para nós. Cada um tinha trabalhado para meu pai por muitos anos, alguns desde que ele tinha aberto o COB, e eu queria ter certeza de que todos eles soubessem que estavam seguros, bem como seus empregos. Eu também precisaria conversar com Ted para ver se ele conseguiria instalar câmeras de segurança e se poderia gerenciar tudo até que encontrássemos um substituto para meu pai. Ninguém jamais o substituiria, mas precisávamos de alguém para administrar o armazém, mesmo que tivéssemos que promover algum funcionário.

Decidi que, mesmo sendo tarde, Ted precisava saber que meu pai havia falecido. Levei meu uísque até a cozinha para fazer a ligação. Depois de tomar um grande gole do líquido doce e picante, respirei fundo antes de discar seu número.

— Oi, tio Ted. É a Calla.

— Oi, Calla. Como está seu pai?

Fechei os olhos enquanto lágrimas deslizavam pelas minhas bochechas.

— Ele… ele faleceu esta noite.

— Oh, Calla. Sinto muito pela sua perda. — Depois de alguns momentos, a voz dele embargou: — Vou sentir falta do seu pai. Ele era um homem incrível.

— Sim, ele era. — Fiz uma pausa antes de continuar: — O outro motivo para minha ligação é que eu estava pensando se você poderia dar um jeito de instalar câmeras e avisar a todos que eles estarão em segurança e que entraremos em contato em breve sobre os preparativos para o funeral.

— Sim, é claro.

— Obrigada, e por favor, assegure-lhes que seus empregos também estão garantidos. — Não sabia como, mas era melhor não preocupar ninguém.

— Vou fazer isso, e não se preocupe com os negócios nesse momento. Cuidarei das coisas lá e manterei as portas trancadas por enquanto. Vou ver como contratar um guarda para a porta ou algo assim. Fique com sua família e, por favor, transmita meus pêsames à sua mãe.

— Pode deixar. Obrigada por tudo.

BURN FALLS

— Passarei aí amanhã e, por favor, se houver algo que eu possa fazer, me ligue.

Agradeci-lhe novamente, encerrei a chamada e voltei para a sala de estar. Todos ainda estavam pensativos, lembrando-se silenciosamente de meu pai ou do que havia acontecido. Comecei a pensar sobre o que aconteceria com os negócios. O meu pai sempre brincou que ia me deixar no comando porque a minha mãe não fazia a menor ideia do que fazer. Pelo menos eu pensava que ele estava brincando. Não era o tipo de coisa de que falávamos quando a família se reunia. Agora ele tinha morrido antes de estarmos prontos, e eu estava definitivamente incerta sobre o que o futuro nos reservava, independente de dizer ao Ted para não se preocupar.

— Oh! O que Ted disse? — mamãe perguntou como se tivesse acabado de se lembrar que eu havia ligado para ele e que estava de volta à sala.

— Ele vai avisar ao pessoal, e virá amanhã. Ele também me disse para lhe transmitir seus pêsames.

— Okay. Obrigada por fazer isso, Calla. — Ela sentou-se de volta no sofá.

Alastair ligou a televisão e todos nós nos concentramos na tela, mas sem realmente ver o que se passava. O ruído apenas abafou o silêncio.

— Não consigo acreditar que ele se foi — disse mamãe, com lágrimas escorrendo novamente.

Betha a abraçou enquanto choravam juntas, e eu me recostei ao sofá, imaginando meu belo pai enquanto minhas próprias lágrimas rolavam pelo meu rosto, escorrendo pelo queixo e salpicando a blusa que usava. Antes que desse por mim, eu estava sonhando.

Sonhando com meu pai vivo.

Meus olhos aparentavam que eu havia participado de uma briga. Estavam inchados durante o banho na manhã seguinte. Deixei a água correr sobre meu rosto, querendo que lavasse a dor. Como seria hoje? Eu sabia que haveria muitas lágrimas e muitos telefonemas a serem feitos, e estava temendo tudo isso porque eu só queria ficar na cama, sozinha.

Vesti uma calça de moletom confortável e uma camiseta folgada, e amarrei meu longo cabelo castanho. Meu corpo ansiava por cafeína, então desci a escada para preparar um café. O resto da casa despertou não muito tempo depois, cada um agarrando uma xícara e sem dizer nada, porque aquela não era uma boa manhã.

Sentamo-nos à mesa da cozinha por um longo período de tempo, antes que a minha mãe falasse:

— Acho melhor eu começar a organizar o funeral.

Coloquei uma mão sobre a dela.

— Deixe-nos cuidar disso.

Ela deu um sorriso tenso.

— Obrigada.

— Betha e eu vamos começar a ligar para todos — disse Alastair. Ele apertou o ombro da mãe e saiu da cozinha, levando seu café, com Betha logo atrás.

Minha mãe deixou a mesa e foi para o quarto dela enquanto eu ligava para a funerária e marcava o funeral do meu pai. Mais tarde, naquele dia, um casal de amigos mais próximos da minha mãe, incluindo o tio Ted, chegou para dar seu apoio. Foi difícil ver minha mãe desmoronar várias vezes. Eu desejava que houvesse uma maneira de livrá-la de todo o sofrimento.

Não sabendo o que fazer, além de chorar, tomei a liberdade de retirar as decorações de Natal. Não sabia o que fazer com os presentes, a não ser escondê-los no armário do corredor. Eu sabia que ninguém queria abri-los porque os presentes serviam para nos alegrar, e estávamos longe de ser felizes novamente.

Um dia antes do velório de meu pai, decidi aceitar a oferta de Valencia. Mesmo tendo minha família, eu me sentia só. Precisava que minha amiga me ajudasse a esquecer, ou pelo menos me fizesse rir. Peguei o celular da mesinha de cabeceira e liguei para ela.

— Calla. Graças a Deus. Eu queria lhe dar algum espaço, mas estou tão feliz que você tenha ligado.

Eu me desmanchei em soluços.

— Ainda não consigo acreditar que ele se foi.

— Eu sei, querida. Por favor, deixe-me ir até você. Você sabe que estou de folga do trabalho até a segunda-feira, depois do Ano Novo. Podemos beber margaritas todas as noites.

Aceno em concordância, embora ela não pudesse me ver.

— Sim, por favor, por favor, venha. Preciso da minha amiga.

— Pronto. Vou pegar o voo mais próximo.

— Obrigada. Eu posso comprar sua passagem de avião.

— Não seja ridícula. Você é minha melhor amiga e eu quero estar com você.

Tentei aliviar o clima.

— Mas isto significa que você não terá um encontro com Chance.

Ela riu um pouco do outro lado.

— Qual é? Eu só ia à Unicorn para que ele me notasse.

— Claro que ele notaria.

— Você é mais importante.

Dei um sorriso amplo.

— Obrigada.

— Deixe-me reservar o próximo voo. Depois te envio uma mensagem informando o horário.

— Perfeito. Vou buscá-la no aeroporto.

Depois de pressionar o botão pra desligar, abri as mensagens de texto e enviei uma para o Draven. Eu não tinha tido notícias dele – não que esperasse que o médico de meu pai ligasse –, mas lembrei que ainda precisava agradecer a ele. Certo, eu queria agradecê-lo. Eu queria ver se ele responderia – para descobrir se estava realmente sendo apenas um cara legal. Era estranho estar pensando no Draven agora, mas era melhor do que continuar chorando.

> Obrigada por tudo o que tentou fazer pelo meu pai. Sei que fez o que pôde, e estou grata. Além disso, obrigada por me fazer rir na outra noite no Maxwell's. Eu precisava daquilo.

Não houve resposta. Olhando para o sol brilhante do lado de fora, imaginei que estivesse dormindo, pois parecia que só trabalhava no turno da noite. Mas quando adormeci naquela noite, ele ainda não havia respondido a mensagem ou telefonado.

V me enviou uma mensagem dizendo que estava pegando o primeiro voo de Seattle e que chegaria em Anchorage às oito e meia da manhã. Eu estava animada para vê-la, mesmo neste dia horrível, e então percebi que era a primeira vez que um sorriso agraciava meus lábios desde aquela noite no bar com o Draven. Assim que pensei nele, recebi uma resposta.

> Desculpe pela resposta tardia. Noite louca na Emergência. Eu gostaria de ter podido fazer mais. Por favor, me avise se precisar de alguma coisa de mim. Estou sempre aqui por você, e adoro vê-la sorrir.

Li seu texto não menos de dez vezes e pensei se – em meu estado de "pré-café" das seis da manhã – eu estava lendo as palavras errado.

Estou sempre aqui por você, e adoro vê-la sorrir.

No momento em que vi Valencia sair pelas portas, saí correndo do carro de minha mãe e voei para os seus braços.

— Obrigada por ter vindo.

—Teria chegado mais cedo se você tivesse me deixado.

Uma lágrima escorreu pela minha bochecha enquanto eu me separava dela.

— Pensei que eu poderia lidar com isso.

— Seu pai morreu. Não faz mal querer ajuda.

Acenei e abri o porta-malas para que ela colocasse a mala dentro.

— Obrigada.

No caminho de volta para Burn Falls, contei tudo a ela. Desde o ataque até minha distração com o médico que cuidou do meu pai, até o instante em que vi seu último suspiro. Fiquei surpresa por não chorar enquanto revivia tudo, mas minhas lágrimas haviam secado.

Ela deu um sorriso triste à medida que eu conduzia o carro até a entrada da garagem.

— Estou aqui para fazer tudo o que você precisar.

— De novo, obrigada.

BURN FALLS

Depois que a V encontrou-se com minha família, fomos até o meu quarto para que ela pudesse desfazer as malas e nos preparássemos para o funeral. Mesmo que ela tenha deixado que eu me vestisse e maquiasse em silêncio, só em saber que ela estava lá era o suficiente para me dar esperança de que eu passaria por mais esse dia.

O sol brilhava na neve enquanto nos reuníamos no local da sepultura; um músico tocava música clássica para amortecer os soluços de nossa família e amigos. Todos eram locais porque o único parente vivo que meu pai tinha era sua mãe, e ela estava na casa dos noventa e sem a menor condição de viajar da Irlanda.

Meu irmão foi o primeiro a prestar homenagem ao meu pai.

— Em nome de minha mãe e de minhas irmãs, Calla e Betha, gostaríamos de agradecer pela presença de vocês. Meu pai foi muito trabalhador, gentil e generoso. Ele sempre teve tempo para todos, apesar de suas longas horas em sua destilaria. Ele administrava o Conhaque O'Bannion, sabendo que tinha uma responsabilidade para com a comunidade local, e cada empregado era como se fosse família para ele, para nós, e acho que isso se comprova com o número de pessoas que vieram aqui hoje. Mas para nós, ele era um marido dedicado — Alastair acenou para a mãe que começou a soluçar — e um pai amoroso. Ele foi nosso herói, e nunca o esqueceremos. — Sua voz embargou com as últimas palavras e tomou um momento para se recompor enquanto minhas próprias lágrimas escorriam pelo meu rosto. — Nós te amamos, papai. Descanse em paz, e espero que haja um bar no céu onde você possa ter seu Conhaque O'Bannion.

Ele veio sentar-se ao nosso lado, e mamãe o envolveu em seus braços enquanto ele se desfazia em lágrimas.

Parecia que este era o fim. Este era o lugar onde eu precisaria vir para conversar com ele, para pedir sua ajuda, como já havia feito inúmeras vezes. Chorei porque ele nunca me levaria, nem à Betha, ao altar quando nos casássemos, nem veria se Al teria um filho próprio. Quando voltamos para casa, os amigos de minha mãe e V tomaram conta da comida, e eu me empenhei no preparo das bebidas para quem quisesse uma. Eu sabia que fazia parte da celebração da vida do pai que as pessoas estivessem aqui, mas eu desejava que todos fossem embora.

Eu estava emocionalmente drenada.

V estava dormindo na manhã seguinte quando acordei e desci para tomar café. Eu esperava que todos ainda estivessem dormindo, dado o dia anterior, mas a mãe estava sentada no sofá, rodeada de papéis.

— Bom dia, mamãe.
— Bom dia, querida. Você dormiu bem?
Dei de ombros.
— O melhor que pude, dadas as circunstâncias.
Mamãe pegou seu café e tomou um gole rápido.
— Estou feliz por você ser a primeira a acordar. Preciso conversar com você sobre algo antes que seu irmão e sua irmã desçam.
— Claro. Posso tomar um café bem rápido?
— Claro.
Depois de servir uma xícara, voltei para a sala de estar e sentei-me ao seu lado.
— Sobre o que você quer conversar? — Não fazia ideia do que poderia ser. Será que ela ia voltar ao seu normal e me criticaria por estar acima do peso? Será que me culparia novamente pela morte de meu pai?
Ela tomou outro gole da bebida quente.
— Desejo pedir desculpas por todas as palavras odiosas que lhe disse. Sei que não foi sua culpa que seu pai tenha sido atacado ou morrido.
Acenei com a cabeça.
— Obrigada.
— Tenho sido dura contigo todos estes anos porque você é minha primogênita. Eu queria que se estabelecesse e começasse uma família.
— Isso ainda pode acontecer.
— Eu sei que pode. Eu só quero vê-la saudável e sorridente como você costumava ser.

BURN FALLS

— Acho que vou começar a correr novamente quando voltar para Seattle.

— Na verdade, essa é outra coisa sobre a qual eu queria conversar. Desde que me lembro, seu pai sempre tinha dito que queria que você assumisse o COB quando ele morresse.

— Tenho certeza de que ele falava isso brincando — afirmei.

Mamãe balançou a cabeça.

— Ele não estava brincando. E sei que você tem sua vida em Seattle, mas eu realmente preciso da sua ajuda aqui em Burn Falls. Alastair e Betha ainda têm muitos anos de faculdade, e não há como pedir-lhes que desistam. Seu pai não iria querer isso.

Eu fiquei olhando para ela, sem palavras.

— O que você está querendo dizer?

Ela pôs a mão no meu joelho.

— Vou me encontrar com nosso advogado de inventário depois que você voltar para casa, mas quero que você fique. Quero lhe dar o COB, e quero que você o administre como seu pai queria.

Eu a encarei, ainda sem conseguir dizer nada.

— Eu sei que é muita coisa para se pensar, mas não posso gerenciar a empresa. Não tenho a menor ideia do que fazer, e de jeito nenhum eu venderia a destilaria.

— Eu não te deixaria vender.

— Eu poderia realmente precisar da sua ajuda em tudo, agora que seu pai se foi. Você consideraria se mudar de volta para cá? Você pode ficar aqui o tempo que for necessário. Eu só… acho que não consigo administrar a vida sozinha.

Uma lágrima escorreu pela minha bochecha.

— Preciso de um pouco de tempo para pensar em tudo isso. Eu tenho meu trabalho em Seattle.

— Sim, eu sei. É por isso que eu queria dizer isto o quanto antes. Eu sei que vai voltar no domingo, mas queria que soubesse que preciso de você.

Minha mãe nunca havia dito que precisava de mim antes. Mas será que eu estava pronta para gerenciar um negócio? Tornar-me a *herdeira* do Conhaque O'Bannion?

CAPÍTULO 8

DRAVEN
Seattle – 2003

Demorei setenta e um anos para finalmente chegar à Costa Oeste. Desde 1932, eu ia de cidade em cidade, me mudando a cada dez anos, mais ou menos. Decidi ir para Seattle há alguns meses porque era uma das que mais cresciam nos Estados Unidos, e senti como se pudesse facilmente esconder minha verdadeira identidade, além de continuar minha fuga, em uma cidade grande.

Eu estava atuando como médico no Seattle's Hope Haven. A "Compulsão" ajudava quando se tratava de entrevistas para fazer com que as pessoas acreditassem que um jovem como eu possuía escolaridade suficiente e estava treinando para ser um médico e não um estagiário ou residente. Eu também controlava quando podia e não podia trabalhar, então se ainda estivesse sol no início do meu turno, eu hipnotizava a qualquer um que questionasse o fato de eu não estar no hospital no início do plantão.

— Vejo você amanhã, Dr. Webster — disse Dyana, uma de minhas estagiárias, enquanto fechava seu armário.

Meu pseudônimo atual era Dr. Robert Webster. Tínhamos acabado nosso turno, e cada um de nós estava se preparando para ir para casa.

— Tenha um bom resto de noite — respondi, amarrando o cadarço do sapato.

Peguei a mochila e saí do prédio. Na maioria das noites, às três da manhã, havia apenas algumas pessoas circulando pelas ruas, e eu poderia correr para o meu apartamento em menos de cinco minutos.

Esta noite foi diferente.

— Eu disse para largar sua arma!

Ouvi os gritos e parei a alguns quarteirões do hospital.

— Parece que você está em menor número. — Agucei os ouvidos ao ouvir os risos e disparei em direção às vozes sem nem ao menos saber o motivo.

— Este é seu último aviso — a primeira voz advertiu.

Quando dei a volta, permanecendo nas sombras, vi dois policiais. Um estava no chão, inerte, se esvaindo em sangue de uma ferida no peito. Não conseguia ouvir os batimentos do seu coração, e sabia que já estava morto. O outro policial estava cercado por cinco homens, com sua arma apontada, mas era nítido que ele não sabia o que fazer porque estava, de fato, em desvantagem numérica.

Desde que deixei a máfia de Renzo, nunca mais havia assassinado outra pessoa. Mas eu sabia que estes cinco homens não eram inocentes, e sabia que se tentassem levar adiante suas ameaças, eu interviria. Eu os hipnotizaria a sair dali, e depois faria o mesmo com o policial, inventando uma história de fachada para seu parceiro caído.

— Você vai acabar como seu parceiro — disse a segunda voz, rindo e gesticulando em direção ao policial morto.

— Os reforços logo chegarão aqui.

— Você estará morto antes que eles cheguem — o segundo cara disse e riu novamente.

Observei enquanto o grupo de homens puxava as armas da cintura, e assim que ouvi o som do gatilho sendo puxado, entrei em ação antes de pensar nas consequências, quebrando o pescoço de cada um deles. Demorou três segundos para derrubá-los, e então me virei para o policial. Ele estava tremendo, apontando o revólver na minha direção.

— P-par... parado — ele gaguejava.

— Não vou machucá-lo.

Ele olhou para os cadáveres e depois me encarou meus olhos escuros.

— C-como... Como... Como você...?

Eu lhe disse a verdade, sabendo que o obrigaria a esquecer que eu estava aqui mesmo em poucos segundos.

— Eu sou um vampiro.

Ele pestanejou.

— Um vampiro? Como você...

Eu sorri.

— Essa é uma longa história para a qual não temos tempo.

— Vampiros não são reais.

Eu me movi até ele e gentilmente o forcei a baixar sua arma.

— Eles são.

— Isso é... Isso é tão maneiro.

Eu estava prestes a fazê-lo concentrar-se em meus olhos quando a declaração dele me impediu. Normalmente, as pessoas ficavam assustadas. Elas sempre pensavam que poderiam fugir de mim e então eu acabava tendo que persegui-las, causando mais medo ainda, já que imaginavam que seriam minha próxima vítima quando, na realidade, eu estava apenas impedindo-as de fugir para fazê-las esquecer a verdade.

— Maneiro? — perguntei.

Ele sorriu.

— Sim. Você é superforte e rápido e viverá para sempre.

Eu sabia que não viveria. Eventualmente, Renzo me encontraria e arrancaria meu coração do peito.

— Deixe-me adivinhar. Você quer que eu te transforme.

Depois que eu usava a "Compulsão" para que as pessoas se acalmassem (geralmente as mulheres com quem eu dormia), elas imploravam para que eu as transformasse porque também queriam se tornar vampiros antes que os obrigasse a esquecer que eu era um deles. Os humanos não percebiam o que isso realmente implicava. Eu não via a luz do dia há quase setenta e cinco anos, nunca poderia fazer de uma cidade meu lar para sempre, nunca teria uma família e nunca poderia me aproximar de um humano porque, em algum momento, eu teria que vê-los morrer.

Em resumo, eu estava vivendo um pesadelo.

— Não — afirmou o jovem policial. — Eu quero que você me ajude.

Foi a minha vez de pestanejar.

— Ajudá-lo?

As sirenes ecoaram da esquina mais próxima.

— Trabalhar nas ruas não é seguro. Eu teria morrido esta noite se não fosse por você, e minha esposa está grávida de nosso primeiro filho.

— Você é um novato — meu olhar baixou para a plaquinha em seu peito —, Oficial Ellwood?

— Segundo mês de trabalho. — Seus olhos verdes se iluminaram.

Os carros da polícia derraparam até uma parada total, e antes que eu pudesse fazê-lo esquecer do que viu, eu fugi.

Quando acordei na noite seguinte, eu sabia que precisava encontrar o policial Ellwood. Não tinha certeza do que iria acontecer – o que *havia* acontecido enquanto dormia o dia inteiro. Ele disse a todos que havia um vampiro na cidade? As pessoas acreditaram nele? Qual foi sua história de fachada sobre os cinco homens mortos cujos pescoços eu quebrei? Eu nunca havia deixado alguém sem a hipnose, mas no momento em que ele me disse que seria pai, meu mundo parou. Sempre acontecia quando eu via crianças ou mulheres grávidas, pois me lembrava de Mary e do que quase tive.

E do que perdi.

Ao chegar ao hospital, vasculhei a sala de descanso à procura de um jornal local. Folheei as páginas, sem encontrar qualquer matéria sobre um vampiro, mas havia uma sobre o policial novato que foi o único sobrevivente de um ataque de gangue na cidade.

A história dizia que o policial Ellwood e seu parceiro, o oficial Roth, se envolveram em uma altercação física que resultou na morte de todos, exceto de Ellwood. O texto concluía que a investigação ainda estava em andamento.

Li tudo outra vez para me assegurar de que não havia nada sobre mim. Ele estava falando sério na noite anterior quando me pediu para ajudá-lo? Como eu poderia ajudar um policial? Acabaria com todos os bandidos da cidade e, potencialmente, comigo mesmo? Sim, eu sempre poderia me valer da hipnose, mas se eu quisesse combater o crime, eu teria me tornado um policial e não um médico.

Ouvi passos leves antes de Andrea abrir a porta da sala de descanso.

— Emergência a caminho com uma vítima de trinta e quatro anos de idade, atropelamento. Cerca de três minutos para a chegada.

— Já estou a caminho. — Larguei o jornal e dei início ao meu dia.

Mais um turno se passou. Conseguimos salvar a vítima do atropelamento, assim como mais alguns pacientes que entraram na emergência com várias doenças. Ainda assim, no fundo da minha mente, pensei sobre a noite anterior e como eu iria rastrear Ellwood e descobrir o que ele havia dito às pessoas. A contar com a matéria do jornal, achei que não era a verdade. Se esse fosse o caso, ainda haveria tempo para eu hipnotizá-lo. Se ele dissesse a alguém que havia um vampiro na cidade, eu estava certo de que Renzo saberia e viria a Seattle em um instante.

— Não posso acreditar que Seattle tenha um justiceiro. Isso é incrível.

Minha audição aguçou quando duas enfermeiras entraram no vestiário.

— Do que estão falando? — perguntou Dyana.

A enfermeira loira respondeu:

— Uma notícia que estava passando agorinha na sala de descanso. Parece que um cara ajudou um policial ontem à noite a acabar com cinco homens.

Fiquei esperando que elas continuassem o papo.

— O que faz dele um justiceiro? — Dyana questionou. — Parece mais como um herói para mim, já que ele ajudou a proteger um policial de cinco bandidos.

— Dá no mesmo — disse a enfermeira ruiva. — Estão pedindo às pessoas que se apresentem, caso tenham alguma informação, porque querem agradecer ao cara.

Isso nunca aconteceria.

— Talvez ele seja como o Batman, e ninguém jamais descobrirá a identidade dele. Até onde sabemos, ele poderia ser o Dr. Webster. — Dyana riu.

— Eu ouvi isso, hein? — respondi e fechei a porta do meu armário com um pouco mais de força do que pretendia.

As garotas riram, e a loira perguntou:

— Então, é você?

Dei uma risada debochada.

— Você me conhece. Saio de um plantão de dez horas direto para as ruas, para proteger a cidade do crime.

— Bem, acho incrível que alguém tenha se intrometido para ajudar a salvar a vida de um policial. Ele deveria receber uma medalha ou algo assim — afirmou a ruiva.

Eu provavelmente deveria ter decorado seus nomes em algum momento, mas elas não faziam parte da minha equipe, e com quanto menos pessoas eu me associasse, melhor. Já era ruim o suficiente desejar o sangue de cada uma delas. No entanto, eu também podia sentir o cheiro da excitação dessas mulheres, então eu não gostava de misturar negócios e prazer, mesmo que pudesse compeli-las a esquecer que haviam transado com um vampiro. Era mais fácil ter um caso de uma noite só, para não ter que ver a mulher novamente ou até mesmo sair com alguém de um departamento diferente, porque as chances de vê-las eram mínimas.

BURN FALLS

Depois de pegar a mochila, deixei as garotas conversando sobre mim. Eu precisava localizar o policial Ellwood antes do amanhecer. Só não tinha certeza se seria capaz de encontrá-lo. Estava chovendo, mas decidi ir para a delegacia mais próxima do hospital, na esperança de que ele trabalhasse lá. Era um tiro no escuro. Assim que entrei, fui até a oficial de plantão.

— Posso ajudá-lo? — ela perguntou.

— Sim, estou procurando o oficial Ellwood.

— Você é um repórter?

Franzi o cenho ante sua pergunta.

— Não, só preciso saber se ele está de serviço nesta delegacia.

— Por quê?

Eu me inclinei para frente, fazendo com que ela encarasse meus olhos. Observei como suas pupilas dilataram.

— Porque preciso falar com ele. Ele está aqui?

— Ele está de folga hoje, depois do que aconteceu ontem à noite.

— Dê-me seu endereço de casa — sussurrei para que os outros policiais no recinto não me ouvissem.

Ela se virou para o computador, pressionou algumas teclas e depois pegou um pedaço de papel. Depois que escreveu o endereço, me entregou sem questionar.

— Obrigado. — Peguei o pequeno pedaço de papel, e nossos olhos se encontraram novamente. — Você não vai se lembrar ou dizer a ninguém que eu estive aqui. Você não se lembrará que alguém perguntou pelo oficial Ellwood ou seu endereço. Você entendeu?

— Sim.

O endereço era de um apartamento em *Squire Park*. Em vez de correr até lá, decidi pegar um táxi para não me molhar muito. O veículo estacionou diante de um complexo de apartamentos, e assim que paguei ao motorista, andei pelos edifícios das quatro unidades até encontrar o número do apartamento que se localizava na esquina de um dos prédios de dois andares.

Depois de bater quatro vezes, a porta se abriu.

— Ei — o policial me cumprimentou, com uma arma ao lado. Seu cabelo castanho-claro estava desgrenhado como se tivesse acabado de acordar.

Olhei para sua Glock e depois para ele.

— Eu sou o Draven. Convide-me a entrar. — Tive que dizer a ele meu nome verdadeiro para que me convidasse a entrar em sua casa. Se usasse meu pseudônimo, não teria funcionado.

Ele sorriu.

Kimberly Knight

— Eu ouvi falar sobre isso.

— Sobre o quê?

— Que você precisa ser convidado para entrar em casa.

Revirei os olhos, irritado.

— Não há tempo para jogos. Convide-me a entrar.

— Draven, por favor, entre. — Então se afastou para me dar passagem.

— Para quem você contou sobre mim? — perguntei, cruzando os braços assim que ele fechou a porta.

— Para ninguém.

Ouvi a respiração de outra pessoa em outro quarto e o som de dois batimentos cardíacos, um mais fraco que o outro.

— Sua esposa está aqui?

— Claro, mas ela está dormindo.

— Ela sabe sobre mim?

— Não. — Ele balançou a cabeça. — Mas ela chorou muito quando soube do incidente de ontem. Não podemos agradecer-lhe o suficiente.

— Por que está sendo noticiada uma história sobre um justiceiro em Seattle, se você não falou nada sobre mim?

— Porque eu não sabia como explicar que cinco homens tiveram seus pescoços quebrados depois que meu parceiro foi baleado.

Fechei os olhos por um instante e me xinguei mentalmente por tê-lo ajudado.

— Chegue mais perto de mim.

Ele deu um passo atrás.

— Por quê?

— Por que vou apagar sua memória e lhe dar uma história de fachada.

— Não.

Eu me aproximei dele em um instante.

— Não me provoque. Eu te ajudei ontem à noite, e agora meu disfarce pode acabar sendo descoberto — sibilei, baixinho, para que sua esposa não ouvisse.

— Eu nunca vou contar a ninguém. — Ele deu de ombros.

— É mesmo? Você descobriu que os vampiros são reais e nunca vai contar...

— Posso te dizer porque me tornei policial antes que você decida apagar a minha memória como se você fosse o Jay?

Franzi o cenho, sem entender nada.

— Jay?

BURN FALLS

Ellwood sorriu, e percebi que durante todo o tempo em que conversou comigo, em momento algum encarou meus olhos como solicitei. Ele estava suplicando para que pudesse sempre se lembrar, ao invés de implorar para esquecer por conta do medo.

— Você sabe, o Jay, um dos Homens de Preto.

Eu o encarava, sem saber o que dizer.

— Olha, cara, estou bem com toda essa merda de vampiro. É isso que estou tentando te dizer.

— Homens de Preto é um filme.

— Mas você é um humano, quero dizer, é tipo uma espécie de neutralizador vampiro. Ou… espere. É isso mesmo? Eles usam esses neutralizadores para fazer as pessoas esquecerem… — Parou de falar e encarou o teto, como se estivesse pensando em alguma coisa.

— Ellwood. Cale a boca.

— Martin — informou.

— Martin. — Eu sorri.

Eu precisava admitir que este cara era corajoso. Eu não tinha um amigo humano desde 1928, exatamente porque não queria ter que experimentar a dor da perda, mas pela forma como seu coração pulsava com força em seu peito, eu sabia que ele estava dizendo a verdade e queria que eu o ajudasse.

— Como você quer exatamente minha ajuda?

Ele se sentou à pequena mesa da sala de jantar, colocando a arma sobre o tampo de madeira.

— Não pensei nisso por completo, então não tenho certeza.

— Você sabe que não posso sair à luz do dia, certo? — perguntei, sentando-me à sua frente.

— Certo.

— E que vivo à base de sangue?

— Ooookay…

— E que vou me mudar daqui a dez anos?

— O quê? Por quê?

— Quantos anos você acha tenho?

Ele me olhou fixamente por alguns momentos.

— Vinte e poucos.

— Viu o problema?

— Você não envelhecerá nunca — afirmou Martin.

Acenei com a cabeça em concordância.

— Então você se muda a cada dez anos…

— Esse é o plano. É difícil ficar em um lugar por muito tempo, porque as pessoas começam a notar que estão adquirindo rugas e eu não.

— Entendi. — Ele acenou com a cabeça. — Então me ajude por dez anos.

— Se você acha que não aguenta ser um policial, então talvez você não deva ser um.

— Isso não é uma opção.

— Por quê?

Ele respirou fundo.

— Quando eu tinha seis anos, dois homens invadiram minha casa enquanto minha mãe estava lendo para mim uma história para dormir. A polícia disse que provavelmente seria apenas um roubo, mas quando minha mãe tentou nos proteger, ela foi morta diante dos meus olhos enquanto eu me escondia no armário. Os homens fugiram antes de procurar por mais alguém na casa. Até hoje, eles nunca prenderam ninguém ou encontraram qualquer pista. Prometi não deixar que isso voltasse a acontecer… a ninguém.

— Como você acha que posso ajudá-lo então?

Martin pensou por um momento.

— Você não tem tipo… um superolfato?

Inclinei a cabeça para trás e ri abertamente.

— Você quer me usar como um cão farejador?

Ele riu.

— Algo do tipo.

Ainda em Seattle – 2006

Nos últimos três anos, eu vinha ajudando Martin a subir suas patentes. Ele trabalhou como policial de rua por apenas um ano antes de ser promovido a detetive. Foi rápido, mas quando você possuía uma carta na manga, as pessoas deduziam que você era esse policial incrível – e ele era, mas era melhor por minha causa.

Martin e sua esposa, Marcy, tiveram uma filhinha alguns meses depois de nos conhecermos. Em 2005, Marcy estava lendo um livro popular sobre vampiros, e disse que me imaginava como o vampiro protagonista. Eu não sabia se isso era bom ou não, mas ouvi dizer que ele brilhava sob a luz do sol. Eu lhe assegurei que isso não acontecia, e quando ela me pediu para provar isso, não pude. Finalmente, uma noite, eu contei a verdade. Ela comentou que achava legal e que estava feliz com o fato de os vampiros não brilharem ao sol como diamantes, porque isso seria estranho – como se não fosse estranho que eu fosse um vampiro em primeiro lugar.

Martin e eu chegamos a um acordo de que eu agiria como uma espécie de informante. Se ele e seu parceiro estivessem trabalhando num caso, eu o ajudaria ao ler arquivos e rever as fitas de vigilância em minhas noites de folga. E porque eu não tinha medo de merda alguma, às vezes, usava um microfone e hipnotizava as pessoas para que dissessem a verdade e admitissem seus crimes.

O justiceiro de Seattle nunca reapareceu ou se apresentou, e logo as pessoas esqueceram tudo sobre *mim*.

Ainda em Seattle – 2013

Nos dez anos em que Martin foi policial, ele conseguiu chegar ao posto de Tenente. Seu histórico de resolução de casos foi impecável, graças à minha ajuda.

Mas, agora, meus dez anos em Seattle haviam acabado.

— Trabalhe em mais um caso comigo antes de partir — ele implorou.

Estávamos sentados em seu terraço no quintal, bebendo dois dedos de um uísque que tínhamos acabado de descobrir, Conhaque O'Bannion, enquanto sua esposa e *duas* filhas dormiam. A mais velha tinha quase dez anos, e a mais nova, cinco. Eu ainda estava trabalhando no Hope Haven, mas tinha dado meu aviso-prévio de trinta dias há três semanas. Estava na hora de me mudar, então aluguei um apartamento temporário em Anchorage até conseguir encontrar um emprego e depois me mudar para um lugar mais permanente.

— Você acha que consigo resolver um caso em uma semana? — Nos anos em que trabalhávamos juntos, isso chegou a acontecer, mas não era padrão.

— Não tenho certeza, mas preciso que você faça isso por mim.

Eu sorri e tomei um gole do líquido âmbar.

— Você exigiu muito de mim nos últimos dez anos.

Martin riu baixo.

— Mas seu pai ficaria orgulhoso — comentou ele. Eu havia contado a história da minha transformação e como tive que assassinar minha família. Martin estava certo: meu pai ficaria orgulhoso de eu ter me tornado médico e de meu melhor amigo ser o melhor policial da cidade.

Ficamos em silêncio por um momento.

— Sua mãe também ficaria orgulhosa de você — eu, finalmente, disse.

Ele acenou com a cabeça.

— É com isso que quero sua ajuda.

Inclinei a cabeça ligeiramente.

— Como assim?

— O último caso que quero que você investigue é sobre a morte da minha mãe.

— Mart...

— Eu sei o que você vai dizer: que o caso tem vinte e cinco anos etc. Mas eu preciso disto, D. Eu me odiaria se você fosse embora sem nem ao menos olhar o arquivo.

— Não quero desapontá-lo.

— Isso é impossível de acontecer — afirmou ele.

Estávamos novamente em silêncio, ambos bebericando o uísque até que, por fim, concordei:

— Muito bem. Traga-me o arquivo amanhã à noite, mas se eu não puder resolver isto, não quero ver você chorar.

Martin riu.

— Vou chorar de qualquer maneira. Meu melhor amigo está partindo.

— Eu posso te transformar, e depois você pode fugir por aí comigo — debochei.

— Não, obrigado. Eu planejo ser comandante de polícia um dia.

Fiel à sua palavra, Martin trouxe o caso arquivado de sua mãe ao meu apartamento depois do meu turno na noite seguinte. Depois de tomar banho, decidi vasculhar a caixa para rever tudo o que havia sobre o caso.

Retirei cada item, peça por peça, lendo e examinando cada coisa. Primeiro foi um saco de provas que continha uma bituca de cigarro. Martin disse que a havia enviado ao laboratório depois de se tornar detetive para testar a saliva, mas não houve nenhum resultado.

Em seguida, havia outro saco de provas que continha um pequeno pedaço de couro preto. Eu o tirei do saco transparente, notando uma gota de sangue em um dos lados. Mais uma vez, Martin havia enviado aquela prova para o laboratório, mas sem resposta. Antes de colocar o couro de volta no saco, farejei o sangue. Cada humano tinha seu próprio cheiro, assim como as impressões digitais. Ele era mais intenso do que a oleosidade da pele, tanto que o sangue de cada um possuía um aroma diferente. Para o nariz humano, todo o sangue cheirava a cobre ou ferro – algo metálico –, mas um vampiro podia dizer se era doce, salgado, frutado, o que fosse. E quando senti aquele cheiro no tecido de couro, pude perceber que havia um odor de nicotina e queijo gorgonzola – uma combinação estranha.

Além daqueles dois sacos de provas, não havia mais nada. Nenhuma impressão ou fio de cabelo deixado para trás, exceto o de sua mãe, e Martin não pôde identificar ninguém em uma fila de suspeitos quando ele tinha seis anos.

Em seguida, peguei o relatório do detetive que foi designado para o caso. Depois de ler tudo, escutei a entrevista gravada de Martin.

— *Olá, amigo. Eu sou o detetive Buckley, e este é o detetive Roberts. Queremos fazer-lhe algumas perguntas sobre o que aconteceu esta noite.*

— *Okay.* — Eu sorri ao ouvir o pequeno Marty de seis anos falar.

— *Você sabe quem esteve em sua casa esta noite, além de você e sua mãe?*

Houve uma breve pausa.

— *Você precisa falar em voz alta. Tudo bem, Martin?* — outra voz perguntou.

— *Tá bom.*

O primeiro detetive repetiu sua pergunta.

— *Você conhece os homens que estiveram na sua casa hoje à noite?*

Martin respondeu:

— *Não.*

— *Quantos estavam lá?*

— *Dois.*

— *E você nunca os viu antes?*

84

— Não.
— O que eles fizeram quando entraram? Eles bateram à porta antes?
— Não. Mamãe estava lendo para mim, e então ouvimos um estrondo alto.
— Você sabe que barulho era esse?
— Não.
— E então o que aconteceu?
— Mamãe disse para eu me esconder no armário.
— E você obedeceu?
— Sim.
— Você se lembra do que aconteceu depois?
Houve outra pausa, e então Martin disse:
— Ouvi minha mãe gritar, e então ela correu de volta para o meu quarto.
— Como você sabe que ela correu de volta para o quarto se você estava no armário?
— Eu estava olhando através da fresta na porta e a vi.
— Okay. E então o que aconteceu?
— Ela tentava fechar a porta, mas não conseguiu, e então ela lutou contra um homem... aí eu vi sangue.

Parei a fita, não precisando ouvi-la mais. A mãe de Martin teve a garganta cortada, e o relatório da polícia observou que eles não sabiam dizer se algo havia sido roubado. Também não havia nenhuma evidência sexual. Os policiais acreditavam que era para ser uma invasão domiciliar, mas antes que pudessem roubar qualquer coisa, um vizinho bateu na porta da frente porque ouviu a mãe gritar. O relatório afirmava que os suspeitos fugiram por uma porta dos fundos e que ninguém, exceto Martin, viu seus rostos.

O relatório também indicava que eles acreditavam que ela havia sido morta porque não estavam usando máscaras e, muito provavelmente, não queriam que alguém pudesse identificá-los numa fila de suspeitos. Foi feito um esboço do que Martin havia dito à polícia, mas depois de dois anos sem pistas, o caso foi arquivado.

Não havia muito a ser feito no arquivo, mas eu não queria decepcionar meu amigo, então pensei em tentar. Nas manhãs seguintes, após meus plantões no hospital, fui às áreas conhecidas da cidade onde gangues, traficantes de drogas e prostitutas perambulavam pelas ruas. Nenhuma daquelas pessoas tinha idade suficiente para ter cometido os crimes, mas isso não me impediu de sondar e hipnotizar as pessoas antes de partir. O caso era mais frio que meu corpo de morto-vivo, e eu não estava ansioso para ter que dizer a Martin que havia falhado com ele.

Na minha última noite no Hope Haven, o pessoal tinha comprado um bolo para mim e fizeram uma festa de despedida. Eu comi o bolo, para agradar a todos, e depois que meu turno acabou, fui para casa. Eu não tinha outros pertences além das minhas roupas. Sempre alugava um apartamento mobiliado, ciente de que não poderia levar nada comigo quando fosse embora. Reuni a maioria dos pertences que havia adquirido durante meu tempo em Seattle, arrumei as malas e escrevi um recado para Martin doar para uma instituição de caridade. Eu só levaria uma mala comigo.

Na minha última noite em Seattle, Martin e eu nos encontramos para tomar um drinque logo após o anoitecer. Duas bebidas depois, finalmente, dei-lhe a notícia de que não consegui resolver o assassinato de sua mãe.

— Acho que é bom que eu vá embora — comentei.

— O quê? Por quê?

Tomei um gole do meu uísque O'Bannion.

— Não consegui nada sobre o caso de sua mãe.

Martin suspirou e acenou com a cabeça.

— Meio difícil quando quase não há provas, e eu tinha apenas seis anos.

— Desculpe-me. — Apertei seu ombro. — Se eu tivesse mais tempo, talvez.

— Você não tem que ir embora.

— Sim, eu tenho.

— Se Renzo ainda não o encontrou, por que acha que isso mudaria agora?

— Acho que ele não está me procurando, mas é melhor que eu não me acomode em um só lugar. Além disso, já conversamos sobre o meu envelhecimento.

— Certo. — Martin acenou com a cabeça. — Você estaria disposto a voltar e me ajudar durante os próximos dez anos? Provavelmente me aposentarei antes de você se mudar novamente.

— Voltar?

— Só por um fim de semana a cada mês ou algo assim. Você pode ficar no meu porão. Marcy e as meninas também vão sentir sua falta, então você sabe que precisa voltar para visitá-las.

Eu sorri.

— E você vai sentir minha falta.

— Eu vou, seu idiota. — Ele se inclinou para frente e me encarou fixamente. — Agora, aceite que você vai voltar uma vez por mês para me ajudar.

Dei um sorriso de leve.

— Você está tentando me hipnotizar?

Martin riu.

— Sim. Funcionou?

Tomei outro gole do uísque e pensei por um momento.

— Sim, funcionou.

Durante as horas seguintes, Martin ficou de porre. Eu não o culpava. Seu trabalho era difícil, e ele estava desanuviando a cabeça. Antes de sairmos do bar, liguei para sua esposa e lhe disse que o estava levando para minha casa para passar a noite e que, provavelmente, era melhor ele não pegar um táxi e aparecer bêbado na frente de suas meninas. Marcy concordou e me desejou uma boa viagem, e eu lhe assegurei que voltaria uma vez por mês para vê-las.

— Hora de ir — comentei, deslizando da banqueta. Martin fez o mesmo, mas tropeçou e eu o segurei para que não desabasse no chão. — Preciso carregá-lo?

— Você conseguiria? — zombou, arrastando as palavras.

Eu grunhi e o levantei ligeiramente do chão quando saímos do bar.

— Você é realmente forte.

Balancei a cabeça, achando a situação engraçada.

— Você sabe disso.

— Não, tipo… muito forte.

— Porque eu como meu espinafre — caçoei.

— Me transforme.

Eu parei na mesma hora.

— O quê?

— Ah, qual é…

— Não.

— Por favor?

— Não. O que você diria à sua família?

Martin sorriu.

— Aposto que você é um animal no quarto, hein? Marcy imploraria pelo meu pa…

Assim que ele abriu a boca, farejei o ar e senti o cheiro que se assemelhava ao do assassino de sua mãe. Não era o cheiro exato, mas muito próximo. Cobri sua boca com a minha mão e olhei em volta enquanto dizia a Martin:

BURN FALLS

— Cale a boca. — Ele murmurou contra minha mão, mas eu estava muito ocupado focalizando o cheiro. — Temos que ir. Segure-se.

Eu o levantei em meus braços como um bebê e depois disparei em direção ao cheiro. Vinha de um beco a alguns quarteirões do bar. Quando demos a volta, avistei um grupo de homens chutando o corpo de um cara. Coloquei Martin no chão e o mandei se recostar à parede.

— Fique aqui.

Ele ainda estava ao alcance de vista, mas não havia como eu me aproximar daqueles babacas enquanto carregava um homem, muito menos um tenente da polícia de Seattle. Ele acenou com a cabeça e fechou os olhos.

— Ei! — gritei enquanto caminhava em direção à gangue.

Eles não responderam ou pararam de chutar o cara.

— Ei! — esbravejei novamente, cada vez mais perto.

Ainda assim, eles não pararam.

Peguei um deles pelo colarinho da camisa e o arremessei longe, fazendo-o derrapar sobre o concreto. Não era nada comparado ao que eu podia fazer, mas estava tentando manter a raiva sob controle.

— Estou falando com você — eu disse, furioso.

O restante parou de chutar o pobre coitado no chão e se virou para me encarar. Eu me aproximei daquele que combinava com o odor que havia sentido. Ele cheirava a queijo gorgonzola e cardamomo[1]. Não havia a presença da nicotina, mas eu sabia que este garoto era parente do cara que matou a mãe de Martin.

— Você está procurando por problemas, cara? — perguntou o cara a quem eu observava, finalmente, virando-se para me enfrentar.

Senti a ardência nas narinas quando encarei o cara espancado cujo lábio estava partido e sangrando. Eu não tinha certeza de quanto tempo mais poderia aguentar antes de precisar me alimentar novamente. Várias horas já haviam se passado, e isto não estava planejado. Este idiota era muito mais jovem do que alguém que poderia ter matado a mãe de Martin, mas eu tinha certeza de que ele era parente do homem.

— Estou à sua procura.

O garoto se aproximou mais, quase grudando o nariz ao meu em uma atitude arrogante, mas eu era pelo menos quinze centímetros mais alto que ele.

— Eu te conheço? — cuspiu e me olhou da cabeça aos pés.

Comecei a rir, porque sabia que ele estava tentando dar uma de durão na frente de seus amigos. No entanto, ele não era páreo para mim.

---

1   Planta aromática da família do Gengibre e bastante comum na culinária indiana.

— Qual é a graça, filho da puta?

Eu o agarrei pela garganta e choquei suas costas contra a parede de tijolos.

— Acho engraçado você pensar que é um homem. Só que você não é merda nenhuma — rosnei.

Seus amigos atrás de mim se afastaram alguns passos, pois, finalmente, registraram que eu não estava assustado e nem brincando. Seus corações aceleraram e eu podia jurar que um deles mijou nas calças.

— Agora — comecei, encarando os olhos castanhos do *Cardamomo* —, vou te colocar no chão, e depois vamos conversar como adultos. Você me entendeu?

Ele teve dificuldade para concordar com um aceno de cabeça, mas conseguiu uma pequena inclinação, e só então eu o coloquei no chão.

— O que você quer de mim? — ele arfou, esfregando a garganta.

Minhas íris começaram a pulsar quando encarei bem dentro de seus olhos. Depois que eu terminasse com estas crianças, nenhum deles se lembraria desta noite.

— Vou fazer algumas perguntas e você vai me dar as respostas verdadeiras. Você entendeu?

Cardamomo acenou com a cabeça.

— Qual é o seu nome?

— Eugene.

— Bem, Eugene, o que fez este garoto para merecer que seis babacas o chutassem enquanto ele estava no chão? — Apontei para o cara deitado em posição fetal ao meu lado.

— Ele me deve dinheiro.

— Por... ?

— Drogas.

— Você vende drogas?

Ele acenou com a cabeça.

— Sim, e ele é um dos meus vendedores e se recusou a me dar minha parte.

— O seu pai também é traficante?

Ele negou com um aceno.

— Ele é um criminoso como você?

Ele acenou com a cabeça.

— De que tipo?

— Assalto à mão armada.

E aí estava a resposta que eu procurava o tempo todo.

— Onde ele está agora?

BURN FALLS

— Em casa, eu acho.
— Qual é o endereço?
Ele recitou enquanto eu o memorizava.
— Obrigado. Agora — meus olhos voltaram a pulsar —, você não se lembrará que estive aqui, e nunca mais venderá ou consumirá drogas. Você irá para uma das faculdades comunitárias que Seattle tem a oferecer, e então conseguirá um emprego de verdade. Você não vai seguir os passos do seu pai. Entendeu?
Ele acenou com a cabeça e eu o soltei. Então me virei e fui de garoto em garoto, obrigando-os a esquecer e fazer algo melhor com suas vidas antes de voltar para Martin e chamar um táxi.

O táxi amarelo parou no endereço trinta minutos depois. Martin não estava tão bêbado como antes, mas também não estava sóbrio.
— O que estamos fazendo aqui? — Ele cambaleou na calçada depois que o carro se afastou.
— Com sorte, conseguindo o seu desfecho. — Mordi meu pulso e o sangue escorreu. — Beba.
Os olhos verdes de Martin se arregalaram.
— O quê?
— Pensei que você queria que eu te transformasse.
Seu coração começou a bater mais rápido em seu peito.
Comecei a rir na mesma hora.
— Relaxe. Estou brincando com você. Beba meu sangue para que possa ficar sóbrio. Então vamos ao encontro do homem que matou sua mãe antes que o sol nasça e eu morra tostado.
— Sempre tão dramático — murmurou ele, mas não hesitou antes de prender-se no meu pulso. Meu sangue tinha poderes curativos para os humanos, e com apenas um pouquinho, eu sabia que sua embriaguez iria embora. Após alguns segundos, eu o contive e lambi meu pulso para fechar as feridas.
— Isto vai realmente me deixar sóbrio?
— Também vai curar todas as suas enfermidades.

— Minhas enfermidades?

— Como a dor das costas que você sempre reclama.

— Cale a boca. Só porque você não pode envelhecer...

— Viu? Você não está mais reclamando. Vamos.

Ele gemeu e me seguiu pela calçada até que estávamos diante de uma cerca de arame.

— Você só vai bater na porta?

Encarei Martin e assenti.

— Sim, eu tenho que ser convidado a entrar, lembra-se?

— Certo.

O brilho azul de uma televisão podia ser visto pela janela, e eu sabia que alguém estava em casa. Bati e esperei, depois bati à porta novamente. Nenhuma resposta. Esmurrei com mais força. Depois, ouvi o ruído de uma arma sendo engatilhada.

— Ele está armado — sussurrei.

— Eu deixei minha arma trancada na delegacia.

— O quê? Por quê?

— Porque estávamos saindo para beber.

Bati à porta de novo.

— Posso ajudar? — Ouvi o homem perguntar pela porta.

— Polícia de Seattle. Precisamos falar com você sobre Eugene, o seu filho.

Martin bufou ao meu lado e eu dei de ombros. Era parcialmente verdade.

A porta se abriu e diante de nós estava um homem com uma arma ao lado, vestindo apenas a cueca e uma regata.

— O que tem o meu filho?

— Você está sozinho em casa?

— Sim.

Perfeito.

— Você tem licença para portar essa arma de fogo? — perguntou Martin.

Voltei meu olhar para ele, e ele deu de ombros. Não era esse o objetivo de nossa visita.

— Sim — disse o homem. — Deixe-me ver os distintivos.

Ele cruzou os braços e se encostou à soleira da porta, a arma em seu bíceps, então encarou diretamente os meus olhos.

— Meu nome é Draven. Convide-me a entrar — compeli, antes que Martin procurasse sua identificação no bolso.

— Draven, entre.

BURN FALLS

Martin e eu entramos, e como este cara ainda estava sob minha hipnose, optei pelo interrogatório ainda próximo à porta de entrada.

— Você se lembra onde estava na noite de 14 de setembro de 1988?

— Não.

— Você já matou uma pessoa antes?

— Sim.

— Quantas?

— Duas.

— Por quê?

— Estavam no meu caminho.

— Quem eram elas?

— Não sei.

— Homens ou mulheres?

— Ambos.

Antes que eu pensasse melhor, grudei a boca ao pescoço do cara e chupei seu sangue, precisando apressar isto e ver se eu estava correto. Assim que seu sangue aromático bateu em minha língua, eu soube: queijo gorgonzola e nicotina.

— Você… Você me mordeu.

Limpei a boca com a manga da blusa.

— E você matou a mãe do meu amigo em 1988.

O olhar castanho do cara se voltou para o de Martin, que havia perdido o fôlego.

— Você tem certeza? — perguntou Martin.

— Sim. A partícula de sangue no tecido de couro guardado como evidência é o mesmo sangue que acabei de beber.

Martin se moveu e ficou cara a cara com o assassino.

— Por quê? O que ela fez pra você?

Ele não respondeu, então o agarrei pela garganta.

— Responda. Por que você matou a mãe dele?

— E-ela… Ela viu meu rosto — respondeu, rouco.

— Mate-o — Martin ordenou.

O homem começou a se debater contra o meu domínio, mas eu o agarrei, impedindo-o de se soltar ou respirar.

— Tem certeza? — perguntei. Eu não tinha matado ninguém desde a noite em que o salvei da gangue que atirou em seu parceiro.

— Sim.

E como este era meu melhor amigo e ele merecia a tão almejada paz, concordei.

92   *Kimberly Knight*

— Volte para a delegacia. Faça com que todos os policiais te vejam ali e não saia de lá até o sol nascer.

— Draven...

— Você já faz parte disto, mas não o quero mais envolvido do que está.

Martin virou-se para a porta e antes de abri-la, perguntou:

— Então, isto é um adeus?

Eu me virei para meu amigo e acenei com a cabeça.

— Não, não é um adeus. As despedidas são para sempre, e você não vai se livrar de mim tão facilmente.

A porta se abriu e eu afrouxei o aperto no pescoço do cara, esperando que Martin saísse para que eu pudesse fazer o que precisava ser feito. Ao invés disso, Martin sussurrou:

— Draven?

Virei a cabeça e o encarei.

— Obrigado.

CAPÍTULO 9

CALLA
Burn Falls – dias atuais

Véspera de Ano Novo.

Já ouvi dizer que a véspera de Ano Novo era um momento para fazer uma pausa e refletir sobre o ano anterior e olhar para o futuro. Eu simplesmente nunca imaginei que minha retrospectiva seria tão trágica.

Tio Ted e alguns amigos da minha mãe vieram jantar, e depois, Valencia, Betha, Alastair e eu decidimos pegar um táxi para o único bar que estaria aberto em Burn Falls para o *Réveillon*. Todos nós precisávamos de uma pausa, além de anestesiar a dor com música e álcool.

— Sinto muito por você ter perdido sua oportunidade com Chance esta noite — comentei com V assim que nos sentamos à mesa. Alastair e Betha haviam ido buscar nossas bebidas no bar.

— Já te disse que você é mais importante. Se for para ser, então da próxima vez que formos para a nossa noite de Margaritas, algo vai rolar.

Respirei fundo, sem saber como dizer a ela que estava voltando para Burn Falls. Embora tivesse dito à minha mãe que precisava pensar sobre o assunto, eu sabia que, realmente, minha decisão já estava tomada. O conhaque da família era o orgulho e a alegria do meu pai, e de jeito nenhum eu deixaria isso afundar ou ser vendido para outra pessoa.

— Eu preciso te contar uma coisa.

— Tudo bem. — Ela se aproximou e apoiou os braços cruzados sobre a mesa.

— Minha mãe quer que eu assuma o COB.

Os olhos azuis de Valencia se arregalaram.

— Sério?

— Meu pai sempre me disse que um dia eu faria isso, e bem... — Fiz uma pausa e respirei fundo novamente. — Mamãe não pode administrá-lo e, como ele sempre confiou em mim, ela só quer assinar os papéis e acabar logo com isso.

— Acabar com o legado do seu pai?

— Não dessa forma. Ainda permanecerá na família e tudo, mas ela não quer lidar com o gerenciamento da empresa.

— Eu entendo. Então, o que isso significa?

Dei um sorriso forçado.

— Isso significa que voltarei a morar aqui.

— Quando? — perguntou Valencia com o cenho franzido.

— Bem, eu estava pensando em voltar para Seattle no domingo, conforme o planejado, e cumprir meu aviso-prévio de duas semanas no banco. — Ela ficou em silêncio por um momento e, antes que pudesse dizer uma palavra, Betha e Alastair vieram em nossa direção. — Al e Beth não sabem ainda. Vamos apenas nos divertir por essa noite, e então conversaremos mais sobre isso amanhã.

V assentiu enquanto meu irmão e minha irmã colocavam nossas bebidas à nossa frente. Não era minha intenção ter contado as novidades a V daquela forma, mas como ela estava animada com o futuro, precisei informar que as coisas não seriam as mesmas dali em diante.

Tudo estava mudando.

Tanto Alastair quanto Betha encontraram alguns velhos amigos do colégio, e me deixaram a sós com V quando saíram. Eu não me importei. Estávamos rindo, bebendo e nos divertindo, como sempre fazíamos sempre que nos reuníamos. Ao verificar meu celular para conferir as horas, ouvi Valencia suspirar.

— Gostosos às doze horas.

Olhei na direção que ela indicou e perdi o fôlego. Eu só tinha visto Draven dias atrás, mas pareciam séculos. Ele não estava com o jaleco branco, camisa social e gravata. Ao contrário, vestia um suéter preto que abraçava todos os músculos viris. Nenhum casaco ou jaqueta para protegê-lo do frio lá fora. Só... ele.

— Ai, meu Deus. Esse é o... quero dizer, era o médico do meu pai.

— Aquele de quem você estava falando quando cheguei aqui?

Assenti enquanto observava Draven e seu amigo, Athan, caminharem até o bar para solicitar suas bebidas ao bartender.

— Qual deles?

— O de suéter preto.

— Quem é o outro gostoso? — V perguntou.

— Seu amigo, Athan.

— Por que você não me disse que ele tinha um amigo delicinha?

Eu a encarei, com o cenho franzido.

— Porque eu mal conheci o cara, e foi Draven a quem eu comi com os olhos todas a vezes que o encontrava.

— Você pode ficar com o médico. Athan é mais o meu tipo de homem.

Comecei a rir.

— Não tem nada a ver isso de *ficar* com ele. Desde a véspera da sua chegada aqui, eu não o via.

— Tenho certeza de que é porque ele sabe que você está lidando com muita coisa e queria te dar um tempo para estar com sua família.

Era provável que ela estivesse certa, ou eu entendi tudo errado. No entanto, na noite em que conversamos no bar, por mais que estivesse bêbada, lembrei-me, vagamente, dele se inclinando na minha direção em uma atitude paqueradora. Ou então aquilo não passou de uma ilusão. Talvez tenha sido um desses sonhos loucos que gostam de foder com a nossa mente, revelando medos e segredos mais profundos e sombrios.

Como se soubesse que estávamos falando sobre ele, Draven virou a cabeça e me encarou em meio àquele bar lotado, dando um sorriso em seguida. Não consegui mais ouvir a música que tocava no ambiente, o burburinho das conversas ou o tilintar das garrafas atrás do balcão. Éramos ele e eu em meu mundo de escuridão, e ele era como minha estrela brilhante.

Retribuí o sorriso e V murmurou:

— Ai, merda.

Quando me dei conta, Draven e Athan estavam vindo na nossa direção.

— Calla. — Apenas ouvir meu nome em seus lábios, de novo, foi o suficiente para que eu me contorcesse na cadeira.

Quanta tequila havia nessas margaritas?

Senti meu sorriso ainda mais amplo.

— Dr. Young.

Com uma risadinha, ele corrigiu:

— Draven.

Minhas bochechas esquentaram.

— Certo… Draven.

— É bom ver você de novo, Calla. — Athan segurou minha mão e beijou o dorso, assim como fez na noite em que nos conhecemos. Eu podia estar enganada, mas pensei ter ouvido Draven rosnando. — E quem é esta adorável senhorita?

Dei uma olhada de relance para minha amiga.

— Valencia, estes são Draven e Athan. Rapazes, Valencia.

Todos se cumprimentaram e, quando Athan segurou sua mão, ele não se limitou a simplesmente depositar um beijo suave; seus lábios se demoraram ali enquanto a encarava até que o amigo pigarreou.

— Como está sua família, Calla?

Dei um sorriso forçado.

— Estamos tentando seguir em frente. Obrigada por perguntar.

— Vocês gostariam de se sentar conosco? — V perguntou.

Depois de assentirem, Athan se acomodou ao lado dela, enquanto Draven se sentou ao meu lado.

— Você mora em Burn Falls, Valencia? — Athan perguntou.

— Não. Eu sou de Seattle.

— Seattle? — Draven perguntou.

— Sim. Calla também mora lá. Quero dizer, antes de ela decidir ficar aqui depois de tudo o que aconteceu com seu pai — comentou ela.

Eu nem mesmo disse à minha mãe que ficaria, e V já estava informando aos dois o que meu futuro me reservava.

Draven se concentrou em mim.

— Eu não sabia que você era de Seattle.

— Eu me mudei para lá por causa da faculdade e nunca mais voltei para casa — esclareci.

— Mas você está voltando? — perguntou ele.

Respirei fundo, como sempre fazia quando pensava no meu papel ao assumir o COB. Não por causa da responsabilidade, e, sim, porque sempre imaginei que isso aconteceria somente quando meu pai se aposentasse.

— Ainda não dei uma resposta para a minha mãe, mas sim, ela está colocando a destilaria nas minhas mãos, então vou voltar para cá.

— Este é meu dia de sorte — Athan exclamou.

— Seu dia de sorte? — V perguntou.

— Sim — assentiu ele. — Agora tenho um acordo com a dona do melhor uísque irlandês deste lado do país.

BURN FALLS

Draven estendeu a mão e deu um tapa na nuca do amigo.

— O que há de errado com você?

— Ai! Por que o tapa?

— Você acha que Calla está feliz com isso? — Draven perguntou.

— Está tudo bem — apaziguei. — Eu só não estava preparada para tudo isso. Quando eu voltar para Seattle no domingo, vou precisar começar a fazer as malas, além de entregar minha carta de demissão no trabalho na segunda-feira.

— Na verdade, estou indo para Seattle em uma semana.

— Sério? — sondei.

— Sim. Meu melhor amigo, Martin, mora lá e, pelo menos uma vez ao mês, eu dou um jeito de visitá-lo. Conheço suas filhas desde que nasceram.

— Aww, isso é tão fofo — V arrulhou.

— Então… talvez eu possa dar uma passadinha na sua casa para te ajudar com a mudança ou algo assim… — Draven continuou.

Hesitei, surpresa com sua oferta.

— Você faria isso?

— Você não sabe que Draven é um dos melhores organizadores de malas de todos os tempos? Ele se muda de cidade em cidade a cada dez anos — Athan interrompeu.

Franzi o cenho diante da informação.

— É mesmo?

Draven revirou os olhos para o amigo.

— Nunca encontrei um lugar para chamar de lar para sempre.

— Parece que aqui será o meu lugar para o resto da vida — afirmei. Pelo menos minha mãe estava sendo mais legal comigo agora.

— Não é um lugar ruim — Draven observou.

— Exceto que meu pai foi atacado aqui.

— Não moro aqui há muito tempo, mas Burn Falls sempre me pareceu um lugar seguro para se viver — comentou ele.

Sacudi a cabeça, devagar.

— Burn Falls *era* uma cidade onde todos deixavam suas portas destrancadas à noite, mas agora, imagino que todos estejam mais desconfiados.

— Também é chato ter apenas um bar na cidade — Athan entrou na conversa.

— É, sim. — Sorri e tomei um gole da minha margarita.

— Não é tão ruim assim — Draven repetiu. — Não estamos longe da aurora boreal. Você já esteve mais ao norte para ver?

— Sim, mas há anos.

— Bom, talvez quando você voltar, podemos ir algum dia.

Olhei para Valencia, que agora estava com os olhos arregalados e com um sorriso sagaz. Draven estava me convidando para um encontro? O lugar mais próximo para ver a aurora boreal ficava a pelo menos cinco horas de distância, em Fairbanks. Era um dia inteiro de viagem.

Um dia inteirinho com Draven.

— Ei, Athan, quer ir comigo buscar mais uma bebida no bar? — V perguntou, deslizando da banqueta.

— Vá na frente, lindinha.

Eles se afastaram e eu encarei Draven.

— Você sabe que não precisa fazer isso, não é?

— Fazer o quê?

— Ser assim tão legal comigo. Você não é mais o médico do meu pai.

Draven colocou a mão no meu braço.

— Não estou apenas sendo legal com você porque fui médico dele, Calla. Eu quero fazer is…

Perdi o fôlego enquanto o esperava concluir. Será que ele confirmaria minha impressão de que ele queria me chamar para sair? Por que raios ele iria querer um encontro com uma garota gordinha como eu, quando possuía todos aqueles músculos? Ele provavelmente poderia conseguir qualquer mulher que quisesse.

— Posso te levar para jantar antes de você voltar para Seattle?

Meu coração acabou de ser apresentado oficialmente para o chão.

— Jantar? Comigo?

— Por que isso é tão surpreendente?

Olhei de relance para sua mão ainda no meu braço.

— Por que eu?

— Por que não você?

Dei uma risada de escárnio.

— Porque olhe só para você — brinquei. — Você provavelmente tem um tanquinho aí, um legítimo pacote de oito gomos, e eu sou…

Ele se aproximou de mim e sussurrou:

— Confie em mim, Calla. Eu quero provar *todas as* suas curvas.

O resto da noite passou como um borrão. Athan e Valencia voltaram com bebidas, e nós dançamos e rimos enquanto esperávamos a virada do ano. À medida que fazíamos a contagem regressiva, meu coração acelerava. Fiquei imaginando se Draven me beijaria. Essa era uma tradição que as pessoas faziam quando o relógio dava meia-noite, mas há anos eu não era agraciada com um deles. No entanto, ao invés de beijar minha boca, Draven se inclinou para mim e pressionou os lábios contra a minha bochecha. Fiquei um pouco chateada, mas, não éramos namorados nem nada, então não deveria ter esperado que ele me beijasse pela primeira vez na frente do bar lotado.

Pouco antes de entrarmos em um táxi para voltar para casa, Draven afirmou que me ligaria para marcar um encontro no sábado. Eu não podia acreditar que iria sair com ele.

Como se fôssemos adolescentes, V e eu nos deitamos na minha cama, entusiasmadas com os eventos da noite.

— Athan é tão gostoso.

— Igual ao Draven.

— Não acredito que você vai sair com um médico.

— Eu também não. — Começamos a rir e eu coloquei a culpa no álcool ingerido. —Você perguntou com o que o Athan trabalha?

— Não, o assunto não veio à tona, mas ele disse que mora na Rússia.

— Rússia?

— Sim. Doido, né?

— Ele se mudou dos Estados Unidos?

— Acho que sim. Na verdade, ele não disse nada.

— Como será que os dois se conheceram?

— Eles parecem tão jovens. Você tem noção da idade deles? — V perguntou.

— Não faço ideia. Quanto tempo dura a faculdade de medicina?

— Pegue seu telefone e pesquisa essa merda no Google.

Peguei o celular na mesinha de cabeceira e fiz exatamente isso.

— O Google diz que geralmente a maioria das pessoas se forma na faculdade aos vinte e dois e na faculdade de medicina aos vinte e seis. Então, após três anos de estágio e residência, muitos médicos começam sua carreira aos 29 anos.

— Ele é estagiário ou residente?

— Acho que não. Ele parecia estar fazendo as coisas como o médico responsável, e não como algum residente que precisa de supervisão. Embora eu não conheço quase nada sobre o assunto.

— Então ele tem o quê…? Uns vinte e nove?
— Acredito que sim.
— Provavelmente, o Athan deve ter a mesma idade.
— Você gosta dele?
Ela se deitou de lado e ficou de frente para mim.
— De quem? Athan?
— Sim.
— E como não? Ele é gostoso com aquela barba clara e olhos escuros, mas aparentemente mora na Rússia, então isso não importa.
— Eu vou perguntar a Draven o que ele faz.
— Tá, mas eu repito: isso não importa. Eu moro em Seattle.

Eu sentiria falta de Seattle: do café maravilhoso, do *Space Needle* à distância, do *Unicorn bar* e da minha melhor amiga. Antes de adormecer, pensei em como o final do ano foi horrível, mas o início do novo parecia promissor.

Nos dias seguintes, minha família e eu, incluindo Valencia, empacotamos as roupas do meu pai – para doar –, bem como qualquer coisa do qual minha mãe quisesse se livrar. Eu estava vasculhando uma de suas gavetas quando encontrei um pequeno estoque de fotos presas com um elástico. Depois de soltar a liga, comecei a olhar uma por uma. Não havia muitas, talvez uma dúzia.

Uma das fotos mostrava a minha avó com seus pais, irmão e irmã mais novos em uma foto colorida e desbotada. A data estava gravada nas costas da fotografia: 2 de julho de 1951; outra imagem também meio desbotada, e datada no verso – 4 de outubro de 1967 –, mostrava meus avós na Irlanda, ao lado de um carro antigo. Ela parecia estar usando um vestido de noiva. No final da pilha havia outra foto. Esta, em tons sépia, retratava minha bisavó, Gael, sentada ao lado de um cavalheiro bem-vestido no que parecia ser um *nightclub* porque a mesa estava repleta de vários coquetéis com seus canudinhos finos. Era datada de 14 de fevereiro de 1946, e ela sorria para o homem como uma mulher apaixonada.

— Quem é esse, mãe? — perguntei, estendendo a última fotografia em sua direção.

Ela pegou a foto e a analisou por alguns segundos.

— Esta é a sua bisavó. Gael.

— Eu sei, mas estou falando do homem.

— Hmmm. Não tenho certeza — disse ela, olhando para a foto.

— Não é o avô do papai?

Mamãe deu uma risadinha.

— Não, não é. — Ela pegou as outras fotografias da minha mão e depois me mostrou aquela, com data de 1951, e confirmou: — Este é o seu bisavô. Jack.

Mais uma vez analisei a foto de 1946 e olhei para minha mãe em seguida.

— Bem, seja quem for, parece que a bisavó foi apaixonada por esse cara antes de se apaixonar pelo bisavô Jack.

CAPÍTULO 10

DRAVEN
Chicago – 1928

— Uísque? — Athan perguntou, apontando para a garrafa ao lado.
— Sim.

Servi-me com dois dedos e me recostei ao espaldar da cadeira diante dele. Há cerca de uma semana, fui liberado do quarto sem janelas e levado para outro aposento em que compartilharia com Athan. Imaginei que haveria caixões, mas na verdade eram apenas duas camas lado a lado. Eu mal conhecia o sujeito, mas tínhamos feito algum tipo de amizade.

— Você precisa de alguma coisa? — Seu olhar me varreu dos pés à cabeça, como se ele estivesse me avaliando.

— Eu... Ahn... — Hesitei, esfregando a nuca nervosamente e depois tomei um gole do líquido ambarino.

Athan abriu um sorriso tranquilizador.

— Tudo bem, Draven. Pergunte-me qualquer coisa.

Eu sabia que ele podia ler minha mente. Descobri a respeito dessa habilidade da pior maneira: quando tentei quebrar o pescoço de Renzo um dia depois da minha transição. Renzo 'ouviu' meus pensamentos mais íntimos e riu da minha cara antes de informar que os vampiros podiam ouvir os pensamentos uns dos outros caso se concentrassem nisso. Da mesma forma, podíamos bloqueá-los, mas não fiz isso agora, com Athan, por estar nervoso e ainda me acostumando com todas as minhas novas habilidades.

— Tudo bem. Então, só podemos ter ereções quando nos alimentamos?

O sorriso de Athan se alargou.

— Sim.

— E sexo?

Ele colocou o copo na mesa e se inclinou para frente, apoiando os cotovelos nos joelhos.

— Você está oferecendo?

— O quê? — escarneci.

Athan caiu na gargalhada.

— Estou brincando, Draven. Mas o que você quer saber exatamente?

Suspirei.

— Precisamos nos alimentar antes de transar com alguém?

— Sim, mas o que há de errado nisso?

Dei de ombros.

— Como funciona lá fora? — Indiquei uma janela coberta com uma cortina pesada para bloquear o sol durante o dia.

— Você quer dizer fora do complexo?

— Sim. — Eu não tinha sido capaz de sair desde minha transformação. Renzo disse que estava me preparando para ser seu principal homem em um cassino que ele queria abrir. Eu deveria ser seus olhos e ouvidos enquanto protegia seu dinheiro. Eu só queria jogar cartas.

— Você é virgem? — perguntou Athan.

— Não — resmunguei, áspero. — Renzo matou minha Mary e ela estava grávida do meu filho.

— Sinto muito por isso, cara.

— Obrigado. — Tomei outro gole do uísque.

— Você está me pedindo para ir contigo para que possa pegar uma garota?

— Não, estou perguntando como funciona, já que precisamos nos alimentar para foder, e os humanos não sabem que os vampiros existem.

Athan recostou-se na cadeira.

— Compulsão.

— Compulsão?

— Sim, ou hipnose, se preferir chamar assim — ele declarou com naturalidade.

— Então as mulheres não vão se lembrar?

— Você pode obrigá-las a esquecer certas coisas. Pode fazer com que elas se lembrem que fizeram sexo com você, mas não dos detalhes.

— Isso é uma porcaria complicada.

— É isso aí. Mas isso importa? Nós ainda nos aliviamos, *e* com uma mulher.

Um mês depois, Renzo estava dando uma festa no complexo. Havia uma banda tocando, bebidas fluindo e pessoas dançando e se divertindo muito.

Eu não estava nem um pouco feliz.

Algumas semanas atrás, Renzo me obrigou a assassinar minha família. Todos eles.

Eu não estava apenas de luto por Mary, mas também por minha mãe, meu pai e minha irmãzinha. Não era preciso dizer que odiava Renzo Cavalli com todas as minhas forças. No entanto, não havia nada que pudesse fazer. Ele era meu dono, e eu fazia tudo o que ele me mandava fazer. Felizmente para mim, envolvia apenas dinheiro e eu poderia lidar com qualquer coisa enquanto se tratasse disso.

— Que tal aquela ali? — Athan perguntou enquanto nos mantínhamos recostados à parede, observando.

Eu não fazia ideia do que estávamos vigiando, para dizer a verdade. Renzo deu ordens a todos os clãs para ficarem de prontidão enquanto ele oferecia sua festa. Todos ali estavam bem-vestidos e se divertindo. Não houve qualquer tipo de tumulto, portanto, meu novo melhor amigo, Athan, estava assumindo a tarefa de encontrar uma garota para mim esta noite.

— Não.

— Por que não? — Athan questionou.

— Não gosto de ruivas.

— Tudo bem, então vamos descobrir em que tipo você está interessado.

— Estou interessado na minha Mary — disparei, com raiva.

— Mary está morta — ele rebateu. — E não vai voltar.

— Eu sei disso.

— Sabe mesmo?

— Claro que sim.

— Então está na hora de seguir em frente.

— É fácil para você dizer, já que nunca se apaixonou.

— Você não conhece minha história.

— Então me conte.

Ao invés de fazer o que sugeri, ele disse:

— Não tenho nenhum problema em arranjar uma boceta, D. Trata-se de você entender que estamos nessa situação para o resto da vida.

Ficamos em silêncio e observei as garotas dançando e rindo. Athan estava certo? Se eu não me esquecesse de Mary, seria infeliz por uma eternidade? Transar com uma mulher significava que eu seria feliz?

— Tudo bem — sussurrei.

Athan se afastou de supetão da parede e se virou para mim.

— Tudo bem?

— Você tem razão. Mary não vai voltar e eu preciso seguir em frente. — Eu não queria, mas precisava.

— Escolha uma.

— É simples assim?

Ele se virou para as pessoas que estavam dançando.

— Claro que é. *Quem* você quiser.

Não demorei mais de dez minutos para encontrar a mulher que eu queria. Ela se parecia muito com Mary, com o cabelo castanho e pernas longas. Aparentemente, eu tinha um tipo, porque adorava morenas.

— Tudo bem — Athan disse. — Você precisa que eu segure sua mão ou algo assim?

Revirei os olhos diante de sua piada.

— Não. Então eu só vou até ela e a arrasto para um canto?

Ele riu.

— Você pode fazer isso de várias maneiras, D. Se fosse eu, iria até ela, faria com que olhasse no fundo dos meus olhos e a 'obrigaria' a ir para o nosso quarto. Você é um cara bonito, e tenho certeza de que ela iria de boa vontade se você pedisse.

— Só se ela estiver meio grogue. — Não era normal uma mulher ir a qualquer lugar sozinha com um *homem* que não conhecia. — Mas e o Renzo? Você acha que ele se importaria se eu fosse me alimentar?

— Eu vou ficar de vigia.

Nossos olhares se encontraram em compreensão, e então me virei na direção da garota. Eu estava com fome e sabia que precisava me alimentar logo. Dessa forma, eu me sentiria como um humano outra vez enquanto estivesse enterrado profundamente dentro de seu calor. Dei um tapinha em seu ombro e ela se virou, travando o olhar com o meu. Meus olhos pulsaram e eu, simplesmente, disse:

— Venha comigo.

Ela deu um leve aceno de cabeça, e então nos encaminhamos até a escada que levava ao meu quarto. Eu podia sentir a presença de Athan às nossas costas, mas não me virei. Também ouvi algumas de suas amigas perguntarem para onde ela estava indo, mas não tentaram impedi-la.

— Aonde vamos? — perguntou ela.

— Meu quarto.

— Por quê?

Parei assim que chegamos à porta fechada do meu aposento.

— Porque estou com fome, gata.

Por mais do que seu sangue, Athan acrescentou por telepatia.

Eu o encarei à distância.

— Por que você precisa de mim se está com fome? — questionou a garota.

Eu abri a porta.

— As damas à frente.

Athan me deu um aceno de cabeça, e assim que entrei, fechando a porta em seguida, pude senti-lo montando guarda como prometeu que faria.

— Você tem comida no seu quarto? — ela perguntou, olhando ao redor.

Dei um passo à frente e deslizei os dedos ao longo de sua bochecha. Ela estremeceu sob meu toque e percebi que sua pele era muito mais quente do que a minha. Seu olhar travou com o meu novamente, e enquanto meus olhos pulsavam, eu disse:

— Não vou te machucar. Vou beber da veia no seu pescoço e você não vai gritar. Então, para recompensá-la, eu vou te comer por trás e então te farei esquecer. Você entende?

Ela acenou com a cabeça.

— Ótimo.

Em um segundo, minha boca se conectou ao seu pescoço. Ela soltou um silvo quando meus dentes cravaram em sua carne. No momento em que seu sangue escorreu em minha boca, eu gemi. Senti meu pau ficando duro à medida que o sangue circulava em mim. Assim que me saciei, percebi que não havia mais a necessidade de seu sangue, então afastei minha boca e lambi a ferida em seu pescoço, vendo-a cicatrizar.

— Obrigado. Agora, querida, tire a meia, levante o vestido e fique de joelhos na cama.

Ela não hesitou.

Depois de abaixar minha calça até o joelho, postei-me às suas costas. Não consegui sentir o cheiro de sua excitação, então passei a mão entre

BURN FALLS

suas pernas, encontrando-a seca.

— Relaxe, querida. Vai ser gostoso. — Toquei seu centro, encontrando seu ponto sensível. No instante em que fiz isso, ela deu um gemido.

— Sua mão está tão fria.

— Shhh... — Comecei a acariciar seu clitóris, ouvindo-a ofegar. Assim que senti meus dedos molhados de sua excitação, enfiei os dedos em sua boceta.

— F-frio...

Tudo bem, então esse era um detalhe que eu teria que fazê-la esquecer. Tirei minha mão e disse:

— Olhe para mim. — Ela se sentou sobre os calcanhares e virou a cabeça para me encarar. Meus olhos pulsaram na mesma hora. — Você não vai comentar como sou frio, também não vai se lembrar disso. Você se lembrará apenas de ter feito sexo esta noite, mas não se lembrará com quem. Entendeu?

— Sim.

— Boa menina. Agora se curve novamente.

Ela o fez, e eu não hesitei quando a penetrei. Ela era, definitivamente, mais quente que eu, no entanto, Mary também era quando transávamos. Tentando tirar a garota que perdi da cabeça, acelerei minhas estocadas. A cama começou a balançar, mas não parei. Havia um só objetivo em mente: ter um orgasmo.

A mulher sem nome gemeu enquanto eu arremetia cada vez mais forte em seu interior, até que um gemido escapou dos meus lábios quando o prazer irradiou pelo meu corpo. Ela não gozou, e, normalmente, eu faria com que a mulher chegasse ao orgasmo primeiro, mas esta não se lembraria de mim, então não dei a mínima.

Arrumei seu vestido, subi minha calça e disse:

— Obrigado. Você já pode ir.

Assim que ela se endireitou, saiu do quarto sem dizer mais nada.

Athan entrou logo em seguida e comentou:

— E então, isso foi tão ruim?

Burn Falls – dias atuais

Todas as manhãs depois do meu turno no hospital, Athan e eu vasculhávamos quilômetros e quilômetros das áreas circunvizinhas a Burn Falls por qualquer vestígio de outro vampiro, mas não havia nada. Era provável que tivesse sido um vampiro de passagem que pensava que não haveria consequências para suas ações, mas mesmo que fosse apenas uma criatura andarilha, ainda assim, aquilo não me descia. A maioria de nós entendia que se matássemos alguém, não deveria ser feito em uma cidade, já que poderia levar a perguntas, especialmente se houvesse uma testemunha ou a vítima não morresse de imediato – como aconteceu com Miles. E esse era outro motivo pelo qual toda a situação me incomodava. Calla estava em perigo por ter salvado a vida de seu pai?

Athan ficou por perto para me ajudar a mantê-la segura quando eu precisava cumprir meus plantões, e vigiava a casa ou qualquer lugar onde Calla fosse até que voltasse do trabalho. Achei que depois do feriado, ela voltaria para Seattle e pronto, mas quando procurei saber mais sobre ela e sua família, não me toquei que ela assumiria a destilaria e voltaria de vez para cá até que a encontrei naquele bar, na véspera do Ano Novo.

Tudo bem, não havia sido um encontro casual.

Eu queria vê-la novamente.

Ponto final.

Quando sua amiga mencionou que ela voltaria para Burn Falls, eu podia jurar que meu coração morto pulou uma batida, como se uma fagulha de vida tivesse vibrado em meu peito. E eu não sabia o porquê. Era óbvio que eu estava atraído por ela. Afinal, já fui um homem e meu desejo por mulheres nunca cessou. Ainda mais quando se tratava de uma mulher cheia de curvas.

Calla pode ter pensado que eu queria alguém magra, a contar pelo comentário sobre o meu corpo por baixo de todas as roupas. Minha transformação me forneceu músculos mais definidos, bem como uma força descomunal. Logo, eu queira uma mulher debaixo de mim, na cama, que não se partisse ao meio enquanto a fodia. E Calla era a mulher perfeita, exatamente por *não ser* magra como uma tábua.

Portanto, ela *estava* se mudando de volta para Burn Falls e não perdi tempo em convidá-la para um encontro. Quanto mais ela confiasse em mim, melhor eu poderia ficar de olho nela, pelo menos até descobrir quem atacou Miles. Então, eu poderia rasgar a garganta do infeliz e seguir em frente. Sair em um encontro contrariava tudo o que fiz nos últimos noventa anos, mas eu faria isso porque se algo acontecesse com Calla, eu seria assombrado pela eternidade. Ainda mais se fosse algo que eu poderia ter evitado.

Depois de Mary, nunca mais namorei com uma mulher, e os relacionamentos de hoje não eram nada como os de antigamente. Quando eu e Mary namoráramos, precisávamos entrar nos bares de forma clandestina, só para que pudéssemos tomar uma bebida. As roupas das mulheres também eram diferentes, embora eu não achasse ruim os vestidos mais curtos e apertados. E a dança? Não estou reclamando dessa mudança, porque eu adorava ter um contato mais próximo, corpo ao corpo, ao invés de ter que dançar à distância. Além disso, Mary e eu sempre nos esgueirávamos para fugir da presença do pai dela, que sempre nos acompanhava. O verdadeiro significado de 'empata-foda'.

— Sabe de uma coisa — Athan comentou, recostado ao batente da porta do meu banheiro, bebendo um uísque puro. — Eu nunca pensei que veria o dia em que você teria um encontro.

— Eu já namorei — retruquei, passando gel no meu cabelo castanho curto.

Ele balançou a cabeça.

— Não dessa forma. E eu te conheço.

— Conhece porra nenhuma.

— Eu sei que você gosta de foder. Você não namora…

— Quem disse que isso não poderia levar a algo mais? — perguntei, encarando-o pelo espelho. *Sim, os vampiros têm reflexos.*

— Talvez sim, mas você não pode obrigar Calla a esquecer o que realmente você é depois.

Athan estava certo. A incapacidade de Calla de ser compelida tinha afetado tudo que eu pensava sobre este mundo.

— Eu posso fingir. — Um sorriso sutil curvou meus lábios.

Ele deu uma risadinha.

— Fingir o quê? Em como fazer amor? Fingir que sua pele não é fria em comparação à dela?

Dei de ombros e me virei, encostando-me ao balcão do banheiro.

— É como andar de bicicleta. Não esqueci como era, e direi a ela que tenho algum problema de circulação ou algo assim.

Eu realmente poderia agir como um homem gentil na hora do sexo?

110   *Kimberly Knight*

Quando transava com mulheres aleatórias nos bares, eu não agia como um animal. Talvez eu tenha quebrado algumas cabeceiras, ou derrubado porta-retratos pendurados nas paredes, mas os humanos também faziam isso. Pelo menos era o que eu ouvia dizer. No entanto, não importa o que já quebrei ou deixei de quebrar, ou como eu rosnava durante o orgasmo, sempre fui capaz de hipnotizá-las depois, para que esquecessem o fato de a minha pele ser fria ao toque, bem como meu pau se assemelhar a uma barra de gelo em comparação às suas bocetas quentes e convidativas. Ou que eu não expelia sêmen quando gozava.

Assim que fui transformado, percebi que minhas ereções estavam relacionadas ao ato de beber o sangue das mulheres. Enquanto eu me alimentava, o sangue bombeava em minhas veias, e meu pau ficava duro como uma rocha. Esses eram os únicos momentos em que isso acontecia. Hoje em dia, eu me valia das bolsas de sangue que sempre tinha à disposição, de forma que não tivesse que rondar as ruas atrás de uma mulher para alimentar quando tudo o que eu queria era usar minha mão.

— Além disso — continuei —, você sabe que só estou fazendo isso para ter certeza de que outro humano não morra por essas bandas. Vamos sair apenas para jantar. Vou beber uma bolsa de sangue antes de ir, logo não terei nenhum desejo de levá-la para a cama. — As ereções só duravam enquanto o sangue circulava no ápice, e não até minha próxima alimentação. Eu não conseguia me imaginar andando por aí como se estivesse tomado Viagra 24 horas por dia, sete dias por semana.

— E a mãe ou os irmãos dela? Eles não estão em perigo?

Eu também havia pensado nisso.

— Eles não têm ideia de quem atacou Miles, mas Calla, sim. Se você estivesse na posição daquele vampiro, e soubesse que Calla te viu, você não desejaria amarrar as pontas soltas?

— Mas ele não voltou.

— Eu sei — rosnei —, e isso me faz pensar em um novato.

Um novato era o termo que usávamos para designar um humano que havia sido transformado recentemente e ainda não tinha provado o sangue humano. Assim que eles bebessem sangue, e fossem capazes de estabilizar o monstro que agora abrigavam, eles se tornariam um vampiro completo. Demorava cerca de um mês até que não fossem considerados calouros em transição.

— Certo, e você fica dizendo a si mesmo que só vai levar a garota para jantar porque quer protegê-la. — Athan deu uma risadinha. — Mas tenha em mente que nunca te vi levar uma garota a um encontro todo chique antes.

BURN FALLS

— Só o que posso dizer é que não quero perdê-la de vista. — Passei por ele e entrei no meu quarto para pegar a carteira e o celular na mesinha de cabeceira. Em seguida, nós nos dirigimos à porta da cozinha que dava para a garagem.

— Pode perguntar sobre Valencia?

Parei e me virei para encará-lo antes de retirar a chave do suporte próximo à porta.

— O que você quer que eu pergunte exatamente?

Ele deu de ombros e disse:

— Qual é o lance dela. Se tem namorado ou algo assim em Seattle.

— Você não ficou sabendo disso naquela noite?

— Tenho quase certeza de que ela é solteira, a contar pelo jeito que se esfregava em mim quando dançamos, mas eu só quero garantir...

— Você está pensando em dar um pulinho em Seattle então?

Mais uma vez, ele deu de ombros.

— Quem sabe...

— Que bom. Você pode ajudar Calla a embalar suas coisas para a mudança enquanto estou no hospital.

— Opa... — Athan ergueu as mãos em rendição. — Eu não disse que queria fazer trabalho braçal.

Revirei os olhos e acrescentei:

— É um serviço simples e fácil pra você. Além disso, eu ia te pedir para ficar de olho nela até que eu pudesse ir para lá. Se o vampiro a estiver rastreando...

— Eu sei. Vamos descobrir essa coisa toda mais cedo ou mais tarde. Peppe tinha mais algumas ligações a fazer para conferir se alguém sabe alguma coisa sobre vampirinhos. Vou entrar em contato com ele.

Não era como se o vampiro que atacou Miles pudesse rastrear Calla a milhares de quilômetros de distância, mas se ele soubesse a identidade de sua vítima, seria fácil descobrir o parentesco dele com Calla.

— Descubra isso pra mim, já que os policiais estaduais não conseguiram pista nenhuma. A propósito — abri a porta da garagem —, visto que Calla e eu vamos jantar, aposto que Valencia não tem planos para a última noite dela em Burn Falls.

E com isso, saí para buscar Calla.

Quando cheguei à casa de Calla, desliguei o motor e caminhei pela entrada de carros até bater à sua porta. Era estranho estar ciente do fato de que eu estava buscando uma mulher adulta, para um encontro, e, ainda por cima, na casa da mãe. Eu não estava acostumado a isso. *Eu deveria ter trazido flores? Deveria ter comprado flores para a mãe dela também? Porra...*

A porta se abriu e Calla se postou à minha frente. Seu longo cabelo castanho estava levemente ondulado, e ela usava jeans e um casaco pesado.

— Uau — comentei. — Você está linda.

Suas bochechas ficaram rosadas.

— Obrigada. Você poderia ter me enviado uma mensagem e eu iria ao seu encontro na calçada, sabe?

Afastei-me para lhe dar passagem.

— Isso não seria nem um pouco cavalheiresco da minha parte, não é? Calla deu uma risadinha.

— Acho que não.

Antes que ela pudesse fechar a porta de casa, Alastair apareceu.

— Você vai trazê-la para casa até as onze?

— Al! — repreendeu Calla.

— O que foi? Eu sou o homem da casa agora. Quero ter certeza de que o bom doutor vai te trazer de volta em um horário decente. — Ele deu de ombros como se fosse mais velho do que eu e tivesse alguma autoridade.

— Você é meu irmão *caçula*. Se eu quiser ficar fora até as cinco da manhã, a escolha é minha. — Calla revirou os olhos e se afastou da porta.

Dei um sorriso para o irmão.

— Não se preocupe. Ela está segura comigo. Vou trazê-la antes do nascer do sol.

Calla começou a descer a escada, e me aproveitei disso para segui-la. Corri até alcançá-la, para então abrir a porta do lado do passageiro, da minha Mercedes. Assim que ela entrou, dei a volta no carro e me acomodei ao volante, afivelando o cinto antes de dar partida.

— Achei que poderíamos dirigir até Anchorage, já que existem muito mais restaurantes por lá. A não ser que você goste de italiano, então podemos ficar por aqui mesmo na cidade. Embora eu nunca tenha ido até lá.

Ela prendeu a respiração quando virou a cabeça para me encarar com os olhos verdes arregalados.

— Meu Deus, você nunca foi ao Bartoli's? Eles fazem a melhor macarronada do mundo. Com certeza, é para lá que devemos ir.

Concordei prontamente.

BURN FALLS

— Tudo bem, eu confio no seu gosto.

O trajeto até o Bartoli's era pequeno, o que nos deu pouco tempo para conversar enquanto eu dirigia pelas ruas. Era fácil manter uma conversa com ela. Assim que nos acomodamos no restaurante aconchegante – que se parecia muito com os estabelecimentos do Lago de Como, ao invés dos do Alasca –, solicitei um bife malpassado ao estilo de Palermo, com bastante alho, alcaparras, tomates e manjericão por baixo da carne suculenta. *E, sim, eu posso comer alho*. No mínimo, o sangue da carne meio crua seria a única coisa que valeria a pena provar no prato.

— Como está sua mãe? — perguntei, inclinando-me para a frente e apoiando os cotovelos na mesa.

Calla acenou com a cabeça e deu um sorriso tenso.

— Está indo bem, na medida do possível.

— Você já é proprietária oficial do Conhaque O'Bannion?

— Não. Mamãe ainda precisa se encontrar com o advogado do inventário para preparar os documentos que tenho que assinar. Farei isso assim que voltar.

— Você está pensando em morar com sua mãe, então?

Ela suspirou.

— Por enquanto, sim. Minha mãe não fica sozinha desde… Bem, desde nunca. Ela ainda morava com os pais quando se casou com meu pai.

— Será uma mudança brusca, com certeza.

— Sim.

A garçonete colocou nossas bebidas na mesa e se afastou.

— Alastair e Betha vão voltar para a faculdade? — sondei.

— Sim. Todos nós iremos embora amanhã, mas, em duas semanas, estarei de volta.

— Quem vai ficar com sua mãe até você voltar?

— Honestamente, não sei. O amigo do meu pai, Ted, disse que ficaria de olho nela enquanto isso. Ele não tem nenhuma reunião fora da cidade por algumas semanas. Estarei de volta antes que ele precise ir para Phoenix.

— Reunião em Phoenix? — Também conhecida como Inferno para os vampiros por causa do sol quente. — O que ele faz?

Calla tomou um gole de seu Bellini[2].

— Ele é nosso… bem, é o *meu* gerente regional de vendas, e era o melhor amigo do meu pai.

— Ele trabalha na destilaria?

---

2   Tipo de bebida refrescante feita com prosecco e suco de pêssego.

114   Kimberly Knight

— Sim. Ele trabalha lá desde quando meu pai abriu a empresa.

— Ele estava lá quando seu pai foi atacado? — Talvez Miles não fosse o alvo, afinal. Era possível que Ted tivesse se envolvido em algum negócio ruim ou algo assim, e que um vampiro estivesse enviando uma mensagem.

— Não, na verdade, ele estava voltando para casa de uma reunião em Dallas, por causa do feriado de Natal.

A garçonete serviu nossa comida na mesa e eu mudei de assunto, não querendo interrogar mais Calla.

— Que horas é o seu voo amanhã? — perguntei enquanto dividíamos uma fatia de *tiramisu*. Era nojento, embora o café usado na receita da sobremesa tenha me dado um pouco mais de energia, já que o sangue do bife cru mal corria pelas minhas veias.

— Será à noite, mas como todos nós viajaremos amanhã, mamãe vai nos deixar no aeroporto às nove.

— Você está pronta para uma pequena aventura esta noite?

Calla sorriu.

— Aventura?

Olhei para o meu relógio de pulso.

— Eu prometo te deixar em casa antes do nascer do sol.

Ela lambeu a colher e disse:

— Então estou pronta para uma aventura.

— Você confia em mim? — perguntei ao dar a partida no motor.

Calla virou a cabeça para me encarar e sorriu.

— Eu não deveria?

Dei uma risada e retruquei:

— Sou o único em quem você deve confiar neste mundo de monstros, querida.

Ela fez uma pausa antes de responder à minha pergunta:

— Então, sim. Eu confio em você.

Depois de dar uma olhada para me certificar de que seu cinto estivesse afivelado, saí do estacionamento e me dirigi para o norte, pisando fundo, como dizem.

— Foi isto que você quis dizer com 'aventura'? Espera... ou foi por que você dirige como um maníaco e eu devo confiar de que não vamos morrer?

Sem pensar, estendi a mão e apertei seu joelho.

— Eu nunca te mataria. Você é muito especial para mim.

O batimento cardíaco de Calla disparou com minhas palavras e eu sorri.

— Você também é especial para mim e, honestamente, estou ansiosa para voltar para casa agora.

— Que bom. Agora vamos lá, você acha que posso chegar a Fairbanks em três horas? — Eu sabia que poderia fazer a viagem de cinco horas em três, pois eu conhecia as estradas com os olhos fechados. Caso fosse parado por algum policial rodoviário, bastava hipnotizá-lo para me livrar de qualquer multa.

— Se eu ficar com medo, vou fechar os olhos e aguentar caladinha.

Chegamos a Fairbanks em três horas. Passava um pouco da meia-noite quando parei o carro em um estacionamento nem um pouco romântico do McDonald's.

— Eu prometi a você a aurora boreal e bem... — olhei para o céu — tudo que vejo é um céu preto.

O olhar de Calla acompanhou o meu, e ela deu os ombros.

— Sim. Não dá para garantir que a aurora apareça.

Eu nunca havia presenciado. Em todo o meu tempo aqui, não tive a necessidade ou oportunidade de esperar até que a colisão entre partículas eletricamente carregadas do sol entrassem na atmosfera da Terra. Sempre tive medo de precisar me proteger antes que o céu se iluminasse com o tom amarelo-esverdeado, então nunca fiz a viagem para testemunhar esse fenômeno.

— Já que dirigimos até aqui, você quer dar uma volta e ver se ela aparece?

— Nós dirigimos todo esse caminho, não é? — Ela riu.

— Eu só não queria que o encontro acabasse — confessei.

— Bom saber.

— Sei que não é o melhor lugar, mas você quer tomar um café dentro do McDonald's e depois descobrir onde são os melhores lugares para ver a aurora boreal?

Foi a vez de Calla me tocar, mas ao invés do meu joelho, ela colocou a mão no meu ombro.

— McDonald's é a minha língua, Draven. Eu não preciso de vinho ou jantares chiques.

Eu ri ao me lembrar das palavras de Athan.

— Então vou me lembrar de te levar Big Mac's na cama. — Calla ofegou, e antes que pudesse dizer qualquer coisa sobre minha alegação de que a levaria para a minha cama um dia, eu prossegui: — Vamos. Temos luzes para ver e você tem um avião para pegar.

Calla pediu um *latte* de baunilha e eu, um café preto. Não precisava de energia, mas era mais pelas aparências. Enquanto o funcionário do *fast food* colocava os cafés na minha frente, perguntei onde eram os melhores lugares para ver as famosas luzes do norte.

— A aurora pode ser vista em *Creamer's Field*, *Cleary Summit*, *Murphy Dome* ou na estrada *Chena Hot Springs*.

— Perfeito. Obrigado — agradeci e peguei minha bebida.

Calla e eu voltamos para o carro e, depois de uma rápida pesquisa no celular, determinei que a melhor chance de ver as luzes provavelmente seria no pico mais alto: o *Cleary Summit*.

Segui as instruções e, depois de dirigir cerca de trinta quilômetros, saímos do carro assim que um brilho esverdeado surgiu à distância contra o céu negro e escuro.

— Você está vendo isso? — perguntei.

Calla ergueu os olhos na mesma hora.

— Sim. Está começando.

Nós caminhamos até uma clareira e eu envolvi seus ombros com meu braço, puxando-a contra o meu corpo enquanto contemplávamos as inúmeras variações de cores no céu. Ela se encaixava com perfeição contra mim, e ambos permanecemos em silêncio, observando o espetáculo diante de nossos olhos. O brilho fantasmagórico oscilou para a esquerda e depois para a direita, como se fossem nuvens se movendo no céu, sem direção. Foi mágico e, antes que eu percebesse, Calla e eu estávamos nos encarando.

BURN FALLS

Inclinei a cabeça até que meus lábios encontraram os dela. Eu podia sentir seu hálito quente contra os meus lábios gélidos, e quando nossas línguas se encontraram, era como se estivessem tentando imitar a dança celeste. Ela tinha gosto de café, baunilha e medo – *meu medo*. Porque eu temia que os monstros um dia a levassem para longe de mim, do mesmo jeito que fizeram com Mary.

Nós nos separamos e, após alguns segundos, em que ela tentava recuperar o fôlego, Calla comentou:

— Depois de cinco anos, você ainda não se acostumou com o clima daqui?

— O quê? — perguntei, confuso, e com a cabeça inclinada.

— Seus lábios. Estão frios…

Abri um sorriso largo.

— Tenho problemas de circulação ou algo do tipo.

Ela riu baixinho.

— Mas você é médico!

— E a cura para este mal são os *exercícios*. — Pisquei e, mais uma vez, dei um beijo rápido em sua boca, ainda que meus lábios estivessem com a temperatura ambiente.

O sorriso de Calla se alargou.

— É mesmo?

Dei de ombros.

— Ordens médicas…

— Certo. Você mesmo receita seu tratamento e eu o ajudo. — Ela riu de novo e perguntou: — Além disso, o que eu disse sobre não precisar de encontros chiques?

Não consegui conter o sorriso.

— Isso é um encontro chique?

— Com um beijo desses, sob a aurora boreal, pode ser classificado dessa forma.

— Nesse caso, minha tática deu certo?

Ela encarou meus olhos escuros e suspirou, dizendo:

— Sim.

CAPÍTULO 11

CALLA
Seattle

Dizer adeus à minha família foi difícil, mas eu estava animada por saber que voltaria para Burn Falls em algumas semanas. Por mais que estivesse determinada a dar orgulho ao meu pai, mantendo sua bem-sucedida empresa, eu sabia que também estava empolgada por causa do meu encontro com Draven.

Depois do espetáculo da aurora, que durou cerca de vinte minutos, Draven e eu voltamos para Burn Falls. Ele me deu um beijo de boa-noite na varanda da frente, fazendo-me sentir como uma adolescente perdida de amor. Depois que foi embora, me arrastei para a cama e dormi algumas horas até o momento de ir para o aeroporto.

Valencia me interrogou sobre meu encontro durante todo o voo para casa, e então a questionei sobre sua noite com Athan. Ele apareceu à porta de casa pouco depois que eu saí, e a levou para tomar uma bebida no bar. Ela disse que nada aconteceu e que provavelmente nunca mais o veria, já que ele morava na Rússia. Eu não tinha dúvidas de que, assim que chegasse em casa, ela daria um jeito de verificar a validade de seu passaporte.

— Não acredito que você vai embora em duas semanas. Vou sentir sua falta — V disse enquanto o motorista do Uber seguia pelo trajeto do meu apartamento. Estávamos compartilhando a viagem de carro, e ela seria deixada em casa logo depois.

— Eu sei. Promete que vai me visitar?

— É claro. Depois que você me contou sobre a aurora boreal, agora é que fiquei com mais vontade de ver também. Você vai ter que me levar, embora a gente *não* precise se beijar.

Começamos a rir.

— Vou levar você e prometo não te beijar. Assim que minha mãe se ajustar, e eu arranjar minha própria casa, faço questão de receber a sua ajuda na decoração.

— Combinado.

Nós nos despedimos quando o motorista parou na frente do meu prédio e, enquanto eu subia para o meu apartamento, meu celular vibrou na bolsa. Sorri ao ver a mensagem de Draven.

> Chegou em casa em segurança?

Não consegui conter o sorriso enquanto digitava uma resposta:

> Sim. Estou entrando em casa nesse instante.

> Que bom. Estou indo para o hospital. Eu te ligo mais tarde, se tiver um tempinho de folga.

O toque do celular me despertou dos sonhos. Olhei para o relógio e conferi que era quase meia-noite.

— Alô? — atendi, com a voz meio grogue.

— Oi, é o Draven. Desculpe por ter te acordado.

— Eu não estava dormindo — menti.

Ele riu ao telefone.

— Certo... Vou te deixar em paz.

— Não! — Sentei-me de supetão na cama, totalmente desperta. — É sério, está tudo bem.

— Tem certeza?

— Sim, quero saber como foi sua noite de plantão.

— Não foi tão ruim. Pessoas com gripe e afins. Você começou a empacotar suas coisas?

— Não. Eu preciso arranjar algumas caixas amanhã depois que sair do trabalho.

— Então, Ahn... — Draven hesitou. — Liguei para um amigo meu... Martin, e comentei que talvez você precisasse da ajuda dele na mudança.

— O quê? Você ligou para alguém? — Embora minha intenção fosse cumprir meu aviso-prévio de duas semanas no trabalho, ainda tinha um mês antes de ter que sair do apartamento.

— Eu sei qual é a sensação de juntar toda a sua vida e ter que se mudar para algum lugar a milhares de quilômetros de distância, querida. Quisera eu poder estar aí para te ajudar em cada etapa do caminho, mas percebi que Martin era a segunda melhor opção. Ele é meu melhor amigo, além de Athan.

— Você não precisava ter feito isso.

— Então... você já planejou tudo?

— Humm... não.

Ele parou por um momento, e eu o imaginei respirando fundo.

— Eu preciso te contar uma coisa.

Engoli em seco, de repente.

— Oookaay...?

— Eu não fui completamente honesto com você...

Meu coração quase parou enquanto o aguardava prosseguir. Eu não tinha ideia do que ele estava prestes a me dizer, e isso me deixou nervosa na mesma hora.

— Desde que você me disse que testemunhou o ataque de seu pai, tenho medo de que a pessoa volte e termine o serviço.

Suspirei de alívio. Ele só estava preocupado comigo. Senti meu coração estufar no peito.

— Mas eu não vi o rosto dele.

— Nós sabemos, mas não significa que o invasor saiba disso.

— Mas por que isso importa agora? Estou em Seattle e nada mais aconteceu enquanto eu estava aí em Burn Falls.

— Isso importa, porque não quero que você tenha que dirigir sozinha para cá, e eu não poderei fazer essa viagem contigo.

— Não é como se o cara pudesse me farejar...

— Não, mas o que aconteceria se sua caminhonete estragasse no meio do caminho? Existem monstros neste mundo e você sabe disso.

Draven estava certo. O que aconteceria se meu carro enguiçasse no meio do nada, sem serviço de celular? Eu realmente não tinha pensado em minha mudança ou no fato de que teria que dirigir um caminhão de mudança de volta para Burn Falls. E quanto ao meu carro? Eu seria capaz de rebocá-lo enquanto dirigia um veículo tão grande? Eu nunca havia rebocado nada na minha vida, muito menos dirigi um caminhão de mudança. E eu não queria vender meus pertences porque não tinha dinheiro para

BURN FALLS

começar tudo de novo. Claro, eu ganharia dinheiro quando estivesse na folha de pagamento do COB, mas eu gostava das minhas coisas.

Eu estava longe de ser uma donzela em perigo, mas saber que Draven estava preocupado comigo me aqueceu por dentro.

— Tudo bem — suspirei —, então você pediu ao seu amigo que me ajudasse com a mudança até o Alasca?

— Sim. Ele é um tenente do Departamento de Polícia de Seattle e pode mantê-la em segurança se alguma coisa acontecer.

— Obrigada, mas acho que não preciso de escolta policial.

Draven deu uma risadinha.

— Não é pelo fato de ele ser policial. Eu confio nele, porque é um dos meus melhores amigos que, por acaso, trabalha para o departamento de polícia.

— Mais uma vez, obrigada, mas não posso deixar um desconhecido me ajudar. Esse lance de mudança é trabalhoso demais, e eu me sentiria desconfortável se ele me ajudasse.

— Então você só vai ter que conhecê-lo neste fim de semana quando eu estiver aí. Dessa forma, ele não será mais um estranho. *Vou* fazer com que ele te ajude.

Um sorriso se abriu nos meus lábios quando pensei na chegada de Draven, no sábado à noite. Eu sentia calor só em pensar em vê-lo de novo, embora não fosse uma viagem assim tão longa e ele tenha dito que precisava ajudar Martin em alguma coisa.

— Estou sendo convocado aqui, docinho. Tenha um bom-dia de trabalho amanhã, e eu ligo para você no meu intervalo amanhã à noite.

— Okay. Tenha uma boa-noite, Gostosão McSafado.

— Gostosão McSafado? — Draven riu.

— Sim. Você nunca assistiu Grey's Anatomy?

— Hum… não…?

— Os médicos gostosos do seriado são sempre McAlguma coisa. Então, eu o apelidei de Gostosão McSafado.

Ele riu novamente.

— Bom saber que você me acha gostoso. Mas como você sabe que sou safado?

Meu rosto ficou vermelho. Eu não sabia ao certo se ele era safado ou não, mas dado o que pensei que ele me disse naquela outra noite, eu realmente esperava que ele tivesse um lado bem impertinente.

— É só um palpite.

Dava para ouvir a diversão em sua voz risonha:

— Tudo bem, docinho. Falo com você mais tarde. O Gostosão McSafado tem que salvar algumas vidas agora.

Eu trabalhava no banco há mais de cinco anos e agora estava saindo porque era proprietária de uma destilaria. Bem, *quase* uma proprietária. Mamãe ligou e disse que sua reunião com o advogado correu bem. Eles me enviaram documentos por *fax* para que os assinasse, e logo depois os enviariam para o cartório do condado. O advogado informou que a transferência levaria de quatro a seis semanas e, por mim, estava tudo bem. Isso me dava tempo de sobra para me ajeitar em Burn Falls. Além disso, por enquanto, Ted e o destilador-mestre, Willy, estavam executando o que podiam até que pudesse assumir.

O resto da semana passou em uma espécie de borrão. Fiz as malas, verifiquei como estava minha mãe e depois conversei com Draven por alguns minutos todas as noites. Eu não havia tido muito contato com V, mas hoje seria minha penúltima sexta-feira de Margaritas com ela. Eu a encontrei em nosso bar de sempre, *Unicorn*, e fomos até o balcão. Chance, é claro, era o barman; entretanto, V não estava prestando atenção alguma nele.

— Você o superou? — perguntei, gesticulando com a cabeça na direção dele, vendo-o servir bebidas do outro lado.

Ela mordeu o lábio inferior, mas não disse uma palavra.

— O que foi?

— Eu tenho que te dizer uma coisa.

— Meu cabelo já ficou branco só com a espera... — brinquei.

— Segunda à noite recebi uma ligação de Athan. — Ela sorriu e eu tomei um gole da minha bebida, esperando que ela continuasse: — E... pode ser que eu o tenha encontrado todas as noites desde então...

— O quê? — Eu me engasguei com a bebida. — Ele esteve em Seattle a semana toda?

— Sim. Ele aparece lá em casa quando chego do trabalho, a gente come alguma coisa e depois... bem... *você sabe*. Eu desmaio e ele vai embora.

— Ele vai embora? Para onde?

V deu de ombros.

— Ele disse que fica hospedado na casa daquele cara, Martin.

— Então é uma ficada noturna?

— Tipo isso. — Ela assentiu.

— E você está de boa com isso?

— Não é como se ele fosse se mudar para cá. Nós estamos apenas nos divertindo.

— Enquanto você estiver feliz, não vou te encher o saco.

Ela se inclinou em minha direção e baixou a voz:

— Você sabe o que é estranho?

— O quê?

— Eu juro que ele me fode com tanta força que chego a ficar com amnésia.

Ai, minha nossa. Disparei a rir.

— Que porra é essa?

Valencia balançou a cabeça, devagar, como se estivesse tentando pensar em como se explicar. Ela tomou um gole de sua bebida antes de dizer:

— Sei que fazemos sexo. Você sempre sabe quando transa, não é? E eu me lembro de algumas partes, mas não consigo me lembrar de todos os detalhes. Além disso, meu pescoço sempre fica dolorido na manhã seguinte.

— Você está embriagada?

— Agora?

— Não! Quando vocês dois estão… humm…

— Não. E é aí que está… Talvez eu beba, no máximo, uma taça de vinho.

— Você perguntou a ele sobre isso?

— Perguntar o quê? *"Oi, pode parecer uma loucura, mas não consigo me lembrar da gente transando. Você sabe por quê?"* Pense numa coisa que pode destruir o ego de alguém.

— Bem, pensando desse jeito, faz sentido. — Caímos na risada. Meu Deus, eu ia sentir falta dela. — Talvez você deva filmar…?

— Senhoritas…

Virei a cabeça e deparei com o homem em questão atrás de nós.

— Athan! — V sorriu. — O que você está fazendo aqui?

— Meu garoto Draven disse que eu poderia encontrar as duas aqui.

— Você estava nos procurando? — perguntei.

— Estou procurando por esta aqui. — Athan rodeou o corpo de Valencia e a puxou contra ele.

— Você a encontrou, mas estamos em nossa sexta-feira das Margaritas, então você não pode levá-la — declarei.

— Não quero levá-la embora… ainda. Tudo bem se eu ficar com vocês duas?

Valencia e eu nos entreolhamos e eu dei de ombros.

— Só se você estiver pagando. — V sorriu.

Oh! Isso seria legal.

— Sem problema. — Athan foi até o cara que estava sentado ao lado de Valencia, deu um tapinha em seu ombro e perguntou: — Você não quer mudar para outro lugar?

— Athan! — V repreendeu.

Os olhares de ambos permaneceram travados até que o cara disse:

— Sim. — Ele se levantou e Athan sentou-se em seu lugar.

— Isso foi um pouco rude, não acha? — V perguntou.

— O quê? — Ele franziu o cenho como se não tivesse sido indelicado com o cara.

— Você poderia ter pedido a ele com educação — V ralhou.

— Eu fiz isso. — Athan ergueu o braço e acenou para Chance.

— Tudo bem, vocês dois — eu disse. — Resolvam isso mais tarde.

— Ah, nós vamos mesmo. — Athan piscou para Valencia, e ela corou. Ela podia até não se lembrar de todos os detalhes da transa entre eles, mas, definitivamente, se recordava de alguma coisa.

Chance inclinou a cabeça e foi até Athan.

— O que eu posso fazer por você, cara?

Athan sorriu para mim e depois se voltou para Chance.

— Conhaque O'Bannion. Puro.

Chance se virou e pegou a garrafa de uísque da prateleira de cima.

— Então, Athan… O que fez você se mudar para a Rússia? — perguntei enquanto observava o bartender servir dois dedos do líquido ambarino que era meu legado.

— É uma longa história, mas, essencialmente, eu passei férias lá alguns anos atrás e, simplesmente, decidi me mudar.

— Uau, isso é incrível — comentei.

— Bom, no início foi mesmo, mas agora estou pensando em me mudar para Burn Falls.

— Sério? — Valencia perguntou com a voz esperançosa.

Burn Falls ainda era longe de Seattle, mas era bem mais perto do que a Rússia. Eu nem tinha certeza de em que parte da Rússia ele morava.

— O Draven sabe? — perguntei antes que ele pudesse confirmar.

— Não. Ainda não tomei a decisão, mas adoro como é isolado e como a maioria das pessoas simplesmente passa por ali. Antes de tomar essa decisão, vou precisar resolver algumas coisas na Rússia.

— Talvez eu te contrate no COB então — brinquei.

— Não custa nada sonhar. — Ele sorriu. — Mas é capaz que eu beberia cada gota antes que você pudesse vender qualquer uísque. — Athan tomou um grande gole de seu copo.

Depois que Athan e Valencia me deixaram em casa, tomei um banho e me enfiei debaixo das cobertas, para só então enviar uma mensagem a Draven.

> Espero que sua noite esteja tranquila. Mal posso esperar para te ver amanhã.

Adormeci antes que ele me respondesse, mas na manhã seguinte vi sua resposta:

> Boa noite, querida. Mal posso esperar para te ver também.

Passei o dia inteiro arrumando as malas, pensando em Draven e na noite que teríamos juntos. Por causa de sua agenda, ele achou melhor pegar um voo tardio para que pudesse dormir o suficiente. Não discuti com ele, embora estivesse ansiosa para passar o dia inteiro ao seu lado. Mesmo assim, seu voo só chegaria às dez da noite.

Por mais que ele tenha feito questão de dizer que queria me ajudar na hora de embalar tudo, acabei passando o dia fazendo isso. Era bem provável que ele não se importaria com isso, já que teríamos muito mais tempo para ficar juntos. Eu não sabia o que ele havia planejado com o amigo, mas imaginei que economizar tempo seria o melhor para todos.

> Acabei de embarcar. Mal posso esperar para te provar... quero dizer, te beijar... ;)

Respirei fundo ao ler suas palavras e, em seguida, respondi:

> O sentimento é recíproco...

Aproveitei o tempo que ele levaria de voo para tomar banho e me preparar para nosso encontro. Eu estava animada para vê-lo, obviamente, e os minutos passaram como se fossem horas.

Quando cheguei ao aeroporto, minha frequência cardíaca disparou e fiquei nervosa enquanto o esperava próximo à esteira de bagagens. Ele ia me beijar? Ele iria apenas me abraçar? Eu não fazia ideia do que esperar. Todos os homens com quem namorei moravam em Seattle. Eu sabia o tipo de relacionamento que tínhamos. Mas com Draven, eu não tinha noção. Nós estávamos namorando? Tipo... éramos namorados? Amigos de foda como Valencia e Athan? Tudo bem que não havíamos transado, nem nada, mas fiz questão de depilar todos os lugares certos antes de vir para o aeroporto, na esperança de que essa noite tiraríamos o atraso.

Meu telefone vibrou na bolsa, e quando o peguei, vi a mensagem de Draven.

> Acabei de pousar e já estou prestes a sair do avião.

> Estou te esperando na esteira de bagagens.

> Te vejo em breve, docinho.

Um sorriso se espalhou pelo meu rosto quando enviei a seguinte mensagem:

> Mal posso esperar, Gostosão McSafado.

> Você tem noção de que tenho que fazer jus a esse apelido, não é?

> O quê?

> Você me apelidou como McSafado. Só há uma maneira de comprovar isso...

BURN FALLS

Senti meu rosto esquentar, e eu tinha certeza de que devia estar tão vermelho quanto o suéter que eu estava vestindo.

> Como assim?

> Você descobrirá em breve.

Comecei a andar de um lado ao outro, entre os passageiros que esperavam por suas malas, e refleti sobre a minha vida. Não estava satisfeita pela morte do meu pai, mas fiquei feliz por algo bom ter acontecido. Perdida em pensamentos, não percebi que Draven estava parado às minhas costas.

— Com licença, senhorita. Estou precisando de uma carona até o apartamento da minha garota. Você acha que pode me ajudar?

Minha garota...

Olá, chão, conheça o coração... outra vez.

Coração, estou deduzindo que você e o chão se tornarão amigos inseparáveis, já que esse homem sempre te faz saltar do peito.

Eu me virei, e quando nossos olhares colidiram, e ele sorriu, me lancei em seus braços. Draven me levantou do chão como se eu não pesasse nada.

— Como você chegou aqui tão rápido?

— Eu corri — ele murmurou em meu ouvido.

Eu me afastei e então seus lábios encontraram os meus por alguns segundos antes de ele me colocar no chão.

— Está pronta? — Draven perguntou.

— Precisamos esperar sua mala ou algo assim?

Ele deu um tapinha na bolsa por cima do ombro.

— Só tenho essa aqui.

Eu sorri e ele segurou minha mão.

— Você realmente deveria perguntar ao seu médico sobre o seu problema de circulação. Sua mão está muito fria.

— É? — perguntou enquanto saíamos do prédio em direção à garagem. — Estou tão acostumado que nem percebo mais.

— Você já comeu alguma coisa? Podemos parar e pegar uma sopa ou algo assim. Isso deve aquecê-lo.

— Eu já jantei, mas posso pensar em outra forma de me aquecer que envolva muito menos roupas.

Sim, estou bem feliz por ter me depilado toda.

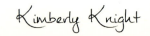

— Você quer que eu entre, Calla? — Draven perguntou entre beijos.

— Sim — ofeguei. Minhas costas estavam imprensadas contra a porta enquanto seus lábios beijavam na lateral do meu pescoço.

— Convide-me então.

— O quê?

Ele ergueu a cabeça e encarou meus olhos verdes.

— Pode me chamar de antiquado, mas você precisa me convidar a entrar.

— Tudo bem... — Franzi o cenho, sem entender muito bem. Era óbvio que ele era bem-vindo na minha casa, afinal, eu o busquei no aeroporto e o trouxe aqui. Eu não o faria ficar no carro a noite toda. — Draven, por favor, entre para não darmos um show aos vizinhos.

Quando dei por mim, ele sorriu maliciosamente e abriu a porta do meu apartamento. Estávamos envoltos em uma onda de luxúria, nossas bocas coladas, nossas línguas saboreando e sugando.

— Caralho — ele gemeu quando a porta se fechou. — Você tem certeza disso?

— Por que não teria? — perguntei, arrancando seu suéter para despi-lo.

— Não sei se posso ser gentil.

— Eu não quero que você seja.

Porra, era verdade. Eu estava queimando com a necessidade de ver o que havia por baixo de todas as suas roupas. Sentir seu corpo nu pressionado contra o meu, enquanto estávamos unidos e nos movendo em sincronia um com o outro. Eu não era virgem e não precisava que segurassem minha mão. Eu era uma mulher de vinte e oito anos com necessidades, e elas precisavam ser saciadas o mais breve possível. A vida era curta demais para ter arrependimentos, e se isso era algo que não aconteceria ao decidir estar com este homem. Pelo contrário, era capaz de ele se arrepender por estar comigo.

Eu o alcancei novamente para travar meus lábios nos dele, mas depois de alguns segundos ele se afastou e disse:

— Olhe para mim.

Fiz o que ele pediu.

— Se você não quiser...

— Eu quero — ele me assegurou. — Você não tem ideia de quanto, porra, mas...

— O que é?

— Preciso de um minuto. Sinto muito, mas o longo voo...

— Oh! — eu disse, percebendo que ele precisava usar o banheiro. — Primeira porta à sua esquerda.

Ele me beijou novamente.

— Esteja nua quando eu sair dali.

Eu sorri e então ele se dirigiu ao banheiro. Fazendo uma pausa, fui para o quarto e acendi uma vela de baunilha antes de tirar minha roupa. Eu deveria saber que o sexo contra a parede só acontecia em romances, e a fantasia que tive sobre Draven chegando todo excitado para me visitar, arrancando nossas roupas assim que a porta se fechasse, e pelo meio do caminho, era apenas isto: uma fantasia.

Poucos minutos depois, Draven saiu do banheiro e fiquei esperando-o no quarto, mas, ao invés disso, ouvi seus passos na cozinha. Sem pensar muito sobre isso, me enfiei debaixo das cobertas, e me recostei contra a cabeceira da cama enquanto o esperava. Logo depois, ele apareceu à porta, segurando uma bandeja azul de gelo e vestido com nada mais, exceto sua boxer e um sorriso.

Minha fantasia de namorado de livro estava se tornando real enquanto eu cobiçava seu corpo duro como pedra. Sério, isso estava acontecendo mesmo? Eu ficava enciumada porque Valencia sempre pegava os caras gostosos, mas agora eu tinha um bem aqui, na minha frente, e me encarando como se fosse me devorar. Com um abdômen dividido em um pacote de oito. O V sexy levava a um pau com aparência impressionante através do contorno de sua boxer. O peito forte tinha bem poucos pelos.

Senti minha boca enchendo d'água, porque eu queria prová-lo.

Da cabeça aos pés.

CAPÍTULO 12

DRAVEN

Tudo com Calla era diferente, e eu tinha a sensação de que seria assim também no sexo, exatamente pelo fato de eu gostar dela, e porque não poderia obrigá-la a esquecer que eu era um vampiro. Normalmente, quando estava com uma mulher, eu a estimularia a confiar no que estava prestes a fazer e então cravaria meus dentes em sua veia latejante no pescoço, beberia um pouco de seu sangue, ficaria duro e a foderia.

No entanto, eu tinha um plano.

Antes de nos deixarmos levar, inventei a desculpa de que precisava usar o banheiro. A verdade é que eu havia colocado uma bolsa de sangue em minha mala, logo após passar pela segurança. Nos últimos cinco anos, entre idas e vindas para ajudar Martin, aprendi a passar pelo departamento de segurança nos aeroportos, transportando sangue sem ser detectado. O truque consistia em fazer um *check-in* prévio, e, em seguida, prender a bolsa sanguínea, rente ao corpo, com fita adesiva. Como eu já havia feito todo o protocolo de checagem, com antecipação, não precisava passar pelo escaneamento corporal completo. Ao invés disso, eu passava apenas pelo *scanner* que só era capaz de detectar metais. E, claro, se alguém me questionasse, eu apenas os obrigaria a me liberarem. Eu só precisava levar entre uma a duas bolsas, porque Martin mantinha uma geladeira abastecida para mim no porão onde eu dormia.

Assim que entrei no banheiro, suguei o conteúdo da bolsa enquanto acariciava meu pau. Quando o membro ficou rígido, percebi que não seria capaz de encobrir o fato de que não só minhas mãos e lábios eram frios, mas também meu pau. Bem, a temperatura era a mesma que a ambiente, mas, ainda assim, era bem mais frio do que a de um corpo humano.

Mesmo sem saber se Calla gostaria de usar cubos de gelo, optei por essa alternativa de qualquer maneira. Achei que poderia anestesiá-la o suficiente para que, quando eu usasse o lubrificante que trouxe comigo, a sensação de calor chamasse sua atenção e ela se concentrasse nisso. Eu poderia tentar usar apenas o lubrificante, mas não queria arriscar. Não na primeira vez, pelo menos, quando eu não fazia ideia de qual seria a reação dela. E eu a queria demais.

Eu queria sentir seu corpo se aproximando do meu enquanto eu me impulsionava dentro dela.

Eu queria ouvir seu coração batendo acelerado e sua respiração ofegante enquanto eu lhe dava prazer.

Eu queria observar seu corpo perfeito se contrair em espasmos quando ela gozasse abaixo de mim.

Eu a desejava pra caralho.

Umedeci os lábios e fui em direção à cama.

— Por que você está sob as cobertas?

— Eu estou... eu não sei.

Ela desviou o olhar, e o brilho das velas que ela havia acendido dançou em seu rosto sob a penumbra do quarto. Ela, provavelmente, não percebeu que não fazia mais contato visual comigo. Eu sabia que muitas mulheres tinham problemas com sua consciência corporal. Ainda mais quando Calla me disse, inúmeras vezes, que se achava gorda. Eu só não sabia como provar a ela que a achava impecável por dentro e por fora.

Sem aviso, puxei as cobertas que a cobriam e engatinhei na cama, pairando acima de seu corpo.

— Olhe para mim — ordenei enquanto a encarava.

Seus olhos esmeralda dispararam ao meu comando.

— Eu não vou ser gentil — repeti minha declaração de alguns minutos atrás. Foi um aviso, mas também a realidade do que estava por vir, porque quando transava, eu fodia com força. Eu não conhecia outra maneira. A verdade é que nunca *fiz amor* antes. Nem mesmo com Mary, porque estávamos sempre nos esgueirando e fazíamos sexo apressado.

— Eu não vou quebrar. — Calla sorriu, e meus lábios se curvaram em resposta.

— Sei que não vai, docinho. Mas assim que eu me afundar em você, e o sangue estiver bombeando em minhas veias, não conseguirei mais parar. — O que ela não sabia é que já havia sangue correndo por mim. Simplesmente não era o meu.

— Tenho pensado nisso desde que você me disse que queria me curvar sobre aquela banqueta no Maxwell. Você disse isso, certo?

Dei um grunhido ao pensar na cena.

132

— Sim, eu disse. Você quer que eu te curve sobre uma cadeira e te foda, querida?

Calla olhou nos meus olhos por alguns instantes até que, finalmente, sussurrou:

— Sim.

Eu a arrastei para fora da cama e a coloquei sobre o meu ombro. Ela gritou quando agarrei a bandeja de gelo e entrei em sua sala de estar, procurando por uma cadeira. Não havia nenhuma com a altura adequada ao seu pouco menos de 1.60m, então, em vez disso, afastei uma cadeira da mesa de jantar, apoiei seus pés no chão e a curvei sobre a superfície de madeira.

A visão de sua bunda nua, bem à minha frente, toda convidativa, estava fazendo o sangue correr através de mim mais rápido e direto para o meu pau. Eu já estava duro, mas agora agonizava para me enterrar bem fundo dentro dela.

— Você já usou gelo durante o sexo antes, Calla? — Ela negou com um aceno. — Dizem que é uma sensação incrível.

— Okay. Não me importo em experimentar...

Tirei minha boxer e, em seguida, peguei um dos cubos de gelo meio derretidos da bandeja.

— Abra bem as pernas.

Calla fez conforme o instruído e, na mesma hora, o cheiro de sua excitação encheu minhas narinas. Não pude esperar mais. Quanto mais cedo ela ficasse preparada, mais rápido eu seria capaz penetrá-la e a tornar oficialmente minha.

O primeiro toque com o cubo de gelo a fez estremecer, e ela gemeu.

— Porra, isso é frio...

— Você gosta disso?

— Ainda não tenho certeza.

Pelo menos ela não estava me pedindo para parar. Eu tinha um plano reserva, mas, por enquanto, o gelo estava funcionando. Circulei seu clitóris com o cubo, passando, em seguida, em sua boceta. A pedra começou a derreter, pingando lentamente no tapete.

— Eu... eu... — ela gaguejou, remexendo-se um pouco como se tentasse se ajustar à sensação. — É muito.

Tirei o cubo de seu calor.

— Muito bom ou muito ruim?

— S-só m-me dê um segundo. É como uma sensação estranha de latejamento.

Enfiei o pedaço de gelo em minha boca e, enquanto ele derretia, senti seu

BURN FALLS

133

gosto, tão delicioso quanto o Conhaque O'Bannion. Não havia outra marca de uísque para mim agora que Calla O'Bannion havia entrado em minha vida.

Pegando outro cubo, fiz o mesmo movimento, roçando-o contra seu sexo e depois o inseri em sua boceta, retirando e colocando várias vezes. Ela gemeu de novo.

— Está gostoso agora?

— Sim — suspirou. — Está começando a formigar um pouco.

Percebendo que havia esquecido a camisinha na minha mala, no banheiro, enfiei o cubo em seu interior mais algumas vezes antes de sair correndo para buscar o preservativo sem que ela percebesse que eu tinha saído. Mesmo que não houvesse nenhuma maneira de ela engravidar ou pegar alguma doença sexual da minha parte, ainda assim, eu precisava usar o látex inútil para evitar as perguntas possíveis.

Abri o pacote de alumínio, revesti meu pau e peguei o lubrificante com efeito quente.

— Você está pronta para se aquecer? — *Deus, eu esperava que esse plano funcionasse.*

— Estou apenas… pronta.

Eu sorri.

— Pronta para se fodida por mim, querida?

— Sim — ela arfou.

Esfreguei uma gota do lubrificante na minha mão antes de acariciar meu comprimento. Eu podia sentir o calor contra minha pele e esperava que funcionasse – que o lubrificante estivesse quente o suficiente e que o resfriamento pelos cubos de gelo a levassem a pensar que era o motivo por algo, na temperatura ambiente, estar entrando em seu calor aconchegante.

Em um impulso suave, deslizei para dentro dela. Ela ofegou quando meu pau a penetrou, e seu corpo se arrastou para frente contra a mesa dura. Depois de alguns impulsos, ela gemeu, dando-me a certeza de que meu plano estava funcionando.

— Está esquentando?

— Sim — ela ofegou.

— Segure-se à mesa — ordenei.

Calla estendeu a mão e agarrou a borda de madeira. A cada estocada, eu me tornava mais áspero. Eu não pude evitar. A necessidade primitiva em mim, de alcançar um orgasmo, me levou a um frenesi.

Agarrei seus quadris, forçando-a a se empalar mais fundo no meu pau. Minhas bolas bateram contra sua boceta, mais e mais e mais enquanto seu ritmo respiratório acelerava. Eu sabia que ela estava perto de gozar. Cada batimento do seu coração perfurava meus ouvidos sensíveis, e eu arremetia, deliciado com a sensação aveludada de sua boceta ao redor do meu comprimento.

— Porra, Calla — grunhi, e antes que pudesse pensar no que estava fazendo, agarrei um punhado de seu cabelo volumoso e puxei sua cabeça para trás, aproximando seu pescoço da minha boca.

Eu me curvei, e quando minhas presas se projetaram e se cravaram em sua pele, ela sibilou como se uma agulha a tivesse espetado. Eu não dei a mínima. Os humanos, às vezes, mordiam durante o sexo, e essa seria a minha justificativa. No entanto, à medida que eu provava seu sangue doce contra minha língua, eu sabia que se não me contivesse, acabaria bebendo dela até secar. Com toda a força de vontade que pude reunir, lambi a lateral de seu pescoço, certificando-me de não deixar escapar nem uma gota de sangue e, só então, me inclinei para trás e soltei seu cabelo. Continuei a arremeter cada vez mais duro contra ela.

A mesa rangeu enquanto o ruído de nossas peles se chocando ressoou pelo ambiente, e isso me instigou a bombear e agarrar seus quadris com mais força. Estávamos em sincronia um com o outro e eu estava à beira do orgasmo.

Pouco depois, Calla gemeu, e suas palavras soaram como música aos meus ouvidos:

— Eu vou gozar.

— Sim — gemi em uníssono, ainda me impulsionando contra ela. A mesa se aproximou cada vez mais à janela próxima à porta. Sua boceta apertou meu pau, e ela soltou um grito estrondoso de prazer. Eu a levantei do chão, angulei seu corpo e estoquei mais ainda. Contraí meus glúteos quando a onda avassaladora trouxe meu orgasmo e arrancou um gemido profundo da minha garganta.

Ela estava sem fôlego quando me retirei de seu corpo e apoiei seus pés no chão. Com o sangue ainda correndo em minhas veias, tomei sua boca e a beijei para que ela não visse que eu ainda estava duro. Eu tinha certeza de que ela não teria como saber que o preservativo estava vazio, mas não queria que pensasse que eu havia fingido alguma coisa.

— Você está bem? — perguntei e dei um beijo em sua testa.

Ela acenou com a cabeça.

— Esse negócio do gelo foi novidade.

— Você gostou? — questionei.

— Não tenho certeza.

— Justo.

BURN FALLS

— Você também me mordeu? — Calla tocou a área que eu havia mordido.
— Sim, desculpe por isso. Foi no calor do momento.
— Estou sangrando? — Ela inclinou o pescoço, expondo a veia pulsante que eu queria me deliciar.
— Não.
Beijei-a de novo e saí para descartar o preservativo vazio.

Depois de tomarmos banho e nos limparmos, nos aninhamos em seu sofá e assistimos a um episódio de Grey's Anatomy. Ela escolheu um episódio mais antigo, onde havia um tal de McDreamy e um McSteamy. Não entendi, mas tive a impressão de que Calla pensava que estava vivendo seu próprio episódio ao namorar seu próprio McAlguma coisa.

Também tivemos a segunda rodada depois que bebi outra bolsa de sangue, mas, desta vez, deixei que ela ficasse por cima. Eu ainda queria me enfiar nela como um aríete, mas permiti que comandasse o ritmo, e assim que ela gozou e eu alcancei um orgasmo, coloquei-a na cama. Depois que Calla adormeceu em meus braços, rastejei para fora da cama e me vesti.

— Ei... — Afastei uma mecha de seu rosto e me ajoelhei no chão para que nossos olhos estivessem nivelados. — Acorde por um segundo, querida.

Seus olhos verdes se abriram e seu coração começou a bater um pouco mais rápido.

— O que é? Está tudo bem?

Dei um sorriso para tranquilizá-la.

— Está tudo bem, mas tenho que ir.

— Tem mesmo? — Eu sabia que ela havia deduzido que eu passaria a noite, e me senti mal por não poder fazer isso, mas não podia arriscar a chance de ser atingido, de alguma forma, pela luz do sol.

— Eu gostaria de poder ficar, mas Martin ligou e precisa da minha ajuda o quanto antes — menti.

— Que horas são?

— Quase seis.

— Vejo você mais tarde esta noite?

— Não tenho certeza, mas vou tentar.

Calla suspirou.

— Certo. Você veio à cidade para ver seu amigo...

— Ei — chamei sua atenção e esfreguei meu polegar em seu lábio inferior. — Prometo ver você antes de voltar para Burn Falls. Ainda preciso te apresentar o Martin, lembra?

— É mesmo. Meu guarda-costas viajante. — Ela riu de leve.

O sorriso que lhe dediquei foi caloroso.

— Sim, e eu me sentiria melhor, pois você levará alguns dias de viagem de carro, já que são quase três mil e quinhentos quilômetros.

— Talvez eu chame Valencia para ir comigo. Podemos fazer uma viagem estrada afora, e quando eu chegar em Anchorage, posso colocá-la num voo de volta.

— Você acha que Valencia pode te proteger?

Ela realmente pensava que duas garotas, na estrada, estavam seguras? Talvez no mundo normal, sim, mas não no mundo onde eu vivia. Um mundo onde um vampiro tentou matar seu pai e poderia estar à sua procura.

— Você tem razão.

— O que você acha disso? Você conhece Martin. Se não gostar dele, vou pagar uma empresa de mudanças para levar suas coisas até Burn Falls e te colocar num voo até Anchorage.

O rosto de Calla se alegrou na sala iluminada pela lua.

— Você faria isso?

— Eu faria qualquer coisa para te proteger.

— Você sabe que moro sozinha desde a época da faculdade, certo?

Acenei em concordância.

— Sim, mas isso foi antes de um monstro atentar contra a vida do seu pai, lembra?

— Eu gostaria que eles pegassem o cara para que eu pudesse ter um pouco de paz.

— Eu também, querida. Eu também.

— Tio Draven! — Acordei com o grito agudo chamando meu nome e com os passos altos correndo pela escada de madeira do porão, onde eu me encontrava. — Você está aqui!

Virei-me na cama de solteiro em que mal cabia e vi a filha mais nova de Martin, Millie, correndo em minha direção. Depois que me mudei para Burn Falls, ele teve essa filha sapeca – completando seu trio de meninas –, e toda vez que eu os visitava, era acordado pela caçula.

Antes que pudesse cumprimentá-la, ouvi Martin começar a descer as escadas.

— Millie, deixe seu tio em paz. Devo lembrar, *novamente*, que ele dorme durante o dia?

— Mas eu quero vê-lo antes que a mamãe me leve ao balé.

Sentei-me e recostei-me à parede de concreto, dirigindo-me à criança de quatro anos.

— Está tudo bem. Venha aqui, Mills.

A menina se lançou sobre mim e eu a coloquei sentada no meu colo. Ela me encarou com seus penetrantes olhos azuis, iguaizinhos aos da mãe.

— Você vai brincar de Barbie comigo antes que eu tenha que ir para minha aula de dança?

O olhar de Martin encontrou o meu e ele sorriu.

— Sim. Vá buscar suas bonecas.

Millie saiu correndo do meu colo e subiu as escadas o mais rápido que suas perninhas podiam levá-la.

— A que horas você chegou? — perguntou Martin.

— Pouco depois das seis.

— Um horário arriscado, não acha?

Dei de ombros.

— Isso também foi novidade para mim.

— Não acredito que você tem uma namorada.

Na noite após a véspera de Ano Novo, liguei para ele e contei tudo o que havia acontecido na semana anterior. Ele afirmou ter dado uma investigada com alguns patrulheiros que conheceu em suas viagens de pescaria, só para ver se descobria alguma pista que não tivesse sido compartilhada com a família dela. Mesmo assegurando que ele não encontraria nada – nunca –, ainda assim, ele fez questão.

— Não acredito que você está falando igualzinho ao Athan — rebati.

Martin cruzou os braços e se encostou na pilastra mais próxima.

— Você pode nos culpar?

138   *Kimberly Knight*

— Não — suspirei.

— Eu vou conhecê-la esta noite?

— Marcy quer cozinhar? — sondei. Achei que ele não queria sair para jantar fora com suas três filhas selvagens. A mais velha tinha quase quinze anos, mas achava que tinha vinte e um; a do meio tinha dez, e então Millie nasceu quatro anos atrás, numa gravidez não-planejada. Porra, nem eu queria sair para jantar com eles.

— Marcy cozinha todas as noites.

— Mas nunca trouxe uma convidada quando me hospedo aqui.

— Porque você nunca jantou aqui antes.

— Não tenho certeza se a sopa de sangue seria uma boa pedida — brinquei. — Mas vou perguntar a Calla se ela quer vir jantar. Afinal, que horas são?

— Um pouco depois das dez.

Gemi quando ouvi os passinhos correndo pelo andar acima.

— Deixe-me dormir mais algumas horas e depois quero ouvir tudo sobre o caso.

— Era o que eu estava planejando fazer.

Millie desceu as escadas correndo.

— Tio Draven, você tem que ser o Ken.

— É a minha deixa para sair antes que ela queira pintar minhas unhas de novo. — Martin riu e começou a subir as escadas. — Divirtam-se, os dois. A mamãe virá buscá-la em trinta minutos, garotinha.

Millie não deu a mínima atenção ao pai. Em vez disso, ela disse:

— Oi, Ken. Eu sou a Barbie. Você quer ir à praia?

Encarei o boneco em minha mão e depois olhei para Millie, que estava me encarando.

— Ah, é mesmo. Sim, Barbie, eu adoraria.

E foi assim que brinquei de casinha pela primeira vez em meus cento e treze anos na Terra.

Depois da minha encenação de Barbie e Ken, cochilei, precisando dormir mais algumas horas enquanto a criança selvagem estava no balé.

Três horas depois, acordei e peguei meu telefone.

> Quer vir jantar na casa do Martin?

> Hoje à noite?

> Sim. Vocês precisam se conhecer, lembra?

Houve uma breve pausa antes de eu ver os pontos dançarem na tela.

> Tudo bem. Devo levar alguma coisa?

Dei um sorriso ao enviar minha resposta.

> Só essa bundinha gostosa, querida.

> Okay. A que horas devo chegar aí?

> Deixe-me conferir com o Martin.

Liguei para o celular do meu amigo, na sequência.

— Você está acordado? — ele perguntou ao atender.

— Estou.

— Vou conferir se todas as cortinas estão fechadas.

— Obrigado.

Depois que me mudei para o Alasca, Martin sabia que eu voltaria para ajudá-lo sempre que pudesse, e que precisaria de um lugar seguro para ficar enquanto estivesse aqui, então ele e Marcy instalaram cortinas *blackout* em todas as janelas. Para minha maior segurança, eu dormia no porão porque, com a minha sorte, Millie abriria as cortinas para me acordar e realmente colocaria fogo na minha bunda.

Depois de vestir um moletom, subi as escadas e encontrei Martin em seu escritório.

— A que horas Calla deve vir jantar?

Ele se recostou à cadeira e cruzou os braços.

— Acho que você deveria perguntar ao chefe.

— Marcy não está aqui.

— Ela vai chegar daqui a pouco — disse ele, e bastou que as palavras saíssem de sua boca, ouvi o carro dela estacionar na garagem.

— Ela acabou de chegar.

Nós nos entreolhamos enquanto aguardávamos o caos da chegada de suas filhas em casa. Assim que a porta se fechou, e ouvi os passinhos apressados correndo para seus quartos, saí para ir encontrar sua esposa.

— Ei, Marcie.

Seus olhos em um tom azul-cobalto se iluminaram e um sorriso se espalhou por seu rosto quando abriu os braços para mim.

— Acho muito injusto essa coisa de você não envelhecer.

Eu a abracei.

— Nem você.

Ela riu quando nos separamos.

— Pelo amor de Deus… Ontem encontrei meu primeiro fio branco quando acordei. Cabelo grisalho aos trinta e cinco anos. Trinta e cinco!

Eu sabia que algumas mulheres adquiriam cabelos grisalhos na casa dos vinte anos, mas não queria dizer isso a ela.

— Você ainda está tão bonita quanto no dia em que nos conhecemos.

— Pare de dar em cima da minha esposa — Martin disparou, entrando na cozinha.

Marcy revirou os olhos com a declaração ridícula.

Esfreguei a nuca, embaraçado e me sentindo como uma criança perguntando à mãe se alguém poderia vir brincar em casa.

— O que é? — perguntou Marcy.

— Minha namorada pode vir jantar aqui hoje?

Marcy respirou fundo.

— Estou esperando *semanas* para te perguntar sobre ela.

— Ai, meu Deus — gemi.

— Me conte tudo sobre ela. — Ela se virou para a cafeteira e enfiou uma cápsula de café.

— Sim, dá um resumo aí, D. — Martin deu uma risadinha, pegando sua própria caneca.

— Vocês dois podem perguntar a ela quando ela chegar, que tal?

Marcy fez uma careta.

— Eu *vou* enchê-la de perguntas, mas quero que você me conte o seu lado da história. *Agora.*

Foi a minha vez de revirar os olhos.

— Primeiro, ela pode vir jantar ou não?

— É claro que pode — Marcy afirmou.

— A que horas? — sondei.

BURN FALLS

— Às cinco está bom? Ela pode beber alguma coisa e comer um aperitivo antes dos dois grelharem alguns bifes depois que o sol se por. Ela gosta de carne, certo?

Eu sorri.

— Sim, ela gosta de carne.

— Perfeito.

Peguei meu celular do bolso do moletom e enviei uma mensagem informando o horário e o endereço. Nesta época do ano, o sol já estaria totalmente baixo às seis e, com sorte, Calla não notaria que eu não poderia sair do lado de fora antes disso.

CAPÍTULO 13

CALLA

Quando me arrumei para ir à casa de Martin, senti como se estivesse prestes a conhecer os pais de Draven. Eu estava nervosa. E se Martin não gostasse de mim e se recusasse a viajar comigo para Burn Falls? Draven realmente contrataria um caminhão de mudança para me levar para o Alasca? Eu tinha certeza de que isso era bem caro.

Manquei enquanto percorria o caminho até a porta da frente, sentindo a dor latejante entre minhas pernas a cada passo. Houve momentos no passado em que eu ficava dolorida depois do sexo, especialmente se estivesse há um tempo sem um namorado. Mas isso era diferente. Mesmo com o intervalo de um ano entre meus parceiros sexuais, eu nunca havia mancado desse jeito. Eu nunca tinha movido a mesa de lugar tal a intensidade com que era fodida, também nunca fiquei sem conseguir transar depois. Quem diria que o Dr. Draven Young seria tão agressivo na cama? Ou tão intenso na mesa da sala de jantar, para falar a verdade. Eu não tinha certeza se foi o gelo, o calor do lubrificante ou a maneira como seus dedos se cravaram em meus quadris enquanto ele arremetia contra mim, mas eu estava sentindo coisas que nunca senti antes. Era como se Draven tivesse aberto algo dentro de mim e eu teria deixado aquele homem fazer qualquer coisa com meu corpo, porque eu sabia que, fosse o que fosse, eu iria me beneficiar com isso.

Eu não estava reclamando nem um pouco da dor ao caminhar. Ela seria mais do que bem-vinda outra vez.

E mais uma vez.

E outra mais.

Enquanto dirigia para o endereço que Draven mandou por mensagem, eu ainda estava mais do que nervosa, e minha vontade era me virar e devorar alguns chocolates até que conseguisse me acalmar. No entanto, eu também queria ver Draven.

Então entrei no carro e dirigi até o endereço enviado.

Quando parei em frente à casa de dois andares, o sol tinha começado a se pôr. Respirando fundo, desci do carro e manquei até a porta da frente, rezando para que fosse Draven quem a abrisse. O chocolate que eu queria agora havia se transformado em um desejo por qualquer tipo de carboidrato: pão, batata frita, salgadinho, o que você quiser. Carboidratos eram como um abraço acolhedor e tranquilizante e eu precisava sentir qualquer coisa, exceto essa ansiedade correndo pelas minhas veias. Em vez de Draven atender à porta, quem a abriu foi outro homem. Martin.

— Calla? — perguntou ele.

Eu sorri calorosamente e estendi a mão para cumprimentá-lo.

— Sim. E você deve ser Martin?

— Eu mesmo, mas me chame de Marty. É assim que todos os meus amigos me chamam — Ele sorriu e segurou minha mão.

Meu sorriso se ampliou mais ainda.

— Marty, então.

— Entre, por favor.

Assim que entrei na casa, percebi que todas as cortinas estavam fechadas. A princípio, achei estranho, mas, ao passar pela sala, avistei crianças assistindo a um filme e compreendi a necessidade da penumbra. *Um dia preguiçoso de cinema no domingo, por isso a casa estava às escuras.* Eu mal podia esperar para me mudar para Burn Falls e curtir os domingos preguiçosos ao lado de Draven, enquanto descansávamos na cama e assistíamos TV.

Martin me levou até a cozinha.

— Marcie, esta é a Calla. — Virando-se para mim, disse: — Calla, conheça a minha esposa. — Apresentou-me à mulher ao fogão.

Marcy se virou, o cabelo castanho-claro na altura dos ombros se espalhando ao redor. Ela deu um passo à frente com os braços abertos e disparou:

— É tão bom, finalmente, te conhecer.

— Deixe minha garota respirar, Marcie — disse o homem em quem eu não conseguia parar de pensar, às minhas costas.

Marcy me soltou e caçoou:

— Ela pode respirar, seu idiota. Eu estava apenas a cumprimentando.

— É um prazer te conhecer também — disse eu.

Draven me puxou para os seus braços e beijou o topo da minha cabeça.

— Teve um bom-dia, docinho?

Balancei a cabeça contra seu peito.

— Dormi e depois pude assistir aos meus programas de TV antes que desconectem meu cabo na quinta à noite.

— Parece um bom dia então.

Eu o encarei.

— Teria sido melhor se você estivesse lá.

Antes que Draven pudesse responder, me virei para ver uma garotinha correndo para a cozinha com duas meninas mais velhas atrás dela.

— Tio Draven! Tio Draven!

— O que é, meninas? — perguntou ele, ainda me segurando em seus braços.

— Esta é a sua *namoradaaaa*? — cantarolou a mais novinha.

Marcy tinha um sorriso aberto no rosto enquanto aguardava pela resposta, e Martin foi até a geladeira com uma risada. Eu sabia que a zoação era normal para meninas, mas não entendia por que Martin e Marcy achavam engraçado o fato de Draven ter uma namorada.

Draven me encarou com seu olhar escuro.

— Você é?

Respirei fundo e mordi meu lábio.

— Sim?

Ele sorriu e olhou novamente para as garotas.

— Sim, Millie, esta é minha namorada, Calla.

— Ooooohhh! — ela brincou novamente e riu um pouco mais enquanto cobria o rosto com as mãozinhas.

Draven deu um passo para o lado, mas manteve o braço sobre meus ombros.

— Calla, esta é a Melinda, Macy, e esta enxerida aqui é a Millie. As crianças mais fofas que eu conheço.

Eu me virei para Marcy.

— Todo mundo tem um nome com a letra M?

Ela bufou e se virou para pegar a garrafa de vinho no balcão central da cozinha.

BURN FALLS

— Este aqui — ela apontou o polegar para Martin, que entregava uma cerveja ao amigo — achou que seria fofo, já que nossos nomes começam com M.

Eu sorri.

— Isso é realmente muito fofo.

— Viu? Eu disse que era fofo — afirmou Martin.

Observei Marcy abrir a rolha do vinho branco e revirar os olhos.

— Hum-hum, com exceção que ninguém consegue se lembrar de seus nomes.

— Sim, posso ver como isso pode ser um pouco confuso.

Martin, Marcy, Melinda, Macy, Millie, eu recitava em minha cabeça sem parar.

Marcy deslizou uma taça de vinho em minha direção.

— Sente-se e deixe-me contar alguns segredos sobre Draven.

Eu sorri e olhei para Draven novamente.

— Você tem segredos?

Ele fechou os olhos por um instante, como se não quisesse responder.

— Todo mundo tem segredos, docinho.

Durante a hora seguinte, e algumas taças de vinho depois, Marcy e eu nos conectamos como se tivéssemos nos tornado amigas de imediato. O sol já havia se posto por completo, as meninas estavam terminando de assistir ao filme e eu estava vendo meu namorado tagarelar com Martin do lado de fora, enquanto grelhavam bifes.

— Com que frequência o Draven vem visitar vocês? — perguntei, olhando para ele pela janela que dava para o quintal.

— Pelo menos uma vez por mês.

— É incrível que ele possa vir visitar vocês com tanta frequência.

— É, sim. E espero que você venha nos visitar também.

— Vou tentar. Nunca tive que administrar uma empresa antes, então acho que os primeiros seis meses ou mais serão difíceis.

— Sabe, ele nunca mencionou uma namorada antes, muito menos nos deixou conhecer alguma.

— Sério? — perguntei, encarando novamente os brilhantes olhos azuis de Marcy.

— Sei que é novo e tudo, mas acho que Draven realmente gosta de você.

Era novo no sentido de que tínhamos acabado de começar a namorar, mas parecia uma eternidade, desde quando conversamos no bar em frente ao hospital.

— Eu gosto muito dele também — admiti, e olhei para Draven enquanto ele e Martin riam de algo que eu não conseguia ouvir.

Gostei da maneira como minhas entranhas vibraram quando ele colocou a mão no meu joelho e me disse que não conseguia parar de olhar para mim desde a primeira vez que me viu. E gostei quando ele disse que achava que eu teria um sabor do paraíso, ou quando me disse que, se eu não estivesse bêbada, ele me dobraria sobre a banqueta e me foderia – com força. Ele realmente quis dizer aquilo, porque ele fode com força mesmo. Gostei quando ele me carregou para dentro de casa, me colocou na cama e depois beijou minha testa, e quando fez questão de me tocar e me dar conforto quando decidimos desligar os aparelhos do meu pai, ainda que estivéssemos no meio do hospital e as pessoas pudessem nos ver.

Eu poderia falar sem parar sobre todas as coisas que Draven havia feito e como ele me fez sentir em tão pouco tempo desde que nos conhecemos. Ele se esforçou muito para me mostrar o quanto se preocupa comigo. Como quando garantiu que eu voltasse para casa em segurança, do Maxwell, e a forma como me consolou depois da morte do meu pai. Ou como ele queria se assegurar de que eu voltasse para Burn Falls sem problemas. Então, é claro, quando dirigimos horas para nos beijar, pela primeira vez, sob as luzes da aurora boreal.

Depois do jantar, as meninas começaram a assistir a outro filme, deixando os adultos sentados ao redor da mesa da sala de jantar.

— Como vocês três se conheceram? — perguntei.

— Draven salvou minha vida. — Meu coração estufou no peito, imaginando Draven em cirurgia e salvando vidas, mas então Martin rapidamente acrescentou: — Eu era um novato e...

Draven interrompeu:

— E quase se deu mal numa briga por causa de uma blitz de trânsito. Eu estava voltando do hospital para casa e vi a discussão. Antes que eu percebesse, estava no meio do tumulto e distraindo os caras para que Marty pudesse controlar a situação.

Meus olhos se arregalaram em choque.

— Você entrou numa briga para salvar a vida dele?

— Algo do tipo — ele murmurou.

Então me lembrei que havia pesquisado sobre a idade que alguém teria ao se formar em medicina, e me perguntei o mesmo em relação à patente de tenente no departamento de polícia.

— Isso aconteceu quando você estava na faculdade de medicina?

Draven esfregou a nuca como se estivesse nervoso.

— Não, eu estava trabalhando em Hope Haven como residente.

— Ah, entendi. Você disse que estava voltando do hospital para casa. — Tomei um gole do meu vinho. — Quantos anos você tem, afinal?

Marcy se engasgou com o vinho e Draven entrou em ação, correndo para dar um tapinha nas costas dela.

— Você está bem, Marcie? — perguntou ele.

— Desceu pelo buraco errado — ela ofegou.

— Deixe-me pegar um pouco de água para você. — Martin se levantou e foi até a cozinha.

Depois que seu ataque de tosse cessou, e ela conseguiu respirar novamente, meu celular vibrou com uma mensagem de Valencia.

> Venha para o Extra Point para tomar uma bebida.

> Estou jantando com o Draven na casa do amigo dele, Martin.

> Venha todo mundo! Os Seahawks estão jogando e eu e Athan estamos duelando numa partida de dardos.

> Eu trabalho cedo amanhã.

> Eu sei, mas esta é a nossa última semana juntas, sabe-se Deus lá por quanto tempo... Por favor, vem pra cá!

Kimberly Knight

— Tudo bem? — Draven perguntou, apertando meu joelho ao voltar para seu assento.

— Valencia quer que a gente vá ao Extra Point para jogar dardos e assistir à partida de futebol.

— Você quer ir? — perguntou ele.

Olhei para Marcy e Martin quando eles se sentaram à mesa da sala de jantar, à nossa frente. Eu não queria ser rude.

— Podem ir. Sério — disse Marcy. — Foi divertido, mas tenho que ajeitar as meninas para dormir. Está quase passando da hora delas, especialmente a da Millie.

As meninas ainda estavam na sala de estar, absortas em outro filme e, provavelmente, tentando se manter o mais quietas possível para que os pais não se lembrassem que elas já deviam estar na cama.

— E amanhã também tenho trabalho — disse Martin.

— Você quer vir? Athan está lá — perguntei ao Draven.

— Claro, mas devo avisar que jogo dardos há anos.

— Bom, você pode ficar no meu time. — Começamos a nos levantar. — Por falar em Athan, fiquei surpresa por ele não ter ficado para o jantar.

— Ele não sabia sobre isso. — Draven piscou. — Além do mais, ele disse que sairia com a Valencia.

Depois de me despedir, Draven e eu fomos ao encontro de Valencia e Athan. Eles estavam na área dos fundos do bar esportivo, jogando dardos contra dois caras.

— Quem está ganhando? — perguntei, parando às costas de V.

Ela se virou e me abraçou com força.

— Você veio!

— Eu mandei uma mensagem avisando que viria.

— Não olhei. Estamos dando uma surra nesses caras. — Ela apontou o polegar na direção dos homens desconhecidos.

— Quer beber alguma coisa, docinho? — Draven perguntou.

— COB, puro — respondi com um sorriso.

— Mudando para uísque? — Ele sorriu de volta.

Dei de ombros.

— Agora que tenho essa opção…

— Vou me certificar de que Martin tenha sempre uma garrafa em casa para a próxima vez que você vier.

— Da próxima vez? — perguntei, pensando que voltaria para o Alasca em menos de uma semana e não tinha certeza de quando voltaria.

— Confie em mim. Marcy vai me perturbar até levar você de volta. Nem que seja para um fim de semana.

Draven se curvou e pressionou os lábios aos meus assim que Athan acertou um alvo e V o aplaudiu ao meu lado.

— Jogamos com os vencedores — Draven afirmou para o amigo quando nos separamos.

— Casal contra casal? — Athan perguntou.

— Sim. — Draven caminhou em direção ao bar, e eu me virei para V.

— Vocês dois são um casal? — Indiquei Athan com a cabeça.

Ela apenas deu de ombros.

— Nós estamos apenas nos divertindo.

Eu sorri.

— Que bom.

Draven voltou com uma rodada de uísque O'Bannion para nós quatro, e depois que Athan e V venceram os caras – bem, mais Athan do que Valencia –, começamos a jogar uma rodada. Athan e Draven estavam pescoço a pescoço, geralmente atingindo o centro do alvo, ou pelo menos o círculo central ao redor. Valencia e eu, no entanto, não éramos tão boas de mira. Draven e eu acabamos vencendo o jogo, e os dois homens substituíram Athan e V.

— Você quer deixar isso mais interessante? — perguntou um dos caras.

— O que você tem em mente?

— Cem?

Draven e Athan se entreolharam, depois se viraram para o cara.

— Nós dois contra vocês? — perguntou ele, apontando entre ele e Athan, não entre mim e Draven. Eu não me importei nem um pouco. Se dinheiro estava em jogo, eu não queria ser responsável por uma derrota.

— Você está com medo de perder fazendo dupla com sua garota? — o outro cara zombou.

Draven olhou para mim e depois de volta para os caras.

— Nem um pouco.

— Ai, meu Deus — eu gemi.

150

— Eu farei até de olhos fechados.

Meus olhos se arregalaram diante da declaração de Draven, enquanto os caras riam.

— Se você quiser… — o primeiro cara debochou.

Draven e Athan trocaram um olhar novamente, e então ele se virou para mim.

— Pronta, docinho?

A única coisa boa era que o dinheiro em jogo não era o meu. Só esperava que Draven não ficasse chateado se não ganhássemos.

— Acho que sim — respondi e engoli o resto do meu uísque.

— Você consegue, Calla! — Valencia gritou.

Começamos a jogar rodada após rodada, e Draven manteve os olhos fechados. Surpreendentemente, ele ainda acertava muito próximo ao alvo central. Athan havia nos trazido outra rodada de bebidas, e os Seahawks estavam vencendo no quarto período de seu jogo de *playoffs*. Tudo estava correndo bem, e Draven ficaria cem dólares mais rico.

— Como você está fazendo isso? — sussurrei, quando um dos outros rapazes fazia a sua jogada

— Eu te falei que jogo há anos.

— Mesmo assim… Você joga todos os dias ou algo do tipo?

Draven beijou a lateral da minha cabeça.

— Não.

— Então você é tão bom assim?

— Ele é um trapaceiro do caralho. Isso é o que ele é.

Meu olhar se voltou para o cara que não estava jogando os dardos, que por sua vez, encarava o Draven.

— O que você disse? — Draven perguntou, dando um passo na direção do homem.

— Eu disse que você é um trapaceiro do caralho.

— E como ele pode ser um trapaceiro? — Athan se levantou e se postou atrás de Draven quando recuei um passo.

— O que está acontecendo? — V sussurrou ao parar ao meu lado.

— Testosterona talvez? — Tomei um gole da bebida, mantendo o copo na mão como se fosse um balde de pipoca.

— Não sei, mas você é — o cara respondeu e olhou para o amigo em busca de apoio. O amigo acenou com a cabeça.

— E dá para trapacear nos dardos? — Draven perguntou, e então ele e Athan riram.

BURN FALLS

151

— Alguma coisa está errada — continuou o cara.

— Prove, então — Athan afirmou.

— Eu não preciso provar merda nenhuma.

Ambos riram mais ainda quando Draven disse a Athan:

— Este idiota está me acusando de trapacear e não pode provar.

— Você quer resolver isso lá fora? — perguntou o babaca.

Eu não fazia ideia do que estava acontecendo. Seria porque eles estavam prestes a perder cem dólares? A ideia havia sido *deles*. Se fosse esse o caso, então por que quiseram apostar quando foram derrotados em todos os jogos disputados até agora?

— Eu quero resolver isso lá fora? — Draven zombou, e então o cara lhe deu um empurrão. Draven sequer se moveu, e Athan deu um passo à frente em apoio. Eu ofeguei, meio sem fôlego e na expectativa do que aconteceria a seguir.

— Ele acabou de colocar as mãos em mim? — Draven perguntou a Athan.

— Sim — Athan confirmou.

— Então talvez *devêssemos* resolver isso lá fora, certo? — Draven ainda perguntou a Athan.

— Você não precisa fazer isso — murmurei. — Vamos embora.

— Você vai fugir como uma putinha? — O cara riu e cumprimentou o amigo com um soquinho.

— Você me chamou de quê? — Draven ficou cara a cara com o homem.

— Eu te chamei de putinha.

— Parece que esse idiota está procurando uma briga — Athan interrompeu.

— Vamos embora — implorei.

Os caras riram, debochados.

— Ouça a sua vagabunda e dê o fora daqui.

Ah, merda.

— Você está chamando minha garota de vagabunda? — Draven desdenhou.

— Na verdade, essas duas são cadelas.

Antes que eu soubesse o que estava acontecendo, Draven e Athan agarraram os caras pelas camisetas e os arrastaram para fora do bar, deixando os dardos e tudo mais para trás, incluindo eu e Valencia.

— Devemos segui-los? Impedi-los? — sondei.

— Como vamos impedir isso? — V perguntou.

— Não sei, mas não podemos simplesmente deixá-los se envolver em uma briga. Eles são homens adultos.

V deu de ombros.

— Talvez eles não briguem de verdade. Não parece o estilo do Dr. Young.

Valencia estava certa ao dizer que não parecia o estilo dele, porque Draven era um médico e seu melhor amigo era um tenente do Departamento de Polícia de Seattle. Pelo que eu conhecia de Draven, eu tinha quase certeza de que ele era incapaz de machucar uma mosca, quanto mais de entrar em uma briga de bar. No entanto, ele estava arrastando um cara para fora do bar, e eu tinha certeza de que a coisa ia piorar assim que eles saíssem por aquela porta.

— Devíamos impedi-los. — Comecei a andar antes que V tivesse tempo de me segurar. Eu não fazia ideia de como os impediria, mas saí com meu copo de bebida na mão e tudo, disposta até mesmo a jogar o líquido sobre eles para arrefecer os ânimos.

Quando saí pela porta lateral, vi algo que nunca imaginei ser possível. Draven e Athan seguravam os caras pelas gargantas e contra a parede de tijolos do prédio. Draven virou a cabeça em minha direção e percebi que ele estava mostrando suas... *presas?*

O copo escorregou dos meus dedos e se espatifou contra o cimento.

Então tudo ficou escuro.

BURN FALLS

CAPÍTULO 14

DRAVEN

Quando eu disse que tudo era diferente com Calla, eu quis dizer isso. Especialmente quando meu ego estava em jogo. Eu poderia ter sido o *homem* melhor e ter ido embora; poderia ter levado Calla em casa, mas também sabia que poderia dar um susto do caralho nesses filhos da puta, limpar suas memórias em uma fração de segundo e, em *seguida*, levar Calla para casa.

Eu não tinha intenção de lutar contra eles. Se o fizesse, não seria capaz de controlar minha força. Eu só queria que aquele babaca linguarudo calasse a boca, e a única maneira que eu poderia fazer isso – depois que ele chamou Calla e Valencia de cadelas vagabundas –, era fazê-lo mijar nas calças... literalmente.

"Qual é o plano?", Athan me perguntou telepaticamente.

"Assustá-los".

"É melhor fazermos isso rápido. As meninas estão aqui".

"Eu sei, mas eles não podem se safar depois de terem chamado nossas mulheres de vagabundas".

"Eu gostaria que não tivéssemos que limpar a memória deles depois".

"Eu também", afirmei. Assim que os hipnotizássemos, eles não se lembrariam de que quase levaram uma surra por terem ofendido a índole de nossas mulheres. De toda a forma, já era humilhante ir para casa todo mijado.

— Tire suas mãos de mim! — gritou o linguarudo.

Todos os olhares estavam focados em nós à medida que seguíamos em direção à porta lateral. Saímos do bar e os dois caras ergueram os punhos como se estivéssemos, *realmente*, dispostos a entrar em uma briga. Em vez disso, olhei para Athan e, num piscar de olhos, imprensamos os babacas contra a parede do prédio.

— Agora eu me pareço com uma putinha? — Mostrei minhas presas.

— Que porra é essa? — Os olhos do cara se arregalaram de medo.

— Nunca mais chame minha garota, ou qualquer outra mulher, de cadela outra vez. Entendeu?

Ele tentou acenar em concordância, mas não conseguia mover a cabeça, e eu estava tão envolvido no momento que não ouvi a porta se abrir. Nem Athan. Eu não esperava que as garotas nos seguissem assim tão rápido, mas quando virei a cabeça, Calla parou e fez contato visual comigo.

Seu copo caiu no chão, quebrando-se em centenas de cacos, e então ela começou a cair para trás. Em uma fração de segundo, larguei o cara desbocado do caralho e me movi para Calla, pegando-a antes que ela desabasse no chão.

— Porra! — rugi.

— Calla! — Valencia gritou e então seu olhar encontrou o meu. — C-como... — Ela olhou para a parede onde eu estava, a cerca de dez metros de distância. — Como você conseguiu pegá-la tão rápido?

Não dei nenhuma resposta. Em vez disso, segurei Calla em meus braços e praticamente rosnei para Athan, que ainda mantinha os dois homens imprensados contra a parede.

— Resolva tudo, incluindo com sua namorada.

Calla havia desmaiado e, portanto, eu só teria um ou dois minutos antes que ela acordasse, provavelmente, surtada, então corri direto para o seu carro. Eu sabia que Athan lidaria com o problema, apagando as memórias dos envolvidos.

Depois de colocá-la no banco de trás, fui em direção ao seu apartamento. Assim que a ouvi arfar, apertei o volante com força, esperando pelo momento em que ela se recordaria de tudo.

Ela se sentou, percebeu que o carro estava se movendo e disse:

— Você... Pare... Por favor.

— Tudo bem, docinho. Estamos indo para a sua casa.

Ela recuou tanto quanto o carro permitiu.

— Não está nada bem. Você...

— Eu o quê? — perguntei, querendo que ela me contasse exatamente o que viu antes de desmaiar.

— Você tem — ela hesitou — presas.

— Presas? — Eu ri.

— E você e Athan... — Ela fez uma pausa e olhou para trás, como se pudesse ver Athan e Valencia pelo para-brisa. — O que você fez com Valencia? Me deixe ir. Preciso ter certeza de que ela está bem! — gritou ela.

— Valencia está bem. Athan está com ela.

— Mas ele é um... Você é um... — Calla hesitou novamente, e então sussurrou: — Como?

BURN FALLS

— Como o quê? — Entrei em sua rua.

— Como você pode ser tão forte para fazer aquilo?

— Fazer o quê?

— Levantar aquele cara p-pela g-garganta.

— Não sei do que você está falando — menti. Eu não queria mentir para ela, mas não estava acostumado com isso. Os dois humanos que sabiam que eu era um vampiro não surtaram quando descobriram a verdade, e todos os outros foram compelidos a esquecer.

— Não minta para mim! — ela gritou.

— Querid...

— Por favor, Draven. Apenas me diga a verdade.

— Posso fazer isso quando não estiver dirigindo? — Estacionei em sua vaga no complexo de apartamentos e desliguei o carro. Calla abriu a porta e eu rapidamente fui até ela, segurando seu braço para lhe dar apoio.

— Cuidado. Você ainda pode estar um pouco zonza.

Ela afastou o braço com um gesto brusco.

— Calla... — murmurei, tentando argumentar que eu não era o monstro que ela pensava.

— Você é frio.

— Você já sabe sobre isso.

Calla agarrou meu pulso e posicionou dois dedos onde deveria haver um pulso.

— Por favor, vamos subir — implorei.

Ela fechou os olhos e concordou com um aceno de cabeça. Assim que entramos e a porta se fechou atrás de mim, ela perguntou:

— Se eu te pedisse para ir embora, você desapareceria?

Mesmo sabendo que ela havia deduzido a verdade há minutos, ouvir essa pergunta confirmou. Fechei os olhos por um segundo e então sussurrei:

— Eu seria arrastado por uma força invisível.

Calla deu um passo para trás e cruzou os braços.

— Seu nome é realmente Draven?

— Sim.

— Eu pensei que fosse seu nome do meio...

— Esse é meu nome de batismo.

— Então seu nome é Draven Young?

Parei por um momento, e só então respondi:

— Não. Meu nome é Draven Delano.

Ela recuou mais um passo, como se não tivesse ideia de quem eu era.

156

Kimberly Knight

— Por favor — implorei de novo —, não tenha medo de mim.

Seus olhos se arregalaram e seu coração começou a bater mais rápido em seu peito.

— Espera... V-você matou meu pai?

— O quê? Não! — esbravejei.

— Mas...

— Eu estava de serviço em Anchorage quando o ataque aconteceu. Você sabe disso.

Ela suspirou e, em seguida, arfou novamente.

— Foi o Athan?

Dei um passo à frente e ela recuou, se afastando.

— Não foi Athan. Não sabemos quem foi.

— Como você não sabe?

— Porque sou o *único* em Burn Falls.

— Único o quê? — Nós nos encaramos e percebi que ela não estava mais com medo. Ela estava brava. — Diga, Draven. Diga-me o que você é!

Dei mais um passo até ela, e, dessa vez, Calla não se afastou.

— Um vampiro. E não há outros vampiros em Burn Falls, exceto eu.

— Como os vampiros podem existir? — Ela cruzou os braços sobre o peito.

— É uma maldição que remete aos gregos.

— Uma maldição?

— Sim. — Assenti com um aceno de cabeça.

— Conte-me.

— Contar a história de como surgiram?

— Sim.

— É longa...

— Me responda.

— Tudo bem. — Fiz uma pausa. — Um pintor italiano, Ambrogio, se apaixonou por uma deusa titã chamada Selene e a pediu em casamento. Mas Apolo, o filho de Zeus, a queria para si, então amaldiçoou Ambrogio fazendo sua pele queimar sempre que exposta ao sol.

"Ambrogio pediu ajuda a Hades, o deus do submundo, e fez um acordo com o deus, alegando que deixaria sua alma com ele, como pagamento inicial. Ele, então, roubou o arco de Artemis – irmã gêmea de Apolo – para Hades em troca de um arco de madeira e flechas, para que pudesse se proteger.

Artemis, no entanto, amaldiçoou Ambrogio pela tentativa de roubo, e fez com que a prata também queimasse sua pele. Mais tarde, ela sentiu pena quando ele implorou por misericórdia e explicou sua situação, então a

BURN FALLS

deusa lhe deu força sobre-humana, imortalidade e presas para que pudesse matar qualquer fera por seu sangue.

Por ser uma deusa virgem, ela obrigou Ambrogio a desistir de seu amor, já que seus fiéis seguidores deveriam preservar a castidade e o celibato. Ele concordou, mas naquela noite, escreveu uma mensagem para Selene solicitando um encontro. Eles navegaram para Éfeso e viveram juntos por muitos anos em cavernas. Ambrogio nunca envelheceu porque Hades ainda possuía sua alma, mas os anos não foram tão bons com Selene, e logo ela adoeceu.

Como a alma de Ambrogio ainda residia no Hades, era impossível que Selene e ele passassem a viver juntos depois da morte. Ambrogio matou um cisne e o ofereceu a Artemis, o que a levou a fazer um acordo final com ele. Ela permitiu que Ambrogio bebesse o sangue de Selene para que pudessem ficar juntos para sempre e, dessa forma, ela também se tornaria imortal.

No entanto, Selene começou a irradiar luz, e seu espírito subiu aos céus e se encontrou com Artemis na lua. Selene se tornou a deusa do Luar, e, todas as noites, ela desce dos céus e toca seu amado Ambrogio e seus filhos vampiros, que ele cria através de uma mistura de seu sangue depois de drenar um humano".

Calla não disse nada depois que terminei. Ela apenas me encarou.

— Querida?

— Então esse tal Ambrogio é o único a transformar humanos em vampiros?

— Não. — Neguei com um aceno. — Ele deu início à maldição, mas qualquer vampiro pode transformar um humano.

— V-você… Você transforma humanos?

— Não. Nunca fiz e nunca farei.

Ela ficou em silêncio por alguns segundos, antes de perguntar:

— Ambrogio transformou você?

— Não.

— Quem fez então?

— Um vampiro em Chicago.

— Quando?

— Você pode querer sentar-se para isso — sugeri.

— Ai, meu Deus — ela sussurrou. — Você é… velho?

Eu ri.

— O que você considera velho?

Calla mordeu o lábio e tudo o que eu queria era segurá-la em meus braços e beijá-la, em vez de revelar que poderia ser tão velho quanto seu bisavô.

— Docinho, sente-se e continuarei contando tudo que você quiser saber.

Ela se virou e foi para o sofá. Na noite anterior, o sofá havia sido usado para algo totalmente diferente. Nunca imaginei que depois da noite que compartilhamos, eu contaria a ela que era um vampiro. Esfreguei minha nuca nervosamente.

— Por favor, não surte.

— Draven, acho que estamos além do ponto de surtar. Estou apenas tentando processar tudo. Todas as mentiras…

— Só menti quanto ao meu sobrenome e o fato de ser imortal.

— Você não acha que esses são detalhes importantes? — Ela olhou nos meus olhos escuros, em busca de respostas.

Dei de ombros.

— Não é como se eu saísse por aí contando às pessoas.

— Quem mais sabe?

— Martin e Marcy.

— Só eles?

Eu concordei.

— Sim. Bem, e agora você.

Calla suspirou.

— Tudo bem. Diga-me quantos anos você tem.

— Cento e quatorze.

Ela pulou do sofá e ofegou.

— O quê?

— Eu nasci em 1904.

Calla começou a andar de um lado ao outro.

— Acho que vou desmaiar de novo.

Eu me levantei e fui até ela.

— Sente-se e respire fundo algumas vezes. — Ela me permitiu ajudá-la a se sentar outra vez, e eu me acomodei ao seu lado.

— Você é mesmo médico?

— Claro que sim.

Seus olhos se arregalaram como se ela tivesse tido uma epifania.

— Você não pode ir ao sol.

Balancei a cabeça, em concordância.

— Eu sempre me perguntei por que você trabalhava no turno da noite, e agora faz sentido. Além disso, não ter podido pegar um voo para cá antes das dez da noite.

— Exatamente.

BURN FALLS

— E você teve que sair cedo esta manhã, antes do nascer do sol — ela continuou.

Eu sorri.

— Se te faz sentir melhor, eu não queria ir embora.

Ela retribuiu meu sorriso e depois ficamos em silêncio novamente. Imaginei as rodas em sua cabeça girando. Depois de alguns minutos, ela perguntou:

— Como os vampiros transformam os humanos, e por que não existem mais da sua espécie?

— Temos que drenar a maior parte do sangue deles e depois deixá-los beber o nosso sangue para que se misture. Uma vez que se alimentam de sangue humano, a transição está completa.

— Como Ambrogio e Selene — ela sussurrou.

— Mais ou menos. É o sangue de Ambrogio e Selene em mim que faz com que os humanos se transformem.

Calla arfou em seguida.

— Você poderia ter salvado meu pai!

— O quê? — Pisquei, sem entender.

— Você sabia que ele estava morrendo. Você poderia tê-lo salvado, poderia ter transformado ele em qualquer coisa! — ela gritou.

— Calla, querida. Você sabe que eu não poderia.

Ela se levantou novamente com raiva.

— Por quê?

— Primeiro, como diabos eu transformaria um humano no meio de um hospital sem levantar suspeitas? Segundo, por que eu iria transformá-lo se não sabia por que razão ele foi drenado, para início de conversa? E terceiro, eu nunca transformei ninguém. Nunca.

— Então por que alguém tentou transformá-lo?

Dei de ombros.

— Não sei ao certo se essa era a intenção. Ele poderia estar apenas sendo usado como alimento, e então você apareceu. Quando seu pai chegou ao Edgewater, ele já havia perdido muito sangue. A contar com o fato de que ele ainda estava vivo quando o helicóptero o levou até lá, o vampiro não havia bebido muito de seu sangue. Ele estava sangrando pelas feridas de punção.

— Então, se eu não tivesse impedido o ataque, ele ainda poderia estar vivo?

Eu me levantei e estendi a mão para ela, puxando-a para um abraço.

— Não, ele estaria morto como eu.

— Mas ainda estaria aqui — ela murmurou contra o meu peito.

— Talvez. — Ficamos em silêncio de novo enquanto eu ouvia sua frequência cardíaca voltar ao normal e sua respiração normalizar. — Deixe-me te ajudar a deitar. Foi uma longa noite.

— Eu tenho mais perguntas.

— Eu sei, e vou respondê-las enquanto você se prepara para dormir.

— Um banho e depois cama.

— Posso me juntar a você? — Eu sorri.

Ela levantou a cabeça do meu peito e encarou meus olhos escuros por um instante.

— Draven…

— Calla, sou eu. Só porque agora você sabe o que realmente sou, não deveria tornar as coisas diferentes.

Ela fechou os olhos verdes brevemente.

— Eu sei. Estou apenas em choque.

— Eu entendo. Deixe-me compensá-la. — Sorri novamente.

Calla engoliu em seco e respirou fundo.

— Okay…

— Vamos, docinho.

— Você vai beber meu sangue?

Eu ri.

— Só se você quiser fazer sexo.

Calla estacou antes de entrar no banheiro.

— Por que você precisa se alimentar para fazer sexo?

Eu sorri e olhei para baixo, sugerindo que precisava ficar duro.

— O sangue precisa fluir em minhas veias.

— Ah… Então, seu sangue não está bombeando, a menos que você beba sangue?

— Por isso minha pele é sempre tão fria.

— Certo. — Ela suspirou. — E embora a ideia de uma transa contigo, no chuveiro, seja atraente, acho que não estou pronta para deixá-lo beber meu sangue.

— Eu também acho que você não está pronta.

Nem *eu* tinha certeza se estava pronto para isso. E se o sangue dela fosse minha criptonita? E se eu não conseguisse parar depois de começar? Na noite anterior, eu tive um leve gosto, e foi o mais doce que já provei. Como o algodão-doce que me lembro de ter comido em uma feira em 1927. Era mais seguro que eu continuasse me alimentando de bolsas sanguíneas até que estivéssemos prontos.

Mas havia outras coisas que podíamos fazer e que não necessitavam que eu ficasse de pau duro.

BURN FALLS

CAPÍTULO 15

CALLA

Minhas costas deslizaram contra a parede do chuveiro quando Draven agarrou uma das minhas pernas e a colocou sobre seu ombro. Apoiei as mãos contra os azulejos, para não cair, e quando a língua de Draven encontrou minha boceta, quase perdi o fôlego. Estava frio, mas não como o gelo da noite anterior, talvez porque o calor da água que batia em suas costas fosse o suficiente para esquentar seu corpo além da temperatura ambiente.

— Porra… — ele grunhiu. — Sua boceta tem um gosto melhor do que eu imaginava.

Gemi em resposta às suas palavras e ao prazer latejante entre minhas pernas. Como um vampiro poderia estar fazendo sexo oral comigo agora? E como Draven poderia ser um vampiro? Tudo bem, ele havia explicado como essas criaturas surgiram, mas…

Isso acontecia na realidade?

Estendendo a mão, Draven acariciou meu seio enquanto sua outra mão me mantinha aberta para que sua língua deslizasse para cima e para baixo em minha fenda. Gemi, baixinho, quando ele mordiscou minha carne. Cada vez que sua língua sacudia e lambia o meu clitóris, eu sentia as vibrações de prazer por toda a minha terminação nervosa. Antes que me desse conta, comecei a tremer e fui arrastada em um orgasmo avassalador.

— Ah, minha nossa… — ofeguei.

Meu joelho cedeu e comecei a escorregar, mas Draven me embalou em seus braços. Nossos corpos nus imprensaram um ao outro quando deslizei e montei suas coxas. Minha boca se grudou à dele e pude sentir meu gosto quando sua língua duelou contra a minha. A ducha nos golpeava, mas ficamos ali, nos beijando e saboreando o momento.

Quando, finalmente, interrompemos o beijo, Draven pressionou sua testa à minha.

— Não dá para acreditar que você não me expulsou.

Suspirei e me aconcheguei mais a ele, recostando a cabeça em seu ombro.

— Como posso culpá-lo por ser quem você é? Você me aceita, embora eu esteja acima do peso. — Eu o encarei com seriedade.

— O excesso de peso não é uma maldição.

— Não é? Cada vez que quero enfiar alguma coisa na boca, tenho que pensar se isso vai me engordar ou não.

— Os humanos não precisam pensar dessa forma de qualquer jeito?

— Sim, mas é pior quando uma fatia de pão faz você ganhar cinco quilos.

Draven deu uma risadinha.

— Eu não acho que isso seja verdade.

Levantei a cabeça e encarei seus olhos negros.

— Não, não é verdade, mas quanto mais gordinha a pessoa for, mais ela tem necessidade de comer. Pelo menos no meu caso.

Ele segurou minha bochecha.

— Você poderia comer todo o pão do mundo e eu não ligaria. Eu ainda gosto de você do jeitinho que você é.

Dei um sorriso caloroso enquanto suas palavras aceleravam o ritmo do meu coração.

— Sério?

— Você é linda por dentro e por fora, Calla.

Eu sabia que estava me apaixonando por ele, mas decidi manter esse fato para mim. Tudo era novo entre nós, e tive a sensação de que ele devia achar difícil se apaixonar por um mortal sabendo que seus dias estavam contados.

Saímos do chuveiro e, depois que vesti meu pijama e Draven colocou sua boxer, nos deitamos na minha cama.

— Você dorme em um caixão? — perguntei.

— Não. — Ele riu. — Eu durmo em uma cama.

— Em um porão?

— No meu quarto.

— Com alumínio cobrindo as janelas?

Draven me virou em sua direção para que ficássemos de frente um ao outro.

— Tenho cortinas com *blackout*. Eu não sou uma aberração.

— São tantos mitos que fica difícil saber o que é verdade ou não. Espere... o bife estava temperado com alho... Tenho certeza.

BURN FALLS

— Sim. Eu posso comer alho.

— Então o que pode ser letal para você?

— Tentando se livrar de mim tão cedo?

— Não, apenas curiosidade. — Passei o dedo ao longo de seu tórax musculoso. Ainda era surreal pensar que seu coração não estava batendo sob meu toque.

— Bem, arrancar meu coração do peito ou ser apunhalado com uma estaca de prata vai resolver.

— Não é de madeira?

— Alguns humanos pensam que os vampiros são cria do diabo, e já que Jesus foi crucificado em uma cruz de madeira, isso pode nos matar, mas é um mito.

— Se é um mito e uma coisa religiosa, então você não deveria precisar ser convidado para uma casa, certo? E estou deduzindo que isso tenha algo a ver com possíveis crucifixos *dentro de* casa?

— Essa parte também é um mito. Não podemos entrar em casas de humanos a menos que sejamos convidados pelo dono ou por alguém que mora na residência, porque os humanos precisam de um porto seguro. Não tem nada a ver com religião, mas é simplesmente uma parte da maldição.

— Aah… — Refleti por um instante. — A casa onde você mora em Burn Falls é sua?

— Não. Tecnicamente, é do Martin.

— É sério?

— O vampiro que me transformou é do tipo vilão. Athan e eu fugimos do clã em 1932, e se eu não tiver uma casa no meu nome, ele não terá chances de me encontrar.

Perdi o fôlego por um instante.

— Ele está atrás de você?

— Não tenho certeza. Eu me mudo a cada dez anos e uso nomes diferentes, dificultando, assim, que ele descubra o meu paradeiro.

— Ele não pode rastreá-lo ou algo assim?

— Não. Nós podemos apenas sentir a presença ou o cheiro de outros vampiros que estão na área.

— Bem, isso é bom. Mas não significa que você vai se mudar logo?

— Sim, em cinco anos.

— Oh. — Fiz uma careta.

— Muita coisa pode acontecer em cinco anos, docinho.

— Verdade.

Kimberly Knight

Muita coisa *pode* acontecer. Para mim, isso era um fato consumado. Num minuto eu estava trabalhando em um banco, tentando me sair bem e ganhando a vida. E agora, assim que a documentação fosse assinada, eu seria a dona da destilaria da minha família.

— Está tudo bem com a Valencia? — perguntei depois de alguns instantes.

— Não matamos humanos.

— Como você bebe sangue então?

— Eu me alimento de bolsas sanguíneas. Athan bebe de humanos e animais, mas ele não os mata. — Draven olhou por cima do meu ombro para o relógio na minha mesa de cabeceira. — Está tarde e você tem trabalho amanhã. Você deveria dormir um pouco.

— Você vai embora de novo?

Ele colocou uma mecha de cabelo atrás da minha orelha.

— Eu tenho que ir.

— O Martin vai levá-lo ao aeroporto amanhã à noite?

— Sim.

— Você se importa se eu fizer isso?

Draven sorriu.

— Você quer me ver indo embora?

— Não vou te ver por pelo menos uma semana antes de chegar a Burn Falls.

— O que me fez lembrar de uma coisa: o Martin passou no teste?

— Para ser meu guarda-costas?

— Sim.

— Sim, mas prefiro que você seja meu guardião. Quer dizer, podemos dirigir à noite ou algo assim, agora que sei que você é um vampiro.

— Deixe-me ver se consigo trocar meus plantões. Se der certo, eu volto na sexta à noite e podemos pegar a estrada no dia seguinte.

— Jura? — Levantei a cabeça do travesseiro, animada.

Draven se inclinou e me beijou.

— Juro.

Depois de apenas algumas horas de sono, consegui chegar ao trabalho naquela manhã e mandei uma mensagem para Valencia, já que não tinha notícias dela.

> Você está viva?

Eu não tinha ideia do que Athan havia feito ou contado a ela, mas acreditei em Draven quando ele garantiu que o amigo não a machucaria. Além disso, ele teve muitas oportunidades para fazer isso antes. No entanto, não sabíamos que eles estavam escondendo o fato de serem vampiros, e já que eu era a terceira pessoa a saber, achei que o segredo era algo importante. Uma parte minha desejava que Draven pudesse ter confiado em mim o suficiente antes, mas nós só nos conhecíamos há um mês e ele, provavelmente, não quis me dizer com medo de que eu pensasse que ele havia sido o monstro que atacou meu pai – o que cheguei a pensar por um segundo.

> Sim, mas estou com uma ressaca dos infernos.

> A noite passada foi uma loucura.

> Foi? Ué, não me lembro de muita coisa depois do jogo de dardos.

Ela não se lembra de quase nada depois dos dardos? Como isso era possível?

> Você não se lembra dos caras brigando com aqueles idiotas?

> O quê??? Eles brigaram?

Encarei a última mensagem por um longo tempo. Como ela não se lembrava da briga? Como ela não se lembrava do meu desmaio? O que Athan contou a ela, para explicar tudo o que havia acontecido? Então me lembrei de como ela não se lembrava de suas transas com Athan. O amigo de Draven, de alguma forma, fez Valencia esquecer o que ela viu? Por que Draven não fez isso comigo? Ele me fez esquecer coisas no passado? Eu queria ligar para ele e perguntar a respeito disso, mas o sol ainda estava alto, e eu sabia que ele estaria dormindo – porque meu namorado era um vampiro.

166

Kimberly Knight

> Sim, eles brigaram. Talvez você não deva beber tanto...

> Juro que não bebi tudo isso. Talvez Athan tenha me drogado?

Eu sabia que ela estava brincando, e, normalmente, eu riria de sua piada. Não dessa vez.

> Por que ele precisaria te drogar? Vocês não estão se pegando?

> Todas as noites.

Na hora do almoço, liguei e conversei com minha mãe. Eu sempre dava um jeito de saber notícias dela, desde que saí de Burn Falls, mas depois de saber que havia um vampiro por trás do ataque do meu pai, eu queria ter certeza que ela estava bem.

— Oi, mãe. É a Calla.

— Oi, raio de sol. Como você está?

Respirei fundo, tentando me controlar. Ela usou o apelido que meu pai costumava usar para me chamar. Ela nunca fez isso, pois parecia que ela sempre estava brava comigo por algum motivo desconhecido. Então Draven...

Puta merda! Draven tinha usado seus poderes de vampiro para fazê-la ser legal comigo.

— Estou bem. Se eu não tivesse que trabalhar o resto desta semana, iria embora agora. Já está tudo embalado.

— Mal posso esperar pela sua volta. Ted está se afogando em papelada e ele vai ficar bem feliz com a sua ajuda.

— Você o viu?

— Ele vem todas as noites e janta comigo.

— Isso é bom. — Fiquei aliviada por Ted estar de olho nela.

— É, sim, mas ele não é seu pai.

— Claro que não. — Dei um sorriso forçado e balancei a cabeça. Ninguém jamais seria como meu pai.

— Sinto saudades dele todos os dias, Calla.

— Eu também. — Ficamos em silêncio por alguns segundos antes de eu continuar: — Você pode me fazer um favor?

— O que é?

— Não convide estranhos para entrar em casa, okay?

— O quê? E por que eu convidaria pessoas estranhas para entrar?

— Não sei. — Suspirei. — Apenas não deixe entrar qualquer pessoa que bater à porta à noite.

— À noite?

— Mesmo que seja um policial dizendo que está trabalhando no caso do papai. Apenas certifique-se de conhecê-los antes de convidá-los a entrar.

— Por que eu não deixaria os policiais entrarem?

— Não deve ter havido nenhum andamento na investigação, certo? E estou preocupada por você estar aí sozinha. Ainda não sabemos por que meu pai foi atacado.

— Eu sei, não faz sentido, e os policiais insistem que não há pistas. Eles acham que foi algum drogado que passou por ali.

— Eu gostaria de poder lembrar da fisionomia do cara. — Embora agora, depois de saber a verdade, isso fosse irrelevante para a polícia. Draven e Athan precisariam lidar com o vampiro se alguma vez descobríssemos sua identidade, e o caso do meu pai nunca seria dado como encerrado.

— Não se culpe, Calla. Não há nada que qualquer um de nós possa fazer. Talvez alguém estivesse tentando roubar seu pai? Talvez nunca saibamos, mas toda a cidade está ciente e bem atenta.

A cidade inteira estava em alerta desde o momento em que meu pai foi atacado, pois isso nunca havia acontecido em Burn Falls. Qualquer coisa ou pessoa estranha, que pareciam levemente suspeitos, eram denunciados à polícia.

— Eu sei. Só não convide estranhos à noite, tá bom? E fique em casa até eu voltar e saber que você está bem.

— Não posso viver minha vida trancada nesta casa.

— Não estou dizendo para fazer isso. Só estou pedindo que se tiver que sair de casa, faça durante o dia.

— Você está começando a me assustar.

Eu respirei fundo.

— Que bom.

— Bom?

— Só estou preocupada por *que* papai foi atacado. Talvez seja apenas alguém de passagem, mas vamos continuar vigilantes, por garantia. Preciso voltar ao trabalho — informei — Eu te ligo amanhã.

— Tchau, raio de sol. Falo com você amanhã.

Quando cheguei em casa do trabalho, jantei e esperei o sol se pôr totalmente. Assim que escureceu, Draven bateu à minha porta.

— Sentiu saudades, docinho?

Eu sorri e me afastei para que ele pudesse entrar, fechando a porta em seguida.

— Sim. Não sei como vou aguentar até sexta-feira à noite.

Ele me puxou para um beijo, segurando meu rosto entre suas mãos frias e pressionou seus lábios nos meus.

— Após sexta-feira, você nunca mais sentirá minha falta.

— Exceto quando você estiver trabalhando a uma hora de distância, em Anchorage. — Encarei seus olhos escuros. — Vou trabalhar durante o dia, e você, à noite.

— É verdade, mas eu saio antes do nascer do sol, e sempre posso te despertar com a minha boca.

— Isso pode compensar — provoquei.

Uma batida soou à porta.

— É o Athan — Draven afirmou.

— Calla — ele me cumprimentou assim que abri a porta.

— Oi, Athan.

— Você precisa convidá-lo a entrar, docinho — Draven disse, ao meu lado.

— Athan, por favor, entre.

Ele cruzou a soleira na mesma hora.

— Obrigado. Portanto, esta é minha nova morada.

— Nova morada? — perguntei.

— Draven não te contou? Vou dormir aqui enquanto ele estiver ausente.

Eu pisquei.

— Não contei a ela ainda — Draven disse.

— Contar o quê, exatamente?

— Sou seu guarda-costas. — Ele foi até o sofá.

— Meu guarda-costas?

— Não é a primeira vez que venho aqui, mas será a primeira vez que terei permissão para entrar.

Meu olhar questionador se voltou para Draven.

— Não sabemos por que o vampiro atacou seu pai, mas tenho quase certeza de que ele pensa que você viu seu rosto e, provavelmente, está à espreita para fazer sua jogada.

Meu coração quase parou.

— Para me matar?

Draven se aproximou e me abraçou, aninhando minha cabeça em seu peito.

— Não vai acontecer. Athan e eu estamos de olho em você desde a noite em que tudo aconteceu.

— Sério?

— Sim. Eu não vou deixar nada acontecer com você.

— E nem eu! — Athan gritou do sofá, testando-o com sua bunda como se estivesse checando o estofado.

— Espere... Como ele entrou no COB se precisava ser convidado?

— Não funciona com empresas — Athan afirmou.

— Isso é estúpido — murmurei.

— Não realmente, porque se fosse esse o caso, então não poderíamos ir a nenhum lugar... tipo, nunca.

— Ah...

Era algo muito surreal.

Senti uma pontada de tristeza no coração enquanto levava Draven para o aeroporto. Eu estava tentando não deixar transparecer, mas iria sentir falta dele. Mesmo que fosse por menos de quatro noites.

— Falei com a Valencia hoje. Ela não se lembra muito da noite passada — comentei, olhando para Athan, no banco traseiro, pelo retrovisor. *Aparentemente, você pode ver vampiros em espelhos.*

— Ótimo — Draven murmurou.

— Ótimo? Ela sabe o que vocês dois são?

— Não — Athan respondeu, encontrando meu olhar.

— Não? — perguntei, encarando-o novamente pelo reflexo do espelho retrovisor.

— Você não perguntou sobre hipnose, docinho. Podemos coagir as mentes humanas.

— Tudo bem, mas por que você não fez isso com a minha?

— Você não pode ser hipnotizada.

— O quê? Por quê? — questionei. Então Draven *tentou* me compelir antes? Quando? Por quê? E por que não pude ser hipnotizada?

— Não sabemos o porquê.

— Quando você tentou fazer isso?

— Naquela noite, no bar.

— Por quê?

— Nós queríamos saber mais sobre o ataque ao seu pai.

— Como conseguiria essa informação através de hipnose? — Olhei para Draven e depois me concentrei no trânsito outra vez.

— Porque podemos compelir um humano a acessar a parte do cérebro que vocês normalmente não têm acesso e descobrir mais detalhes.

— Uau — arfei e encarei Athan novamente pelo espelho. — Então você *obrigou* Valencia a não se lembrar de ontem à noite?

— Parte da noite, sim.

— Por que você a obriga a não se lembrar do sexo?

Seus olhos se arregalaram.

— O quê?

— Ela disse que sabe que vocês dois transam, mas não consegue se lembrar de todos os detalhes.

Athan deu uma risadinha.

— Eu apenas a obriguei a esquecer que tive que me alimentar dela para...

— Ah, entendi. Eu sei o motivo. Você não precisa terminar. — Comecei a rir. *Uau, ele chupou o sangue de Valencia. Louco!* — Você se sente culpado?

— Por que eu me sentiria culpado? — Athan perguntou.

Dei de ombros.

— Porque você está mentindo para ela.

Draven e Athan ficaram em silêncio por alguns segundos até que ele respondeu:

BURN FALLS

— É melhor do que matá-la.

— Athan! — Draven rugiu e se virou para encará-lo no banco de trás. — Não foi isso que eu disse para contar a ela.

— Você *disse* para me contar?

— Podemos nos comunicar telepaticamente.

— Oh — suspirei. — Isso é legal.

Athan se inclinou para frente e enfiou a cabeça entre os dois bancos da frente.

— Calla, matar está em nosso sangue, mas Draven e eu juramos nunca matar quem não merece. Mas preciso conseguir uma fonte de sangue de alguma forma, e Valencia é essa pessoa enquanto estou em Seattle. Não vou matá-la, mas preciso sobreviver.

— Mas você não precisa hipnotizá-la.

— Não temos o hábito de dizer aos humanos o que somos, querida. — Draven estendeu a mão e apertou meu joelho.

— Valencia não se importaria. Ela é minha melhor amiga e é uma garota legal pra caralho.

— Ela é mesmo — concordou Athan. — Mas quando tudo isso acabar, ela estará em Seattle, e isso não importará mais.

Balancei a cabeça de leve e em concordância, porque entendi o que eles estavam me dizendo. Eu só queria que as coisas fossem diferentes.

Depois de estacionar no terminal de embarque, desci para me despedir de Draven.

— Ligo para você amanhã, docinho.

— Vou contar os dias e as horas.

— Eu também. Na quinta à noite, Martin e Athan vão carregar o caminhão de mudança para nós, e então sexta-feira, quando eu chegar, pegaremos a estrada e iremos o mais longe que pudermos.

A segurança do aeroporto começou a andar em nossa direção para nos apressar para que outros carros pudessem entrar e desembarcar as pessoas.

— Beije-me antes que seja tarde demais.

E assim ele fez.

CAPÍTULO 16

DRAVEN
Chicago – 1932

— Você está pronto para ir? — Athan perguntou, entrando em nosso quarto.
— Sim — respondi enquanto terminava de amarrar o cadarço.
Todas as noites, Athan e eu íamos ao cassino subterrâneo administrado por Renzo. Nosso trabalho era ficar de olho nas mesas de carteado para garantir que a casa sempre ganhasse. Se alguém estivesse trapaceando ou tivesse sorte, entraríamos em cena e o expulsaríamos ou o obrigaríamos a esquecer como jogar e desistir de todas as suas cartas boas. Se eu tivesse esse poder quando era humano, teria sido um homem rico e talvez não estivesse jogando na noite em que fui transformado.
— O chefe quer te ver.
Olhei para cima e deparei com Samuel entrando no quarto.
— Para quê? — perguntei.
— Isso importa? — ele retrucou.
Dei uma olhada de relance para Athan e ele encolheu os ombros. Eu odiava Renzo Cavalli pelo que ele me obrigou a fazer com a minha família; pelo que fez com Mary, e nos últimos quatro anos, tentei ficar de fora de sua mira apenas sendo o cara das cartas e rendendo um bom dinheiro a ele – garantindo que a casa ficasse no topo.
— Entre — Renzo ordenou quando bati em sua porta.
Entrei na sala e Athan ficou no corredor esperando por mim.
— Você queria me ver?
— Por que você não cuidou do Malone?
Eu hesitei, sem entender.
— Malone?

— Sim, o maldito Malone — esbravejou ele. — Ele está roubando meu dinheiro. Isso é um problema.

— Ninguém está roubando quando estou de guarda. Eu me certifico disso.

— Então você é muito estúpido para notar que há menos humanos entrando pela porta?

Se os vampiros mais velhos não fossem mais fortes do que os mais jovens, eu teria arrancado o coração desse filho da puta há muito tempo, e, especialmente agora, por me chamar de estúpido. Eu não era burro, porra.

— Acho que em algumas noites o movimento é mais devagar, mas qual é o problema? Ainda estamos ganhando dinheiro.

— O grande problema é que você está deixando Malone instalar um covil próprio.

— Um covil…

— Apenas cuide disso, Draven.

— Cuidar disso como? Esse não é o meu trabalho. Eu sou o cara do carteado.

— Seu trabalho é fazer o que eu quiser que você faça. Aqui está o endereço. — Ele estendeu um pedaço de papel.

— Então você quer que eu acabe com ele?

— Sim, mas como os federais estavam atrás de Capone e ele agora está preso, sabemos como agir com mais cuidado. Faça com que pareça um acidente e não um banho de sangue.

Al Capone – o cara – foi pego pela polícia no ano passado por sonegação de impostos. Todos sabiam o que ele estava fazendo, mas não quem estava por trás de tudo.

— Se eu fizer com que pareça um acidente — perguntei —, então como nossa concorrência saberá que estamos enviando uma mensagem?

Renzo se inclinou e recostou os braços cruzados à mesa.

— Eles podem não receber a mensagem, a princípio. Mas se todos os nossos concorrentes continuarem, aparentemente, sofrendo pequenos *acidentes*, o problema está resolvido. A questão é que os federais não pensarão de maneira diferente. Agora, dê o fora daqui e lide com isso.

Na cabeça dele, porque o Malone estava invadindo meu território, era eu quem deveria acabar com isso. Se dependesse de mim, eu o obrigaria a fechar as portas. Mas não dependia de mim. Renzo queria enviar uma mensagem para aqueles que pensam que poderiam fazer o mesmo. Se Malone fosse assassinado – a concorrência –, correria o boato de que ainda havia a presença da máfia por ali, embora Capone estivesse preso. Ninguém ousaria se meter em nossos negócios. Eu sabia que Renzo estava procurando um substituto para Capone e dizia-se que o primo de Al, Nitti, seria o cara quando ele saísse da prisão este ano, após sua sentença de dezoito meses. Isso não significava que pessoas como Malone pudessem mover seus pauzinhos enquanto a transição estava acontecendo. Eu entendia isso. Eu só não queria ser aquele designado a matar o infeliz.

Virei-me para sair, mas as palavras de Renzo me detiveram.

— Sem testemunhas, Draven. E não estrague tudo.

Saí de seu escritório e Athan se juntou a mim enquanto caminhávamos em direção à porta da frente.

— Dá para acreditar nessa merda? — Eu sabia que ele tinha ouvido cada palavra dita ali dentro.

— O que você vai fazer? — Athan perguntou.

— Porra, e eu que sei? Não é como se eu pudesse simplesmente entrar em sua casa e fazer o trabalho. — Com toda essa merda de vampiros terem que ser convidados a entrar na casa de humanos, seria impossível que o homem me deixasse entrar de bom-grado, já que éramos seus concorrentes. Claro, eu poderia compeli-lo, desde que fizéssemos contato visual, mas eu não queria. Mesmo sendo um vampiro, isso não significava que eu gostava de matar pessoas. Eu não era um assassino.

Athan e eu entramos no carro e dirigimos até onde a residência de Malone se localizava. Eu não fazia ideia de que ele havia aberto um cassino, porque, da última vez que soube, ele gerenciava um bordel.

— E se você o empurrar escada abaixo? — Athan sugeriu enquanto nos mantínhamos sentados no carro estacionado na rua em frente à casa de dois andares.

— Tudo bem, mas como vou entrar?

Athan pensou por um momento.

— Apenas diga a ele que você está aqui para fazer um acordo em nome de Capone.

— Você acha que ele acreditaria que Capone me mandou fazer um acordo? Capone não faz negócios. Ele já chegava mandando bala para todo lado.

— E veja onde isso o levou. — *Onze anos de prisão.* — Bata na porta e diga a ele que estamos mudando nossos termos então. Diga qualquer coisa para passar pela porta.

Suspirei.

— Vamos encontrar umas mulheres para comer depois disso.

BURN FALLS

— Estou interessado nisso. — Ele riu.

Fui até a porta da frente da casa de dois andares e toquei a campainha. Passos pesados soaram do outro lado, aproximando-se, e na mesma hora, soube que se tratava do Malone.

— Delano — ele declarou ao abrir a porta e espiar por cima do meu ombro, em busca de mais capangas de Renzo. Malone costumava frequentar meu cassino e nós nos conhecíamos. Na verdade, eu gostava do cara.

— O que você está fazendo aqui?

— Convide-me a entrar.

— Não — ele disse, ríspido.

— Não? — retruquei.

— Eu sei o porquê você está aqui.

— Claro que você sabe. Você achou que eu não iria descobrir?

— São negócios, Draven, e Capone está na prisão.

— Capone não é o chefe.

Malone deu uma risadinha.

— Bem, agora não mesmo.

— Ele nunca foi. Ele era apenas um subchefe de Cavalli. Renzo Cavalli.

— Nunca ouvi esse nome.

— Não importa. Ele me enviou para fazer um acordo.

— Fazer um acordo?

— Convide-me a entrar e contarei tudo a você.

Ele me encarou por alguns momentos.

— Tudo bem. Entre.

Passei por ele e, quando ele se afastou, olhei por cima do meu ombro. Athan me deu um aceno de aprovação.

— Uísque? — ofereceu.

— Claro.

Malone serviu dois copos e eu me sentei em sua sala. Ele me entregou um deles e se acomodou à minha frente.

— Então, qual é o problema?

— Não há acordo — admiti.

— Não há acordo? Então por que diabos você está aqui? — Seu coração começou a bater mais forte no peito.

— Para enviar uma mensagem.

— Você vai acabar comigo?

Tomei um gole do uísque assim que ouvi passos no andar acima. Eu estava tão concentrado no que precisava fazer, que não ouvi ou senti que

176   Kimberly Knight

havia outra pessoa aqui. Isso não era bom, e se Renzo descobrisse, ele acabaria *comigo*. Não fui criado para ser um assassino, mesmo que a maldição estivesse no sangue que corria pelo meu corpo.

— Quem está aqui além de você?

— Minha esposa.

— Você tem uma esposa?

— Claro que tenho.

Os passos começaram a descer as escadas, e avistei uma mulher vestida em um robe de seda.

— Volte lá para cima, Annie — Malone ladrou.

O olhar de Annie encontrou o meu, e foi então que percebi que havia dois batimentos cardíacos ressoando de seu corpo. Olhei para seu ventre, percebendo que estava grávida. Muito grávida. Ela parecia estar prestes a dar à luz a qualquer segundo.

Eu não poderia continuar com isso.

Eu poderia matá-la também. Ou poderia fazer com que parecesse um latrocínio ou até mesmo obrigá-la a matar o marido e depois a si mesma. Exceto que, de jeito nenhum, eu tiraria a vida de uma mulher, muito menos de uma grávida. No fundo, eu não era assim, mesmo sendo um monstro.

— Está tudo bem? — Annie perguntou.

— Eu disse para voltar lá para cima — ordenou Malone. Após um momento de hesitação, Annie se virou e subiu outra vez. Quando ela estava fora do alcance, ele perguntou: — Você vai me matar, mesmo com minha mulher lá em cima? Ela viu seu rosto.

Eu não poderia fazer isso. Embora eu não soubesse quais seriam as consequências, matar alguém por ser um rival não era algo que eu quisesse fazer. Especialmente alguém que estava prestes a se tornar pai – o que eu nunca mais seria depois que Renzo tirou isso de mim.

Levantei-me e tomei o resto da minha bebida de um gole só.

— É seu dia de sorte, Malone.

Ele se sobressaltou e então deu um suspiro de alívio.

— E agora?

— Hoje fui eu o encarregado de cuidar de você. Amanhã será outra pessoa. Meu conselho é que você faça as malas e se mande daqui com a sua senhora.

— Você quer que eu fuja só porque abri um cassino?

— Porque você abriu um cassino para concorrer com o diabo em pessoa. Ele não vai desistir e *vai* matar Annie na sua frente, antes de acabar contigo.

BURN FALLS

Malone me encarou por um segundo.

— Por que você está me contando isso?

Eu fui até a porta.

— Estou te avisando para nunca fazer um acordo com o diabo porque, uma vez que você venda sua alma a Satanás, você nunca a terá de volta.

— Então você só vai me expulsar da cidade?

Eu sabia o que essa decisão significava para mim. Eu teria que fugir da cidade e ficar longe de Renzo também.

— Você pode fazer o que quiser. Estou te dando um tempo porque, apesar de Renzo ter matado meu filho ainda por nascer, a mulher que eu amava, e minha família, ainda trabalho para ele. E não vou fazer o mesmo com você.

— Ele não vai te matar então?

— Não é problema seu, Malone. Suba as escadas, faça uma mala e saia ao amanhecer. Nunca viaje à noite.

— Nunca viajar à noite?

Fechei a porta sem dizer mais nada a ele, e voltei para o carro onde Athan me aguardava.

— E aí? — ele perguntou quando entrei.

— Preciso sair da cidade e rápido.

— Você não fez o serviço?

— Ele tem uma esposa grávida.

— Merda.

— Sim. Merda.

Ficamos em silêncio enquanto encarávamos o vazio pelo para-brisa.

— Renzo vai te matar.

— Isso se ele puder me encontrar.

— O quê? — Athan virou a cabeça na minha direção.

— Preciso fugir.

— Você acha que ele não vai te encontrar?

— Você acha que ele vai deixar seu império para ir atrás de mim?

— Não sei, D…

— Tenho que fazer isso, Athan. Eu não quero matar pessoas inocentes.

— Eu também não gosto de matar, mas temos que sobreviver.

— Há outras maneiras além de nos alimentarmos de humanos.

— O quê? Animais?

— Sim — respondi, ríspido.

— Para onde você vai?

— Oeste. Não tenho mais ninguém aqui.

Athan deu uma risadinha.

— Oeste?

— Há mais terreno para cobrir dessa forma.

Ele pensou por um momento.

— Vou contigo.

Meus olhos se arregalaram.

— Você vai?

Ele sorriu.

— Não posso permitir que meu melhor amigo deixe rastros sozinho.

— Ele vai te matar também se nos encontrar.

— *Se* — ele enfatizou a palavra — ele nos encontrar.

— Então é melhor irmos agora. Dirija para o mais longe que puder antes do nascer do sol.

Saímos da cidade, abandonando todas as nossas coisas, exceto as roupas do corpo, e nunca mais olhamos para trás.

BURN FALLS

CAPÍTULO 17

CALLA
Seattle – dias atuais

O resto da semana pareceu se arrastar. Todas as noites, Draven me ligava em seu intervalo durante o plantão no hospital, mas nossas ligações nunca passavam de dez minutos de cada vez. Era um saco isso.

Quinta-feira à noite, depois que o sol se pôs, Martin foi ao meu apartamento para ajudar a carregar o caminhão de mudança alugado. Já que não havia mais segredo algum, Athan dirigiria meu carro até Burn Falls atrás de mim e Draven. Valencia apareceu, e enquanto os caras colocavam todos os meus pertences embalados no caminhão, nós bebíamos margaritas, pois não teríamos nosso encontro sagrado às sextas-feiras por muito tempo.

— É ruim que estejamos deixando os caras fazendo o serviço sozinhos? — V perguntou, sentada no chão da minha sala agora vazia.

Eu sabia que não era um trabalho extenuante para Athan, e era nítido – agora que eu sabia a verdade –, que quando ele e Martin carregavam algo pesado, ele suportava a maior parte do peso.

— Eles disseram que não querem nossa ajuda. — Dei de ombros.

— Não consigo acreditar que vocês dois vão me deixar amanhã.

— Você sabe que ele precisa dirigir meu carro, e ele tem que ajudar Draven a descarregar tudo em meu depósito em Burn Falls. — Minha mãe havia alugado um desses depósitos para que eu pudesse guardar minha mudança, já que moraria com ela por um tempo.

— Eu sei. Mas o que vou fazer da minha vida?

— Você quer se mudar para Burn Falls? Podemos ser colegas de quarto.

— Pode ser. Só que o Athan vai voltar para a Rússia depois de ajudar vocês.

Ela podia até pensar isso, mas eu sabia que ele estaria por perto.

— Sério? Achei que ele tivesse mencionado aquela noite, no Unicorn, que estava pensando em se mudar para Burn Falls.

— Ele disse que precisa voltar ao trabalho e ver o que está rolando por lá antes de tomar uma decisão.

— O que ele faz? — Eu nunca perguntei a ele.

— Ele disse que é dono de uma boate.

Balancei a cabeça e compreendi que esse era o tipo de trabalho que lhe permitiria fazer seu próprio horário.

— Você gostou mesmo dele, hein?

— Sim, mas eu sabia que era só um lance casual entre nós. Talvez eu procure o Chance novamente.

— Isso é bem a sua cara mesmo. — Eu ri.

V cutucou meu ombro com o seu.

— Não será o mesmo sem você.

— Eu sei. — Suspirei.

Esta era a noite da mudança.

Athan e eu ficamos dando voltas ao redor do estacionamento do aeroporto, esperando o voo de Draven chegar.

> Acabei de pousar, docinho.

Eu sorri enquanto enviava uma mensagem de volta:

> Apresse-se, velhote.

Ainda era estranho pensar no fato de que Draven tinha mais de cem anos. Embora sempre tenha saído com homens mais velhos, nunca pensei que namoraria alguém que fosse oitenta e seis anos mais velho do que eu. Em vez de ir para a esteira de bagagens, decidimos buscá-lo no portão do desembarque.

— Quantos anos você tem? — perguntei a Athan enquanto dávamos outra volta. Nunca pensei em perguntar antes, já que ele não parecia ter mais de trinta anos.

Ele deu uma risadinha.

— Sou mais velho que D.

— Quanto mais velho?

— Quatro anos.

— Então, você tem cento e dezoito anos?

— Sim. Eu pareço ter essa idade? — Ele sorriu.

— Não. — Eu ri. — Quantos anos você tinha quando foi transformado?

— Vinte e oito. Eu nasci em 1900.

— Puta merda.

— Já vivo há um bom tempo e vi um monte de merda.

— Talvez um dia você possa me contar tudo sobre isso?

— Adoraria. — Diminuí a velocidade ao chegar ao terminal de desembarque. — Pare. Ele está quase aqui.

— Como você sabe? — sondei.

— Sentido vampírico.

— Ah. — Parei próximo ao meio-fio e nem um minuto depois, Draven passou pelas portas automáticas. Depois de colocar o carro em ponto-morto, desci correndo e me lancei em direção a ele, enlaçando seu pescoço antes de inclinar a cabeça para trás para que ele pudesse me beijar. Nossos lábios se chocaram, e depois que superei o choque inicial do contato frio – algo que eu não tinha certeza se algum dia me acostumaria –, Draven aprofundou o beijo.

Caramba, eu senti tanta falta dele.

— Sentiu saudades? — perguntou assim que interrompemos nosso beijo.

— Você pode ler minha mente também?

— Não. Apenas de Athan, e o filho da puta está fazendo ruídos de beijos para me sacanear.

Virei a cabeça para o outro vampiro, que agora estava sentado no banco de trás do meu carro. Ele franziu os lábios antes de cair na risada.

— Graças a Deus não temos que lidar com ele na cabine do caminhão — falei.

— Eu ouvi isso — Athan afirmou, abrindo a porta apenas o suficiente para eu ouvir.

Porra de vampiros e sua superaudição.

— Hora de ir para sua casa e nos despedirmos para que possamos dirigir por algumas horas.

— Sabe — comecei a dizer, ainda encarando Athan, embora estivesse falando com Draven —, eu posso dirigir durante o dia com você na parte de trás do caminhão, e podemos deixar Athan em um hotel.

— Eu ouvi isso também. — Athan riu da minha piada.

— Não me tente, porra. — Draven riu e segurou minha mão, me conduzindo até a porta do passageiro do meu carro. *Acho que ele quer dirigir já de agora.*

— Estou fazendo um favor a vocês. Eu posso ficar aqui e...

— Você sentiria muitas saudades minhas — Draven zombou e fechou a minha porta. Ele deu a volta pela frente do carro e se acomodou ao volante depois de jogar a bolsa no banco de trás. — Vamos nessa.

Lágrimas foram derramadas quando nos despedimos.

Valencia prometeu ir me visitar durante o verão e, embora eu lhe dissesse que mal podia esperar, ainda precisava conversar com Draven sobre o que ele fazia durante aqueles meses. Se ele voltasse para Seattle, eu teria que me organizar. Eu, provavelmente, precisaria passar todos os fins de semana lá ou trabalhar em *home office*, se isso fosse possível. Eu não tinha certeza, já que meu pai trabalhava dez horas por dia, cinco ou seis dias por semana, desde que eu conseguia me lembrar.

Seguimos para o norte pela Interestadual 5.

— Até onde você acha que vamos chegar esta noite?

— Williams Lake. São cerca de sete horas, mais ou menos. Este caminhão só pode ir até certo ponto, mas estaremos lá antes do nascer do sol.

— Você acha que em cerca de uma hora podemos pegar algo para comer?

— Certo, você precisa de comida.

— Por falar nisso, eu te vi comendo alimentos de verdade.

Draven esboçou um sorriso.

— É tudo por aparência, mas o sangue de um bife malpassado é sempre a melhor parte.

Pensando no assunto, a única coisa que o vi comer foi bife, e nas duas vezes era malpassado.

— Você... hummm... você vai ao banheiro?

— Não. Não temos que expelir nada. Nossos corpos absorvem o sangue e os alimentos que temos de consumir, ocasionalmente, para manter as aparências.

Alguns momentos depois, perguntei:

— Você vai me contar sobre a noite em que foi transformado?

Draven olhou para mim por um breve segundo e depois se concentrou na estrada.

— Ainda não, docinho. Você não está pronta para ouvir isso.

— Não estou? — Franzi o cenho em confusão.

Enquanto estava no trabalho nos últimos dias, pesquisei tudo sobre vampiros no Google. Admito que tudo era muito baseado em criaturas fictícias, e nunca houve evidências da existência ou não de um vampiro, mas eu queria saber tudo sobre eles. Queria saber quem Draven realmente era.

— Não é uma história bonita.

— Claro que não é. Você foi morto naquela noite.

— Okay. Quando você estiver pronta, eu estarei pronto. — Mesmo que Draven tenha dito que *eu* não estava pronta, percebi que, na verdade, o problema estava com *ele*. Eu só podia imaginar como era ser transformado em um vampiro quando ele nem sequer sabia que eram reais. Ou desistir da luz solar, da comida, da respiração.

Pouco antes de Marysville, Draven entrou em um McDonald's para comprar uma refeição. Foi o primeiro lugar que encontramos depois que meu estômago roncou.

— O que estamos fazendo aqui? — Athan perguntou, saindo do meu carro após estacionar ao lado de nosso caminhão de mudanças.

— Calla está com fome.

— Ah. Comida. — Athan acenou com a cabeça. — Eu poderia ir atrás de algo também.

— Não — Draven afirmou.

— Não?

— Não temos tempo para você encontrar alguém e levar para um beco qualquer.

— Vou só pegar minha comida — falei, apontando para o restaurante.

— Eu vou com você — disse Draven.

— Acho que consigo me virar sozinha, McSafado.

— McSafado? — Athan soltou uma gargalhada.

— Vai se foder. — Draven avançou sobre ele, e o amigo ergueu as mãos. Meu rosto estava vermelho de vergonha, mas continuei andando. — Tenho algumas *bolsas* para você.

— Essa merda é fria — Athan choramingou.

Não ouvi o resto da conversa porque entrei no prédio aconchegante.

Depois de pedir uma oferta de *nuggets*, molho barbecue e uma batata frita grande com um copo de chá-doce, saí da lanchonete e vi Draven e Athan encostados no porta-malas do meu carro.

— Tudo bem? — perguntei.

— Estamos prontos para seguir viagem — Draven afirmou.

Meu olhar pousou em sua virilha e notei sua ereção. Umedeci os lábios, e então meus olhos traiçoeiros conferiram que Athan também ostentava uma barraca armada. Eles, obviamente, se alimentaram, e agora os sinais estavam nítidos.

— Vamos voltar para a estrada então.

— Só tem uma cama — caçoei, entrando no quarto do hotel.

Depois que comi minha deliciosa refeição frita supersaudável, acabei adormecendo e só acordei quando Draven parou onde nos hospedaríamos para passar o dia. Eu nem tinha certeza de como havíamos cruzado a fronteira com o Canadá. No entanto, sabendo do que Draven era capaz, eu tinha certeza de que não importava desde que eu estivesse na terra dos sonhos.

Ele fechou a porta e largou nossas malas no chão. Em seguida, ele me agarrou e se jogou na cama. Caí por cima de seu corpo, rindo.

— Podemos construir uma barreira com os travesseiros, se isso faz você se sentir melhor.

Inclinei-me e pressionei meus lábios aos dele.

— Não preciso de uma barreira de travesseiros. Esta será a primeira vez que dividiremos a cama para realmente *dormir*.

— Isso é verdade. — Ele sorriu e virou nossos corpos, de forma que ele ficasse por cima. — Mas se você acordar antes do pôr-do-sol, sabe que não pode abrir as cortinas, certo?

— Eu sei disso. — Olhei para a cafeteira perto da pia ao lado do banheiro. — E o café da manhã? Ou será... e quanto ao almoço quando eu acordar? Posso ir comprar alguma coisa?

— Enquanto ainda for dia, não quero que você saia por aí, em uma cidade desconhecida. Se algo acontecesse com você, eu não seria capaz de te proteger. — Ele se levantou e eu estendi meus braços para impedi-lo de se afastar. Ele sorriu. — É melhor que eu vá buscar alguma coisa para você antes do nascer do sol. — Draven pegou o celular do bolso e ligou para alguém. — Calla precisa almoçar amanhã enquanto o sol ainda está alto. — Ele afastou o fone da boca. — O que você quer, docinho?

Dei de ombros e olhei ao redor do quarto, avistando apenas um frigobar, mas nenhum micro-ondas.

— Não sei. Um sanduíche de peru ou algo que não precise ser esquentado.

— Você ouviu o que ela disse? — Draven confirmou ao celular. — Compre algumas batatas fritas e água também. Qual tipo de batatinhas? — Draven me perguntou.

— Qualquer uma. — Eu não era exigente quando se tratava de carboidratos.

— Algo mais?

— Podemos parar hoje à noite e comprar algumas coisas para os próximos dias.

— Claro. — Draven encerrou a ligação e jogou o aparelho em cima da cômoda onde a TV se localizava. — Então, onde estávamos?

Eu me sentei na cama na mesma hora.

— Eu realmente preciso tomar um banho antes de qualquer coisa.

— Lembra o que aconteceu da última vez que tomamos banho juntos?

— Ah, eu me lembro… — Mordi meu lábio.

Nossas roupas voaram, e antes que eu percebesse, estávamos nos beijando loucamente em um daqueles beijos ardentes que duravam minutos. Draven me girou contra o batente da porta do banheiro minúsculo enquanto estendia a mão livre para ligar o chuveiro. Quando ele estava prestes a me pegar no colo e me colocar de pé na banheira, ouvimos uma batida à porta.

— Caralho — Draven gemeu e correu para a porta… nu. — Obrigado — eu o ouvi murmurar. A porta bateu e ele voltou, me levantando e me colocando na água.

Gritei quando a água morna atingiu minhas costas.

— Vou precisar me acostumar com sua velocidade… e força.

— Desculpe, docinho. Embora eu não possa foder você sem me alimentar primeiro, isso não significa que não quero te comer.

— Como Athan conseguiu voltar tão rápido?

— A loja fica na mesma rua.

— E ele tem supervelocidade.

— Exatamente. — Ele sorriu.

186

Kimberly Knight

Sem mais conversa, Draven se ajoelhou e, como antes, fez coisas bem lascivas entre minhas pernas.

Ele levou sua mochila para o banheiro enquanto eu estava deitada nua na cama, esperando pelo seu retorno. Quando Draven pisou o pé no quarto outra vez, em toda a sua glória – e seu pau em riste –, ele estava limpando a boca. Respirei fundo para deletar a imagem dele bebendo sangue da minha cabeça e, em vez disso, olhei para seu pau impressionante.

Só de pensar no fim de semana anterior foi o suficiente para me excitar. Tudo bem que, quando transamos pela primeira vez, eu não sabia que Draven era um vampiro. Agora eu teria total consciência do toque frio entre minhas pernas. Eu saberia por que ele estava tão faminto enquanto arremetia contra mim – mesmo quando eu estava por cima. Eu saberia que estava fodendo alguém que estava...

— Em que você está pensando? — Draven perguntou, me tirando dos meus pensamentos.

— Em tudo.

— Você está bem com isso? — Ele se aproximou.

— Claro que estou.

— Podemos ir devagar. — O colchão afundou quando ele rastejou até pairar acima das minhas pernas abertas.

— Podemos? — A contar pelas outras vezes, eu não tinha tanta certeza se ele seria capaz de ir devagar, principalmente depois de algumas noites sem nos vermos.

Ele sorriu e mordiscou minha orelha.

— Vou tentar.

A mão de Draven se alojou entre minhas pernas, e no instante em que seus dedos frios roçaram minha pele quente, respirei fundo.

— Você está bem?

— Sim. Continue.

Seus lábios encontraram os meus, e enquanto nossas línguas brincavam uma com a outra, seus dedos bombearam dentro e fora do meu centro.

Como algo que não estava respirando poderia ser tão hábil? Seus dedos trabalharam entre minhas pernas, me deixando cada vez mais molhada e perto do orgasmo. Seus dedos eram rápidos – como a velocidade da luz, e antes que eu me desse conta, eu me desfiz. Minhas costas arquearam, meu corpo estremeceu e eu gemi alto.

— Estou tentando dormir aqui! — Athan bateu do outro lado da parede.

— Deveria saber que precisávamos de quartos em andares diferentes do hotel. — Draven revirou os olhos e pressionou a testa contra a minha.

— O filho da puta assustador provavelmente ainda nos ouviria — zombei.

— Eu não sou um filho da puta assustador! — Athan explodiu.

— Apenas ignore-o.

Draven se levantou e me puxou para mais perto, dobrando meus joelhos contra o seu peito. Ele inclinou meus quadris um pouco para trás e, em seguida, me penetrou centímetro a centímetro. Seus golpes eram lentos, a princípio, e ele entrava e quase se retirava por completo antes de se afundar de volta. Segurei meus seios e os massageei, beliscando cada mamilo e enviando ondas de prazer ao meu núcleo.

— Porra, docinho. Continue fazendo isso.

Meu olhar encontrou o dele e eu mordi meu lábio.

— Você gosta quando brinco comigo mesma?

— Sim, querida, eu gosto.

O olhar de Draven ficou vidrado e concentrado em minhas mãos que seguiam acariciando meus seios. Depois de vários segundos de estocadas longas, lentas e profundas, ele acelerou o ritmo e me martelou com força. A cama rangeu quando seus quadris se chocaram contra os meus. Ele grunhiu quando gemi alto, sentindo meu orgasmo vindo à tona novamente. Eu já não sentia mais a frieza de sua pele, e só a aspereza com que estocava e atingia todos os pontos sensíveis dentro de mim. Não estávamos mais indo com calma, e eu não me importei nem um pouco. O que importava era que estávamos em sincronia um com o outro.

Ele bombeou um pouco mais, e então rugiu quando gozou, me fazendo gozar em seguida. Meu corpo tremia com os espasmos remanescentes do orgasmo que me percorria de cima a baixo.

Depois que minha respiração estabilizou, ele mudou a posição e me colocou por cima de seu corpo, ainda enterrado dentro de mim.

— Mais uma vez? — perguntei.

— Eu posso continuar até que o fluxo sanguíneo diminua no meu pau, mas também sei que você é supersensível entre as pernas. Três orgasmos são muito para uma única... manhã.

— Três orgasmos são um recorde para mim.

Draven se inclinou e pressionou seus lábios aos meus.

— Vamos trabalhar para ampliar essa margem então.

Assim que o sol se pôs naquela noite, pegamos a estrada outra vez.

— Até onde você acha que conseguiremos alcançar esta noite?

— Já que saímos ao anoitecer, eu diria Tatogga.

— Vamos chegar a Burn Falls amanhã à noite?

— Não. Mesmo que estejamos ganhando vantagem com a viagem noturna, ainda teremos pelo menos mais duas noites de estrada.

— Ah, pensei que conseguiríamos chegar lá em três.

— Coloque a culpa no sol, docinho.

Peguei meu celular que tocava dentro da bolsa.

— É minha mãe. — Atendi o telefone e a cumprimentei: — Oi, mãe.

— *Apenas checando para ver onde você está esta noite.*

Meus olhos se arregalaram. Como eu poderia dizer que só viajávamos durante a noite? E ela não fazia ideia de que Draven e Athan estavam comigo.

— Humm...

— Dê-me o telefone — Draven pediu.

Balancei a cabeça e sussurrei:

— Quer falar com minha mãe?

— Sim. — Entreguei o celular a ele. — Shauna, aqui quem fala é o Drav... Dr. Young. — Houve uma breve pausa. — Sim, estou com a Calla. — Outra pausa. — Na verdade, eu a encontrei em Seattle — ele olhou para mim e sorriu —, e ela me disse que teria que dirigir até Burn Falls, então me ofereci para lhe fazer companhia. Um amigo meu está dirigindo o carro dela atrás de nós.

Mais um momento de pausa até que ele disse:

— Lembra da última noite em que você esteve no hospital e nós conversamos? — Eu, finalmente, iria descobrir o que foi que ele disse para que ela passasse a ser tão mais gentil comigo. — Sim, e eu quis dizer isso. Ela é especial e não vou deixar nada acontecer com ela. — Ele piscou para mim. — De nada. Vou passar para Calla.

Peguei o telefone e conversei novamente com minha mãe:

— Então, sim… Estou com o Dr. Young de novo. — Parecia estranho mentir sobre o nome dele desde que agora eu conhecia a verdade.

— *Ele é um jovem adorável.* — Eu quase ri de suas palavras já que Draven era tudo, menos jovem… ou um homem. — *E fico feliz que ele esteja mantendo você segura. Tenho me preocupado com você dirigindo sozinha até aqui.*

— Estamos bem, mas como ele está acostumado a trabalhar sempre em plantões noturnos, estamos dirigindo durante esse horário.

— *Compreensível, raio de sol.*

— Como você está? — perguntei.

— *Ted e Andie ainda vêm aqui em casa todas as noites. Temos jogado cartas e nos divertido muito.*

— Que bom. — Eu sorri. — Fico feliz em ouvir isso.

Depois de encerrar a ligação, perguntei:

— Você hipnotizou a minha mãe?

— Foi preciso. Eu não conseguia ouvir ou vê-la te menosprezando.

— Como ela pôde ser compelida e eu não?

Draven deu de ombros.

— Não sei. Não tive tanto contato com muitos vampiros. Talvez outro vampiro saiba o motivo, mas nós, não. Athan ligou para alguns vampiros conhecidos, mas ninguém ouviu falar sobre o fato de humanos serem imunes à hipnose.

— O que você disse a ela?

— Disse apenas que você é uma pessoa linda por dentro e por fora e ela precisava ser uma mãe amorosa.

— Não acho que ela nunca tenha me amado. É só que ela tinha muitas expectativas em relação a mim.

— Por você ser a mais velha?

— Acho que sim… — Dei de ombros. — Minha irmã é bem magrinha, e sempre ouvi da minha mãe que homem nenhum seria capaz de amar uma mulher acima do peso. Ela quer netos, e Betha e Alastair ainda estão na faculdade.

Draven segurou minha mão e entrelaçou nossos dedos.

— Você é muito mais do que o que está do lado de fora, docinho. E embora Betha possa ser mais magra, ela não se compara à mulher em que você se tornou. Sua mãe agora vai perceber isso também, e quando você estiver pronta, você poderá ter filhos.

— Mas você a *obrigou* a pensar assim. Ela realmente não acredita nisso.

— Eu a obriguei a ser gentil. Eu não especifiquei sobre o quê.

— Oh. — Pensei por um momento. — Vampiros podem ter filhos?

Draven olhou para mim com um sorriso tenso e deu um aceno de cabeça.

— Não.

Naquela noite, nós chegamos em Tatogga. Acabamos alugando um chalé para o pernoite, e quando Draven e eu nos deitamos na cama, esperando o sol se pôr, não pude deixar de me perguntar como deve ter sido a noite em que ele foi transformado.

— Eu realmente gostei de passar esses dois últimos dias juntos — comentei, arrastando o dedo ao longo de seu peito.

— Eu também, docinho. Eu também.

— Ainda é surreal pensar em você como um vampiro.

Ele sorriu.

— Eu posso imaginar.

— Quantas pessoas você transformou?

— Nenhuma.

— Ah, é mesmo. Você mencionou isso na noite em que descobri a verdade, mas... por que não? Não é isso que os vampiros fazem?

— Eu jurei nunca transformar um humano.

— E se eles quiserem ser transformados?

Draven se sentou e recostou-se à cabeceira da cama.

— Você está me pedindo isso?

Balancei a cabeça de leve.

— Não, de jeito nenhum. Eu só estou curiosa.

— Os humanos podem pensar que querem ser transformados, mas você gostaria de renunciar à luz do dia e ao sabor da comida?

Eu já havia pensado nisso.

— Acho que só gostaria de ser transformada se isso significasse poder passar a eternidade com meu único amor verdadeiro.

— Então o amor é melhor do que a luz do dia e o sabor da comida? Sentei-me e me virei para ele, de pernas cruzadas.

— Claro que é. Eu não gostaria de ser imortal e solitária.

Estava na ponta da língua confessar que estava me apaixonando por ele. Ou talvez já estivesse apaixonada mesmo. Eu só sabia que não queria que nosso relacionamento – se é que ele poderia ser chamado assim – acabasse.

— A maioria de nós não pode se dar ao luxo de escolher ser transformado ou não.

— Já se apaixonou por alguém antes?

— Você quer mesmo saber? — perguntou ele.

— Acho que sim, já que você tem mais de cem anos. É muito tempo para não amar alguém.

— Não amo ninguém há quase noventa anos.

Inclinei a cabeça de leve, confusa, pois eu poderia jurar que esse período correspondia ao tempo em que ele havia se tornado um vampiro.

— Noventa anos?

— Bem, já se passaram mais de oitenta e oito anos.

— Então… desde que você é um vampiro?

— Não. Levei um tempo para superá-la.

— Quem era ela?

Draven me encarou.

— Vou te perguntar de novo: tem certeza de que quer saber?

— Eu quero saber tudo sobre você, McSafado. É assim que os relacionamentos são construídos.

— Tudo bem. — Ele entrelaçou nossos dedos. — Quando eu tinha vinte e quatro anos, namorava uma mulher chamada Mary. Nós estávamos juntos há quase um ano, no entanto, naquela época, namorar era bem diferente do que é agora. Tínhamos que sair às escondidas, mas eu a amava e ela sentia o mesmo por mim. Achei que passaríamos o resto de nossas vidas juntos porque ela era a única pessoa que entendia que o pôquer estava no meu sangue.

— Pôquer? — perguntei.

— Era assim que eu ganhava dinheiro. Durante a Grande Depressão, nos fundos de bares clandestinos ou em cassinos subterrâneos. Eu era bom. Muito bom. Na maioria das noites, as pessoas poderiam me encontrar em uma mesa. Minha família não aprovava, já que o jogo era ilegal, mas como eu disse, estava no meu sangue. Mary, às vezes, aparecia e distraía os caras enquanto jogávamos, de forma que eu descobrisse seus blefes. É bem difícil conseguir blefar sem estar focado e prestando atenção. De qualquer forma, na noite em que fui transformado, ela me disse que achava que estava esperando um filho meu.

— Você é pai?

Draven virou a cabeça em direção à janela coberta pela cortina.

— Não. Enquanto eu comandava uma jogatina, Renzo, meu senhor, a matou.

Arfei, chocada.

— Quando saí do clube, eles me pegaram também. Vou poupá-la de todos os detalhes, mas ele me transformou e eu acabei me alimentando de seu corpo sem vida.

Eu respirei fundo.

— Ah, não...

— Com o passar dos anos, obviamente controlei minha fome, mas ainda tenho pesadelos com aquela noite. E com a noite em que ele me fez matar minha família.

— Ele fez você matar sua família? — sussurrei.

Draven me deu um sorriso forçado.

— Sim, um mês depois que fui transformado, para provar que ele estava no controle.

— Draven... — Enlacei seu pescoço. — Lamento muito o que aconteceu com você. Eu nem consigo imaginar algo assim.

— Como eu disse antes, existem monstros neste mundo. E eu sou um deles.

Eu me afastei e sentei-me escarranchada em seus quadris. Segurando seu rosto, eu disse:

— Você não é um monstro. Você é tudo, menos isso. Você não mata as pessoas. Você não se alimenta de humano...

— Eu me alimento de humanos.

Eu pisquei, confusa.

— Você bebe...?

— Não é um hábito meu, mas sim, me alimento antes de foder.

— Ahn... — Ficamos em silêncio enquanto eu digeria tudo o que ele havia me contado. — Você ainda faz isso?

— Ainda faço o quê?

— Se... alimenta antes de transar?

— Você sabe que sim.

BURN FALLS

— Quero dizer, não comigo.

— Ah, bem, não. Embora não tenhamos conversado sobre sermos exclusivos, ou seja lá como os jovens chamam isso hoje em dia, eu não faria isso com você. Além do mais, não tive tempo. Eu trabalho e preciso ficar de olho em você.

— V-você... — hesitei — Você quer um relacionamento exclusivo?

Seus olhos escuros me encararam, e ele estendeu a mão para segurar minha bochecha.

— Há algo em você que é viciante e faz com que seja difícil eu me manter longe, docinho.

Pressionei meus lábios aos dele.

— Que bom.

CAPÍTULO 18

DRAVEN

Assim que chegamos a Burn Falls, seguimos direto para o depósito 24 horas e descarregamos tudo o que Calla possuía. Não demorou muito para que Athan e eu esvaziássemos o pequeno caminhão, mas tivemos que nos mover em velocidade humana por causa das câmeras de segurança. Depois, a deixamos em sua casa porque já estava quase amanhecendo, e só então eu e meu amigo seguimos para a minha casa, a fim de descansar.

Na noite seguinte, antes de ir a Anchorage para o meu plantão, Athan e eu discutimos o que aconteceria agora que Calla estava de volta a Burn Falls.

— Vamos manter o plano anterior? — perguntou ele, enquanto bebíamos canecas de sangue que esquentei no micro-ondas.

— Sim. Depois do meu turno, ficarei com ela, em sua casa, até pouco antes do nascer do sol.

— Você sabe que preciso voltar para a Rússia e ver se meu clube ainda está de pé, não é?

— Eu sei. Eu não planejei nada disso. Você acha que eu tinha ciência de que depois de oitenta e nove anos como um vampiro, eu me veria em um relacionamento com uma humana? Ainda mais uma humana que pode estar em perigo por não fazermos a menor ideia da razão pela qual o pai foi atacado?

— Entendo. Mas também acho que, como se passaram semanas desde o ataque, o vampiro seguiu em frente. Acredito que tenha sido algo aleatório de um novato, e eles foram embora porque ficaram com medo ou só estavam de passagem.

— Se fosse qualquer outro humano, eu arriscaria e ficaria bem com a sua ida de volta para Rússia, mas não tenho certeza se estou pronto. Se algo acontecer com ela enquanto eu estiver em Anchorage, seria impossível voltar a tempo. Não importa o quão rápido eu seja capaz de correr.

Ele parou por um breve momento.

— Você a ama?

Pisquei diversas vezes. Eu sabia que me importava profundamente com ela, mas de forma alguma eu poderia passar os próximos sessenta anos ao lado dela até que Calla desse seu último suspiro. Foi por esse motivo que nunca me aproximei dos humanos, exceto Martin e sua família. Não queria pensar no dia em que teria que dizer adeus a eles para sempre. Também tive a sensação de que Calla queria filhos algum dia, como a maioria das mulheres desejava. Se ficássemos juntos, isso nunca poderia acontecer. Mas eu também não estava pronto para me despedir de Calla. Eu precisava ter certeza de que ela estava segura antes de deixá-la ir.

— Sinto amor *por* ela — afirmei.

— Você vai partir o coração dela?

— Eu vou tentar não fazer isso.

Nos dias seguintes, não a vi em momento algum. Eu passava as noites no hospital e, quando não estava de plantão, Calla estava dormindo. É claro que conversávamos direto pelo telefone, mas não era a mesma coisa. Pensei em me esgueirar pela janela de seu quarto depois dos meus turnos, porém eu não queria assustá-la, aparecendo do nada.

Esta noite, no entanto, eu queria surpreendê-la – e Athan reclamou que queria uma noite de folga –, então decidi aparecer na destilaria e levá-la para jantar. Quando cheguei ao escritório, ela usava uma saia justa até o joelho e estava curvada sobre uma pilha de papéis. Pensei em não dizer nada enquanto admirava seu traseiro, e fiquei em silêncio por cerca de um minuto, percorrendo suas curvas viciantes com meu olhar.

— A vista é sempre assim tão boa?

Calla se virou e colocou a mão no peito.

— Ai, meu Deus. Você me assustou. O que está fazendo aqui?

Ela enlaçou minha cintura e repousou a cabeça no meu peito. Sem hesitar, beijei o topo de sua cabeça.

— Vim te levar para jantar.

— Estou tão atolada aqui que nem tenho certeza de que horas são.

— São quase seis.

— Onde está Athan?

— Tirou folga, já que não preciso estar no hospital.

— Ele vive falando que tem que voltar para a Rússia.

— Sim, acho que é seguro mandá-lo de volta, mas estou tendo dificuldade em arriscar.

Ela me encarou e eu dei um beijo rápido em seus lábios macios.

— Faz um mês já. Acho que estamos livres — ela disse.

— Você provavelmente está certa.

— Deixe-me terminar este pedido de suprimentos e então poderemos sair à noite. — Ela se virou e sentou-se na cadeira atrás da mesa.

— Quer voltar para minha casa depois do jantar? — perguntei, arqueando a sobrancelha sugestivamente.

Calla enrubesceu.

— Eu adoraria. Estou curiosa para saber como é a sua casa, quero dizer, a casa de Martin.

Eu ri e me sentei na beirada de sua mesa.

— Eu posso ter dado de presente a Martin apenas para evitar a escritura no meu nome, mas é tudo meu.

— Espere. — Ela ergueu os olhos da papelada, parando o que fazia. — Como consegui te convidar para entrar na casa da minha mãe então? Meu nome não está na escritura do imóvel.

— É o dono da casa ou alguém que atualmente mora ali. Já que você estava morando lá na época do Natal, você pôde me convidar para entrar.

— Isso é meio assustador se você pensar sobre esse lance de hipnose dos vampiros.

— Há uma regra tácita para não manipular um humano para nos convidar a entrar se a intenção é matá-los. — Na noite em que assassinei o homem que matou a mãe de Martin, eu tinha feito exatamente isso, mas não contaria este detalhe a ela. — Não soube de nenhum ataque misterioso desde a morte do seu pai... — Parei ao ver de relance uma velha fotografia na outra ponta de sua mesa.

Calla seguiu meu olhar.

— Esta é minha bisavó.

Meus olhos se voltaram para os dela, e se eu tivesse sangue correndo em minhas veias, sabia que teria sido drenado do meu rosto. Peguei a foto emoldurada e a encarei, sem acreditar no que – ou quem – eu estava vendo.

— Você a conhecia? — perguntou Calla.

— Não — sussurrei, olhando para o homem que eu desprezava com todas as forças. Ele estava sorrindo, e eu queria estilhaçar o vidro da moldura e arrancar seu coração do peito.

— Você conhece o cara?

— *Você* sabe quem ele é? — retruquei. Será que cheguei a mencionar o nome dele? Eu tinha quase certeza de que sim, mas não me lembrava de Calla dar qualquer sinal de que sabia quem Renzo era.

BURN FALLS

Ela se levantou e se aproximou de mim, olhando por cima do meu ombro.

— Não, nem minha mãe. Só sei que ele não é o meu bisavô Jack. Você o conhecia? — Calla perguntou, novamente.

Encarei seus olhos esmeralda, desejando poder compeli-la a me dizer a verdade. Eu não acreditava que ela estava mentindo, mas com a hipnose, eu conseguia acessar fatos desconhecidos.

— Tem certeza de que não sabe quem é ele?

— Não, de jeito nenhum. Talvez meu pai soubesse, mas…

— Ele é meu senhor — soltei, querendo avaliar sua reação.

— O quê? — Ela respirou fundo, e observei sua expressão, vendo-a tão surpresa quanto eu.

— O vampiro que me transformou.

— Entendi, mas como isso é possível?

— Ela era uma vampira? — Indiquei a mulher da fotografia. Ela tinha as mesmas características faciais de Calla, e se a foto fosse colorida, eu diria que até o cabelo castanho e os olhos verdes eram iguais.

Calla se sentou outra vez.

— Claro que não.

— Tem certeza?

Ela hesitou por um segundo.

— Bem, não, mas minha avó nasceu alguns meses *depois* que esta foto foi tirada.

Minha cabeça parecia estar girando. Tirei o telefone do bolso e liguei para Athan.

— Eu estou no meio de…

— Venha para a destilaria. Agora! — exigi.

— Está tudo bem?

— Parece que está tudo bem?

— É o…

— Só venha logo para cá, porra.

— Estarei aí em dois minutos.

Desliguei o telefone.

— O que você sabe sobre sua bisavó?

— Sei que a receita do nosso uísque é dela.

— Ela é irlandesa?

— Sim. — Calla pegou a moldura da minha mão e começou a abrir a parte de trás do porta-retrato. — A data em que a foto foi tirada está no verso da foto.

198

Ela me entregou a imagem. 14 de fevereiro de 1946 havia sido escrito à mão no verso. Renzo e a mulher pareciam estar em um cassino ou boate, e eu sabia, com toda a certeza, que ele já era um vampiro na época. Ele foi transformado em 1874 e eu, em 1928. Eu sabia que antes da Grande Depressão, pessoas ricas viajavam para Paris e outros países para festejar nos locais badalados, e Renzo era, definitivamente, milionário. Havia a possibilidade de ele ter conhecido a bisavó de Calla depois que deixei Chicago.

Enquanto eu encarava a fotografia, senti a presença de Athan do lado de fora. Um momento depois, ele estava no escritório.

— Qual é a grande emergência?

Enfiei a foto em sua mão. Assim que a analisou, ergueu o olhar escuro e me encarou.

— Que porra é essa?

— Sim.

Ele se virou para Calla e repetiu:

— Que porra é essa?

— Ela não sabe de nada — afirmei e peguei a foto de volta.

— Não entendo como isso é possível — Calla disse, novamente. — Como ela conheceu seu senhor?

— O mundo é um lugar pequeno. Agora você sabe por que me mudo a cada dez anos.

— Quantos anos tem o seu senhor?

Rapidamente fiz as contas, pois sabia que Renzo havia nascido em 1849.

— Cento e sessenta e nove.

— Está falando sério?

— Muito sério.

Athan me perguntou, telepaticamente:

"Quem é a garota?"

"Bisavó de Calla."

"Ele é o bisavô dela?"

"Ela disse que não. E mais, ele completou setenta e dois anos antes de esta foto ser tirada, então, obviamente, já era um vampiro."

"Esta mulher é bisavó do lado materno ou paterno?"

"Paterno. Seu uísque favorito é a receita dela."

— Não brinca? — Athan disse em voz alta.

— Ele também é seu senhor? — Calla perguntou a ele.

— Sim.

— Como vocês dois escaparam dele?

— Nós fugimos de carro — afirmei, mas depois elaborei melhor a resposta quando Calla franziu o cenho. — Você já ouviu falar de Capone?

— Sim, quem nunca ouviu?

Contei a Calla sobre a noite em que deveria matar Malone e como não fui capaz de fazer o serviço. Ela pegou a foto da minha mão e olhou o verso outra vez.

— Então eles eram amigos?

— O que sua mãe sabe sobre o assunto? — Athan perguntou.

— Só que o nome dela era Gael e que ela é a mãe da minha avó. Eu nunca a conheci. Ela morreu quando meu pai era adolescente.

— E ela morreu humana? — ele sondou.

— Quero dizer... — Calla hesitou. — Até onde sei, sim.

— A sua avó ainda está viva? — Athan indagou.

— Sim, mas ela está na casa dos noventa.

— Ela parece ter noventa? — Imaginei que sim, ou haveria um monte de gente, inclusive a família dela, fazendo perguntas.

— Sim.

— E ela mora na Irlanda? — insisti nas perguntas.

— Sim.

— Ela pode sair durante o dia? — Athan perguntou.

Calla pensou por um momento.

— Sim, mas espere... — Nós observamos enquanto ela vasculhava a primeira gaveta de sua mesa. — Eu estava emoldurando algumas fotos antigas do meu pai e queria decorar o escritório del... quero dizer, o *meu* escritório. Mas eu só tinha um porta-retrato, então resolvi colocar a foto da Gael, já que nosso uísque é receita dela. Aqui estão algumas outras fotografias de nossa família. Esta foto aqui é da Gael, seu marido e filhos. Como você pode ver, eles estão todos expostos à luz do dia.

Peguei a fotografia e conferi o verso, vendo que era datada de 2 de julho de 1951.

— E esta é da minha avó e do meu avô, no que deduzo ter sido o dia do casamento deles.

Athan espiou por cima do meu ombro quando peguei a imagem. Era datada de 4 de outubro de 1967, e os dois estavam vestidos em trajes matrimoniais. Eles também estavam sob a luz do dia, diante de um carro, o que provava que ela não era uma vampira.

— Para recapitular — comecei, para assegurar de que todos estávamos na mesma página, e fui claro pra caralho: —, a foto com Renzo é de 1946 e retrata sua bisavó. A foto da sua avó criança, filha da Gael, é de 1951 e traz sua bisavó, outro homem e filhos. O que data de 1967 é do dia do casamento dos seus avós. E todas as imagens foram tiradas depois da que retrata o Renzo, e como estão sob o sol, isso é mais do que prova de que não eram vampiros.

— Acho que sim, a menos que você saiba que vampiros podem ter filhos e ser expostos ao sol de alguma maneira — Calla disse, pegando as fotografias da minha mão.

Olhei para Athan, e ele disse:

— Eu não sei de nada. Nunca conheci um vampiro que tivesse filhos ou não se queimasse no sol.

Balancei a cabeça porque eu não conhecia nenhuma outra forma, a não ser que fossem humanos também.

— Tudo bem, então Renzo e Gael só se conheceram naquela época e não tiveram filhos juntos. Ainda é uma coincidência e tanto.

— Sim — Calla suspirou. — Com certeza, é.

Saímos da destilaria pouco depois e fomos jantar no Bartoli's. Athan voltou aos seus afazeres antes da minha ligação, e informou que não voltaria para minha casa até quase o nascer do sol. Isso, é claro, significava que ele nos daria um tempo a sós – na minha própria casa.

Estacionei meu carro na garagem e desliguei o motor.

— Posso ter cento e quatorze anos, mas nunca tive uma garota passando a noite aqui.

Seus olhos esmeralda se iluminaram.

— Mesmo?

— Na época em que namorei Mary, não havia essa coisa de transar antes do casamento, ou mesmo sair de casa sem estar devidamente casado. Nós dois morávamos nas casas de nossos pais, e só transamos no banco traseiro do meu carro ou nos fundos do clube, algumas vezes.

— Então você era do tipo exibicionista?

— Não por escolha própria. Eu era um cara com tesão que só tinha duas coisas em mente: dinheiro e transar.

— Então esta é sua noite de sorte, Dr. Delano.

Foi estranho ouvir meu nome verdadeiro com o pronome de tratamento à frente. Eu nunca usei a alcunha de Dr. Delano porque não queria que Renzo me encontrasse. No entanto, gostei do efeito que isso me causou.

— Você tem dinheiro e vai transar. — Ela sorriu e abriu a porta do passageiro para sair.

No instante em que desci do carro, meus sentidos entraram em alerta total. Meu corpo retesou e disse a ela, ríspido:

— Entre em casa, Calla.

— Eu vou...

— Não! — Fui até a porta que dava para a cozinha a abri com brusquidão. — Entre agora.

Calla hesitou por um momento.

— Entre agora, porra! — Sem outra palavra, ela entrou, e eu fechei a porta com força, antes de me virar para encarar a entrada da garagem. — Eu posso sentir o seu cheiro, sabia? — comentei, caminhando em direção ao local onde podia sentir a presença e farejar o vampiro desconhecido. Se os vampiros não tivessem a habilidade de sentir ou cheirar uns aos outros nas proximidades, eu poderia pensar que ele estava aqui para me atacar, pensando que eu fosse humano. Se ele não sabia disso, agora estava ciente, porém ainda se mantinha imerso em meio às sombras.

— Eu venho em paz.

— Quem é você?

Ele contornou o arbusto ao lado da minha garagem.

— Você vai me deixar explicar antes de arrancar minha cabeça?

— Por que acha que vou arrancar sua cabeça?

— Por causa do que tenho que lhe contar.

Cruzei os braços e o encarei quando ele parou a menos de um metro e meio de distância.

— Okay. Você tem trinta segundos para desembuchar...

— Renzo enviou...

Eu me lancei sobre ele num piscar de olhos, e o empurrei contra uma árvore, segurando-o pelo pescoço.

— Não diga a porra do nome dele — rosnei, mostrando os dentes.

— Você precisa me ouvir — ele resmungou, sem demonstrar nenhuma emoção. — É importante.

202 Kimberly Knight

Nós nos encaramos e eu entrecerrei meus olhos.

— Onde ele está?

— Em Chicago. — Meu aperto afrouxou e ele caiu no chão, ainda de pé. — Por favor, deixe-me contar tudo antes de me matar.

— Por que eu te mataria?

— Por favor. Eu nunca poderia ter vindo aqui.

Cruzei os braços novamente e estreitei os olhos em seu físico musculoso. Dava para ver que ele era mais jovem do que eu – no sentido vampírico –, e mesmo que tivéssemos a mesma compleição física, não seria uma luta justa, e eu iria, de fato, arrancar sua cabeça.

— Você provavelmente não deveria ter vindo, se realmente acredita que eu te mataria. Como você me conhece ou sabe onde eu moro?

— De novo, deixe-me explicar.

— Tudo bem. Desembucha.

— Lembra que você disse que me deixaria terminar?

Revirei os olhos.

— Sim.

— Renzo me enviou para levar Miles O'Bannion de volta para Chicago.

Meu corpo ficou rígido novamente, e eu cerrei as mãos em punhos ao lado corpo, vendo-o ali imóvel, como se nada estivesse acontecendo.

— Você matou Miles?

— Não de propósito.

— Comece desde o início. Por que ele te mandou buscar Miles? Como ele o conhece? — Há pouco descobrimos que Renzo conhecia a avó de Miles, então era possível que ele soubesse da existência de Miles, logo, eu queria ouvi-lo explicar.

— Miles é seu neto.

— O quê? Como isso é possível?

O vampiro sorriu.

— Eu sei como bebês são feitos, seu imbecil, mas vampiros não podem ter filhos.

Ele sorriu novamente.

— Eles podem, desde que seja com seu verdadeiro amor.

— Como? — perguntei de novo, franzindo o cenho e cruzando os braços sobre o peito.

— Do mesmo jeito.

— Mas como eles sabem que é seu verdadeiro amor, a ponto de engravidá-las?

BURN FALLS

— Para Renzo, ele não soube até que Gael acabou grávida.

— Ele te contou tudo isso?

— Não. Eu ouvi uma conversa dele com Samuel depois que ele viu a matéria no jornal.

— Que matéria de jornal?

— Aquela com a foto de Gael.

— Ainda não estou entendendo nada.

— Uma foto que a destilaria O'Bannion veiculou no jornal depois que ganharam o prêmio de melhor uísque no ano passado. Renzo viu a foto e descobriu que Gael teve um filho dele. Daí, ele queria conversar com Miles.

— Conversar sobre o quê?

— Bem, ele queria descobrir se ele era um híbrido.

— Um híbrido?

— Metade vampiro, metade humano.

— Miles andava sob o sol — afirmei.

Ele deu de ombros.

— Se ele for parte humano, acho que poderia sair ao sol mesmo se fosse um vampiro.

— Por que não ir atrás da filha dele? Ela ainda está viva.

— Ele estava trabalhando nisso, mas queria que eu levasse Miles até Chicago, já que ele estava nos Estados Unidos. Era mais fácil do que viajar para o exterior. Além disso, ela é velha.

— Mas você matou Miles em vez disso — disparei, ríspido.

— Foi um acidente.

— Como foi um acidente?

— Miles não viria comigo de boa-vontade, e ele não podia ser hipnotizado. Eu estava tentando não chamar atenção, mas ele lutou contra mim e acabou sendo ferido. Não pude resistir quando o sangue começou a jorrar. Eu tentei, eu juro. Mas daí o ataquei.

— Ele não pôde ser hipnotizado? — perguntei, embora mais para mim mesmo, enquanto processava suas informações. Calla também não podia ser compelida e podia sair ao sol. Ela era parte vampira? Certamente eu saberia. Além disso, eles envelheciam, visto que Miles estava na casa dos cinquenta e Calla não disse nada sobre sua avó se parecer com Benjamin Button[3] na velhice.

— Não.

---

3   Personagem do filme 'O curioso caso de Benjamin Button', cujo personagem, interpretado por Brad Pitt, nasceu com aparência de um idoso, ia rejuvenescendo à medida que envelhecia.

— Por ele ser metade vampiro?

Ele encolheu os ombros.

— É bem possível. Só sei que eu não esperava por isso.

— Mas eles comem comida humana. Eles fazem tudo que os humanos fazem. — Eu ainda estava discutindo o fato de que não havia nenhuma maneira de Miles ser parte vampiro, ou Calla, porque cada traço era humano. Até mesmo o cheiro deles era bem humano.

— Eles?

Eu pensei no nome de Calla, e ele 'ouviu'.

— Ah, sim. Aquela que me espantou de lá.

— Por que você não voltou por ela?

— Estive fugindo.

— Do Renzo?

— Sim. Eu estraguei tudo e não pude voltar.

— Ele sabe onde você está?

— Espero que ele pense que saí de Burn Falls, já que estou aqui agora.

Mesmo se fosse esse o caso, Calla ainda estaria em perigo, já que carregava o sangue de Renzo.

— Então você não sabe o que ele queria fazer com Miles e a mãe dele?

Ele balançou a cabeça.

— Não, mas se puder dar um palpite, provavelmente tem algo a ver com recrutá-los para fazer disso um negócio de família.

— Então ele ainda está comandando a máfia?

— Claro. A *Família* de Chicago pode ter enfrentado alguns problemas legais ao longo dos anos, mas Renzo ainda está no comando. Tem até mesmo ramificações na Rússia agora.

— Rússia?

Pensei em Athan. Ele nunca disse nada sobre a *família* estar na Rússia com ele. Por que ele não me contou? Talvez ele não soubesse. Ou estava aqui ajudando porque ainda fazia parte da máfia de Renzo? Porém, fui eu que telefonei para ele, e ele não foi nada além de um amigo leal para mim – creio eu. Eu não tinha certeza, e tinha muito com que me preocupar agora que esse vampiro me contou que Renzo possui laços em Burn Falls, e Calla pode ter herdado o sangue dele. É claro que o primeiro humano em uma eternidade com quem eu queria ter um relacionamento estava ligado ao meu senhor. Quais eram as chances dessa merda?

— Depois que Gambino saiu da prisão em 2015, ele conectou Renzo com a máfia russa.

BURN FALLS

— Em que ramo?

— Lavagem de dinheiro.

Claro. Renzo sempre foi obcecado por dinheiro. Depois de alguns instantes, perguntei:

— O que você quer de mim?

— Eu só queria avisar que ele pode estar a caminho.

— Como você soube ao meu respeito?

— Não sabia que você morava aqui. Voltei para a destilaria e o ouvi conversando com Athan e com a garota. Fala-se muito sobre você e Athan no clã, então quando soube sobre você, o segui até aqui.

— Por que você foi à destilaria de novo? Você não acha que já causou danos suficientes? — sibilei.

— Voltei para ter certeza de que os policiais não sabiam de nada.

— Por que ainda falam sobre mim e Athan?

— Ninguém teve coragem de sair desde que vocês dois fugiram.

— Até você.

— Ou eu fugia, ou corria o risco de ter o coração arrancado do peito.

— E é exatamente o que vou fazer contigo se você colocar um dedo sequer em Calla — avisei.

Ele ergueu as mãos em defesa, o primeiro sinal de que não estava pronto para correr para as colinas.

— Se fosse esse o caso, eu não teria feito questão de alertar que estava de volta.

Verdadeiro.

— Qual é o seu nome, garoto?

— Donovan. Donovan Corbett.

CAPÍTULO 19

CALLA

Andei pela casa de Draven enquanto aguardava que ele entrasse. Eu não fazia ideia do que estava acontecendo e por que ele ficou tão bravo, de repente. Quando tentei olhar pela janela, tudo que vi foram duas figuras paradas no final da entrada de sua garagem. O que estava acontecendo? E por que ele estava demorando tanto?

Como fiquei surpresa quando Draven me mandou entrar em casa, acabei me esquecendo de dar uma boa olhada por ali. Eu me virei depois de espiar e olhar pela janela da frente e fiquei embasbacada. Era um lugar lindo. Eu esperava que sua casa fosse bonita porque imaginei que um *homem* com tanta vivência como ele, teria um gosto impecável, ao invés de viver como um solteiro solitário. Vigas de madeira expostas sustentavam um teto abobadado com uma lareira feita de pedras que ia do chão ao teto. Pelas janelas imensas dava para ver o rio Susitna iluminado pela luz do luar, e o lustre rústico, em ferro forjado, pairava acima de uma sala de estar com um sofá em couro marrom em U e um jogo de poltronas. Era aconchegante e acolhedor, e na mesma hora, desejei me enrolar no sofá com o fogo aceso e crepitante enquanto lia um livro.

— Ai, meu Deus — suspirei, deslizando a mão ao longo de uma mesa atrás do sofá, com os olhos arregalados enquanto contemplava tudo ao redor.

Continuei andando e voltei para a cozinha, por onde havia entrado. Para um vampiro que não precisa de comida de verdade, sua cozinha era espetacular. Uma enorme ilha central de granito marrom, com dois lustres de ferro forjado acima, situava-se bem em frente a um fogão enorme rodeado por uma parede em arco e bancadas laterais. As vigas imensas se estendiam por todo o cômodo, e não somente o fogão era de aço inoxidável, como o restante dos eletrodomésticos. Era uma cozinha construída para jantares em família – algo que Draven nunca teria – e festas.

Adjacente à cozinha havia uma sala de jantar com vista para o rio através de uma parede, sendo que na parede oposta encontrava-se outra lareira toda construída em pedra. Uma mesa enorme de madeira escura – que acomodava facilmente dez pessoas – ficava no centro da sala com um lustre feito de chifres de veado logo acima. Cadeiras de espaldar alto e com estofado em branco contrastavam com o ambiente, e, mais uma vez, mal pude acreditar que a decoração seria assim tão elegante. Eu adoraria preparar *qualquer* refeição naquela cozinha e poder desfrutá-la nesta sala de jantar com o fogo aceso na lareira.

Como estava admirando tudo, não ouvi quando Draven entrou na cozinha, e ao me virar, levei outro susto.

— Você realmente precisa parar de fazer isso comigo. Já levei dois sustos só hoje à noite

Ele esboçou um sorriso.

— Desculpe.

— Está tudo bem?

— Há algo que preciso te contar.

— Okay...

— Podemos nos sentar na sala ou na cozinha. O que você preferir.

— Qual cômodo você mais usa? — brinquei.

— Na verdade, eu uso a cozinha para esquentar minhas *refeições*.

— Certo... Refeições. — Eu ri. — Qualquer lugar está bom para mim.

— Vamos para a sala e vou acender o fogo.

— Claro. — Eu o segui até a sala e me acomodei no sofá, vendo-o colocar a lenha na lareira.

— Então?

— Houve outro desdobramento. — Ele se levantou e arregaçou as mangas de seu suéter cinza.

— Um desdobramento?

— Quer uma bebida? Acho que você vai precisar.

Franzi o cenho em confusão.

— Vou?

— Eu sei que *eu* preciso de uma bebida — Draven afirmou e se dirigiu até um armário embutido na parede próxima à cozinha. Ele pegou uma garrafa de um líquido ambarino e serviu dois copos. — Só um segundo.

— Draven correu para a cozinha em um piscar de olhos. Pouco depois, voltou.

— O que está acontecendo?

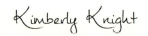

Draven me entregou o copo e, depois de tomar um grande gole do seu próprio, começou a andar de um lado ao outro na minha frente. Notei que ele agora ostentava uma ereção, logo, deduzi que havia ingerido uma bolsa sanguínea para que o sangue fluísse em seu corpo e o álcool fizesse efeito.

— Você vai me dizer o que está acontecendo? Acho que posso lidar com isso, se contar com tudo o que está rolando na minha vida agora.

Ele colocou seu copo na mesa de centro e então se ajoelhou na minha frente, e suas mãos frias seguraram as minhas. Depois de passar quatro dias e noites seguidas com ele, eu estava me acostumando um pouco com a sensação gélida.

— O vampiro que matou seu pai estava aqui.

O copo que eu estava segurando escorregou das minhas mãos e, antes que caísse no chão, ele o segurou.

— O quê? — sussurrei em choque.

— Ele explicou toda a situação. — Ele colocou meu copo na mesa.

— O que há para explicar? — sibilei. — Você arrancou o coração da porra do peito dele?

Draven balançou a cabeça.

— Eu queria fazer isso, mas ele explicou o que realmente aconteceu.

Levantei-me de um pulo e foi a minha vez de andar de um lado ao outro.

— Ele *explicou*? O que havia para explicar além de que ele matou o meu pai? — Uma lágrima deslizou pelo meu rosto.

— Foi um acidente. — Draven me impediu de continuar andando e segurou meu rosto entre as mãos, conectando nossos olhares.

Dei uma risada sarcástica, encarando-o.

— Um acidente? Como foi um acidente?

— Tome um pouco desse uísque e te explico em seguida. Assim como na noite em que você descobriu que sou um vampiro, vou lhe contar tudo.

— Não há nada para explicar, Draven. Ele matou meu pai e merece morrer.

— Vai muito além disso, e, embora concorde com você, acho que precisamos dele.

— Precisamos dele? Por que *precisamos* de alguém que mata pessoas inocentes?

— Deixe-me explicar.

— Você não vai colocar panos quentes, vai?

Draven pressionou seus lábios contra os meus.

BURN FALLS

— Não. Você precisa tomar conhecimento de tudo.

Ele soltou minhas mãos e eu me sentei novamente no sofá. Depois que Draven me entregou o copo de bebida, tomei tudo de um gole só. Ele pegou o copo agora vazio e o colocou sobre a mesa. Como antes, ajoelhou-se à minha frente e segurou minhas mãos.

— Não pule nenhum detalhe.

Draven sorriu calorosamente.

— Não vou pular, docinho.

Respirei fundo e tentei me preparar.

— Tudo bem. Conte logo de uma vez.

— Renzo é seu bisavô.

— O quê? — gritei. — Como isso é possível?

— Aparentemente, os vampiros são capazes de ter filhos com seus amores verdadeiros.

— Isso não pode ser verdade. Ela se casou com meu bisavô depois que aquela foto foi tirada no Dia dos Namorados, e ela devia estar grávida na foto, já que minha avó nasceu em agosto. Ela não teria simplesmente conhecido meu bisavô e se casado com ele quase que imediatamente depois.

— Você tem certeza sobre isso?

Refleti sobre o assunto por um momento.

— Não. Eu realmente não conheço a história dela.

— É possível, assim como aconteceu com Mary, que Gael tenha engravidado antes de se casar.

— Mas como os vampiros podem ter bebês com seus amores verdadeiros ou algo assim? Vocês não produzem sêmen.

— Ainda não sei como é possível, mas Renzo viu a foto da sua bisavó no jornal e soube que ela era a mãe da filha dele.

Meus olhos se arregalaram.

— A minha avó está em perigo então?

Ele parou por um momento e então sussurrou:

— Sim.

Levantei-me do sofá, apressadamente.

— Precisamos ligar para ela. Precisamos ir para lá.

— Como na maioria das vezes, eu pediria a Athan para viajar até lá, mas há mais coisas que você precisa saber.

— Certo — murmurei. — Por que meu pai estava… Espera, por que você não pode pedir ao Athan agora?

— Deixe-me continuar desde o início.

Comecei a andar em frente à lareira outra vez, enquanto Draven prosseguia:

— Renzo viu a foto no jornal e leu a história de como o COB era uma empresa familiar dirigida por seu pai. Ele se lembrou de que Gael deu à luz ao seu filho, porém ainda não sei os detalhes, e enviou Donovan para levar seu pai até Chicago.

— O quê? — sussurrei.

— Donovan disse que seu pai não quis ir de bom-grado e não pôde ser hipnotizado a obedecer.

— O quê? — murmurei, baixinho, e me virei para Draven. — Meu pai não pôde ser compelido assim como eu?

— Isso mesmo.

— Então ele não quis ir com o cara, e esse tal Donovan o matou em vez disso?

— Donovan tentou obrigá-lo a ir. Houve uma briga e seu pai foi ferido de alguma forma. Não sei quantos anos Donovan tem, há quanto tempo é um vampiro, mas ele disse que não conseguiu se controlar assim que sentiu o cheiro do sangue do seu pai.

Mais lágrimas deslizaram pelo meu rosto enquanto me lembrava de ter visto Donovan sobre o corpo do meu pai e tudo o que aconteceu depois.

— Claro que meu pai não iria com ele. Como eles puderam pensar que ele simplesmente largaria tudo aqui? Que deixaria a família sozinha em pleno Natal?

— Porque o Renzo não está nem aí para isso. Ele só se preocupa consigo mesmo.

— Eu o odeio.

Draven sorriu.

— Eu também.

— E agora? Por que Donovan lhe contou tudo isso?

— Porque ele agora está fugindo.

— Como você e Athan.

Ele assentiu.

— Sim, e ele me avisou que o Renzo podia enviar outra pessoa ou ele mesmo viria. Ele não sabe que seu pai está morto.

— Ainda estou em perigo?

Ele me impediu de continuar andando de um lado ao outro, agarrou meu pulso e me puxou contra o seu peito.

— Eu nunca vou deixar nada acontecer com você. *Nunca*. Mas sim,

BURN FALLS

quando Renzo descobrir que seu pai está morto, imagino que ele vai procurar pelos filhos dele.

Encarei seus olhos escuros.

— Você me disse que vampiros mais velhos são mais fortes. Ele é muito mais velho do que você e Athan. Como você será capaz de me proteger de um velho vampiro e seu clã?

— Farei tudo o que puder, se for o caso. Por este motivo não matei Donovan. Ele me disse que vai ficar por mais algumas semanas para que possa ser outro par de olhos e ouvidos; vai ficar de olho em Renzo se ele decidir vir para cá. Nós dois sabemos que quando Renzo quer algo, ele consegue. É só uma questão de tempo.

— Eu não gosto disso.

— Eu também não, mas meu mundo é diferente do seu. E embora eu não concorde que Donovan tenha matado seu pai, ele não o fez de propósito. Quer você goste ou não, os vampiros são assassinos. É o sangue que nos mantém imortais. Eu luto contra isso, mas nem todos eles o fazem.

Ficamos em silêncio por um tempo, abraçados. Repassei tudo em minha cabeça e estava na ponta da língua dizer a ele que o amava porque Draven era um bom homem. Mesmo que nosso amor não fosse do tipo eterno, eu não tinha a menor dúvida de que o amava. Não éramos perfeitos um para o outro – ele sendo um vampiro e eu sendo humana –, mas isso não significava que eu não queria estar com ele. Draven entrou na minha vida por um motivo. Eu podia sentir isso em minha alma.

Uma onda de tristeza se apossou de mim quando percebi que não estava grávida. Não porque quisesse ter um bebê agora, mas o fato de não estar grávida significava que Draven e eu não éramos almas gêmeas. Eu não sabia o que esperava do nosso relacionamento recente, mas eu não costumava namorar alguém com quem achava que não poderia ter um futuro.

— Aconteça o que acontecer, saiba que sempre vou te amar — sussurrei.

Eu sabia que ele podia me ouvir com sua superaudição, mas Draven não disse nada de volta, e estava tudo bem. Depois que ele me contou sobre Mary, entendi por que ele não queria avançar no relacionamento. Saber que ele se importava comigo e queria me manter segura era o suficiente, já que nosso namoro tinha um prazo de validade. Isso era horrível, mas era consequência que eu teria que arcar por me envolver com um vampiro imortal. No entanto, isso não me impedia de amá-lo, já que é impossível controlar por quem nos apaixonamos.

— Você descobriu mais alguma coisa esta noite? — perguntei, precisando preencher o vazio do silêncio.

— Sim. — Ele parou por um momento e então caminhou até onde guardava o uísque. Depois de servir mais uma dose, tomou tudo de um gole só. — Donovan disse que Renzo tem ligação com a máfia russa.

— Okaaay...? — Não entendi o significado daquilo, ou porque isso era um problema. A Rússia estava longe e era um país completamente diferente.

— Athan mora lá.

— Ah, é mesmo.

— E ele nunca comentou nada sobre Renzo ter qualquer ligação com a máfia russa.

— Talvez ele não saiba? A Rússia é um país grande. Não é o maior país do mundo? — Fui até ele. — Acho que é uma possibilidade, principalmente se ele não morar na mesma área. Eu não ficaria preocupado até que você conversasse com ele. Pelo que entendi, Athan sempre foi um bom amigo para você. Não fique bravo com ele por algo que você sequer tem certeza.

Draven acenou com a cabeça lentamente.

— Você tem razão. Esta noite foi uma sobrecarga de informações.

— Sim. Você vai pedir para Athan voltar para que vocês dois possam conversar?

Ele pensou por um momento e sorriu.

— Não. Você me prometeu uma transa esta noite, e ele nos deu um tempo a sós.

Eu ri.

— É mesmo, e será maravilhoso não tê-lo do outro lado da parede.

— Preciso me alimentar de novo. — Ele fez menção de voltar para a cozinha, mas eu o impedi.

— Espere. — Eu não sabia quanto tempo nos restava juntos ou o que aconteceria amanhã à noite, então disse o que pensei que nunca diria em toda a minha vida: — Eu quero que você se alimente de mim.

Ele fez uma pausa e se virou.

— Você quer?

Dei de ombros.

— Esta noite tem sido uma montanha-russa emocional, e não há como saber o que o amanhã nos trará. Eu quero experimentar *tudo* com você.

— Calla...

— Eu entendo, Draven. Não podemos ficar juntos para sempre. Já entendi isso. Apenas me deixe desfrutar dessa experiência com você.

BURN FALLS

Nós nos encaramos.

— Tem certeza? — perguntou ele, novamente.

Eu respirei fundo.

— Draven, eu gosto de você. Eu realmente gosto. Tanto que te amo. E entendo que não ficaremos juntos para sempre, e isso é uma merda, mas apesar de tudo, eu quero estar com você. Não estou pronta para começar a namorar outra pessoa. Estou atolada no trabalho e nossos horários têm funcionado. Vamos apenas... nos divertir.

Eu queria dizer tudo aquilo. Enquanto a romântica desesperada em mim queria que Draven e eu fôssemos almas gêmeas e vivêssemos juntos para sempre, eu sabia que não era possível, já que não éramos o amor da vida um do outro e eu não queria me tornar uma vampira. Eu queria o que tínhamos agora, e só porque havia alguma regra subjacente dos vampiros sobre quando eles poderiam conceber um bebê, eu não deixaria isso me impedir de ficar com a pessoa a quem eu amava. Mesmo que fosse temporário.

— É algo que dói... — Draven finalmente declarou, referindo-se ao momento em que ele beberia meu sangue.

— Sério?

— É por isso que nos valemos da hipnose durante o processo.

— Quanto tempo a dor dura?

— Quando você sentir a pontada inicial das minhas presas, mas depois que meu veneno se misturar com seu sangue, você sentirá prazer.

— Tudo bem — sussurrei. — Eu posso lidar com isso.

— Tem certeza?

— Sim. — Eu sorri.

Em um instante, ele veio na minha direção, me pegou no colo e disparou para o seu quarto. Antes que eu me desse conta, minha blusa voou e ele me deitou na cama. Quando ele pairou sobre mim, tentei acalmar meu coração acelerado. Draven ia se alimentar de mim – beber meu sangue para que pudéssemos transar. Toda vez que transamos em Seattle ou durante nossa viagem, ele ia ao banheiro primeiro.

Ele tirou o suéter, jogou-o no chão e se inclinou, fundindo nossas bocas. Ele me deixou sem fôlego quando interrompeu o beijo e perguntou:

— Você está pronta?

Engoli em seco e balancei a cabeça.

— Você quer que eu conte até três ou simplesmente te morda?

— Só...

Antes que eu pudesse terminar a frase, sua boca se afundou no meu pescoço e suas presas afiadas perfuraram minha pele. Sibilei na mesma hora, tendo a sensação de que dois punhais estivessem cravados em minha carne. Mas então, assim como Draven havia dito, a dor se transformou em prazer quando uma onda de calor se apossou de mim e encharcou a minha calcinha.

Enquanto ele chupava, abri o botão de seu jeans. Ele gemeu contra o meu pescoço, mas não afastou a boca. Enfiei a mão por dentro de sua boxer e agarrei seu pau com força, bombeando para cima e para baixo. Ele chupou com voracidade enquanto eu o masturbava com movimentos longos e lentos, sentindo-o pulsar à medida que seu pênis ficava mais e mais inchado.

Draven me lambeu e finalmente se afastou do meu pescoço exposto e deslizou pelo meu corpo, arrancando minha calça jeans e calcinha em um movimento rápido.

— Caralho, você tem cheiro de paraíso.

Eu sorri, olhando para o teto alto com vigas aparentes. Quando sua boca se afundou no meio das minhas pernas, eu gemi. Ele bebeu de mim, chupando minha excitação da mesma forma que chupou meu pescoço, exceto que não havia dentadas ou o sangue. Sua língua trabalhou meu clitóris repetidamente e então eu gozei. Apertei sua cabeça com os joelhos, cavalgando minha onda de prazer intenso.

Quando me acalmei, Draven recuou.

— Esse foi apenas o primeiro, docinho. Está na hora de gozar pela segunda vez.

Ele se levantou e retirou o restante de suas roupas, antes de voltar para mim e abrir mais as minhas pernas. Eu o encarei e percebi que meu sangue manchava seu queixo. Na mesma hora, temi ainda estar sangrando.

— Humm… Ainda está jorrando sangue do meu pescoço?

— Não, querida. As feridas se fecharam quando as lambi.

— Ah…

Draven pairou sobre mim e colou os lábios aos meus. Ele se guiou para dentro de mim, sem afastar nossas bocas, mesmo quando arfei ao sentir seu comprimento me esticando. Ele estocou em mim com vigor, se afundando a cada impulso. Minha cabeça fervilhava de prazer, e eu não tinha certeza se ainda era por conta dos efeitos de ter sido mordida como fonte de alimento ou da maneira como seu pau trabalhava em mim, esfregando todos os pontos certos.

— Segure seus seios, docinho.

Eu fiz sem hesitação, massageando os globos e beliscando meus mamilos sensíveis enquanto meu corpo se movia com a força de suas estocadas. Draven gemeu, bombeando e fazendo a cama ranger e se arrastar

BURN FALLS

no piso de madeira. Antes que eu percebesse o que estava acontecendo, ele se levantou, puxou meus pés e posicionou minha bunda na beirada do colchão, e então me penetrou outra vez.

Eu estava arfando e gemendo, descontrolada, e a sensação quente e gostosa de outro orgasmo começou a construir em meu núcleo. Draven arremeteu com força, abrindo minhas pernas ao máximo, e logo gemeu assim que gritei ao gozar.

Eu ainda estava descendo da crista da onda avassaladora de prazer quando ele disse:

— Dois.

Não registrei o que ele havia dito até que ele me virou de bruços. Enquanto eu estava deitada, ele se afundou em mim por trás e sussurrou no meu ouvido:

— Vou te fazer chegar ao terceiro orgasmo rapidinho.

Com a cabeça virada para o lado, vi Draven estender o braço acima de mim, segurar a borda do colchão e então se impulsionar com força e rapidez. Minha boceta estava sensível enquanto ele me fodia.

— Puta merda — rugiu ele, indo mais fundo.

O suor cobria minha pele, e não imaginei que gozaria outra vez, mas quando dei por mim, senti os espasmos percorrendo meu corpo e me levando ao limite do êxtase novamente.

Desta vez, Draven não disse nada enquanto se inclinava e me colocava de quatro sem sair do calor do meu corpo. Ele começou a bombear novamente e eu agarrei os lençóis. A cama rangeu e Draven começou a grunhir.

— Você vai gozar de novo. — Era uma ordem que eu não tinha certeza se poderia cumprir. Nunca tive mais do que um orgasmo durante o sexo até que começamos a transar, e nunca acontecia assim tão rápido. Sempre levava alguns minutos entre cada um. Mas agora, enquanto ele me movia ao redor e bombeava com força, eu não tinha certeza se conseguiria.

— Eu… — comecei a protestar, mas ele me interrompeu, aumentando o agarre em meus quadris:

— Calla, você foi feita para mim. Cada centímetro seu. Cada curva, cada covinha, cada linha suave. — Meu corpo começou a tremer quando Draven passou a mão ao longo da minha coluna, fazendo uma breve pausa em suas estocadas, até começar tudo de novo. — A maneira como sua boceta aperta meu pau toda vez que entro em você é uma sensação que desejo cada vez mais e não quero parar.

— Então não pare — choraminguei.

E ele não parou até que gritei novamente pela quarta vez.

CAPÍTULO 20

DRAVEN

Porra.

Calla estava apaixonada por mim.

Eu não sabia o que fazer. Eu sabia que gostava dela e como fiz questão de afirmar, nunca deixaria que nada lhe acontecesse. Mas não havia como eu me apaixonar por uma humana. O que eu precisava fazer era acertar as coisas com Renzo e, com sorte, chegar a um acordo com ele para deixá-la em paz e para que tudo isso acabasse. Porém, para fazer isso, eu precisava terminar com ela antes que seus sentimentos se tornassem mais intensos, mesmo que sentisse que ela havia sido feita para mim. Eu não podia negar o quanto a desejava, mas também sabia qual era a coisa certa a fazer para salvar sua vida e *meu* coração não pulsante.

Depois que Calla adormeceu, fui esperar Athan. Precisávamos conversar e eu não tinha certeza de como a conversa iria correr. Ele era meu melhor amigo – meu aliado –, meu irmão, mas ainda havia o problema com Renzo e sua ligação com a Rússia. Talvez Calla estivesse certa. Talvez ele não fizesse ideia. Renzo era bom em esconder sua verdadeira identidade, e o que e a quem ele controlava. Foi assim que apenas Capone e os outros da Máfia de Chicago foram apanhados pelos federais, e como nunca se espalhou que um vampiro controlava Chicago. Eu não era ingênuo a ponto de pensar que não havia vampiros na Rússia. Eu só não sabia se Athan estava escondendo algo de mim – ou várias coisas.

Um pouco antes das oito da manhã, Athan entrou pela cozinha. Eu estava sentado à ilha central, conferindo os arquivos em meu computador a respeito da evolução dos meus pacientes, com uma garrafa de uísque na minha frente.

— E como foi sua noite? — perguntou ele, assim que as cortinas começaram a baixar automaticamente em todas as janelas, o que indicava que o dia estava amanhecendo. Nesta época do ano, o sol nascia por volta das oito e meia da manhã e se punha lá pelas seis da tarde. As horas em que poderíamos estar fora estavam começando a encurtar.

Olhei por cima do monitor do meu laptop e encarei seus olhos escuros, sabendo que eu precisava esconder meus pensamentos mais íntimos para que ele não lesse minha mente.

— Deu merda.

— O que você quer dizer com 'deu merda'? — Ele agarrou a garrafa e um copo vazio no armário. Ele não era exigente em qual copo bebia, desde que o conteúdo tivesse o mesmo sabor.

— O vampiro que atacou Miles apareceu.

— O quê? — ele rugiu e colocou a garrafa com um pouco mais de força do que necessário na bancada.

— Fale baixo — resmunguei. — Calla está dormindo.

— São oito da manhã, porra. Ela não tem trabalho?

Eu sorri.

— Ela vai se atrasar.

Athan riu, sabendo que eu a havia deixado esgotada.

— Okay, então o que diabos aconteceu com o vampiro? Onde ele está? — perguntou ele, baixando o tom de voz.

— Fale sobre a máfia russa.

Ele hesitou e piscou devagar. Eu o ouvi dizer em seus pensamentos: *A máfia russa?*

— Sim — confirmei. — A máfia russa.

— Não sei nada sobre a máfia russa, exceto que ela existe.

— Todo mundo sabe disso — retruquei. — Não venha de gracinha comigo, porra.

Athan cruzou os braços sobre o peito.

— Talvez você deva apenas me perguntar o que realmente quer saber, em vez de insinuar que sei mais do que isso.

Eu o encarei por um momento, nós dois mantendo nossos pensamentos ocultos.

— Renzo tem ligações com a máfia russa. Você vive…

— Ele o quê? — esbravejou, me interrompendo.

— Não se faça de bobo comigo, Athan.

— Não estou bancando o idiota com você, *Draven* — ele sussurrou meu nome. — Não sei nada sobre a presença do Renzo ou do clã na Rússia.

— Como isso é possível? Você tem uma boate lá.

Ele pegou a garrafa de uísque novamente e serviu uma boa dose no copo, ingerindo tudo de uma vez.

— Porque você sabe que, assim como você, sou discreto. O clube está sob um dos meus pseudônimos. Eu não saio procurando por problemas.

— Então é uma coincidência que o lugar que você escolheu para fincar raízes, depois de todo esse tempo, seja o mesmo lugar com o qual Renzo tem ligação desde 2015?

— Sim — ele concordou como se fosse verdade e não estivesse brincando.

Assim como eu, Athan mudava de cidade em cidade a cada dez anos. Começamos no mesmo lugar quando deixamos o clã, mas ao longo dos anos, escolhemos lugares diferentes. Quando eu estava em Seattle, ele estava no Canadá. Agora que estou no Alasca, ele está na Rússia, tendo se mudado para lá em 2010. E enquanto eu estudava para me tornar médico, ele trabalhava como segurança em boates e era o *playboy* dos vampiros. Agora ele é proprietário de uma boate, que por acaso se localiza num país que nunca soube ser algum dos vínculos de Renzo. Eu não havia sequer pensado em questionar o motivo pelo qual ele escolheu a Rússia, até agora.

— Você acha que se eu soubesse que ele estava na Rússia, eu não teria te contado?

Esfreguei a nuca, confuso.

— Sinceramente, não sei em que acreditar. Tudo parece estar queimando ao meu redor, e isso era mais uma coisa que eu desconhecia.

— Eu também não sabia, mas vou descobrir se algum dia você me permitir voltar para casa. — Ele sorriu.

— Sim, quanto a isso… O vampiro disse que Renzo o enviou.

— Sério? Por quê? O que ele poderia querer com um humano que estava na casa dos cinquenta?

— Primeiro, você sabia que *podemos* engravidar uma humana?

— Não, não podemos — afirmou ele.

Foi a minha vez de sorrir.

— Sim, nós podemos.

— Tenho quase certeza de que estive com mais mulheres do que você e nunca engravidei nenhuma. Nós não temos sêmen.

— Sei que não, mas, de alguma forma, é possível.

— O que você quer dizer com 'é possível'?

— Renzo conseguiu engravidar uma mulher.

— O quê? — Ele franziu o cenho. — Como?

— Lembra da foto da bisavó de Calla, que vimos ontem?

BURN FALLS

— Sim.

— Ela estava grávida naquela foto. De um filho dele. — Pelo menos eu achava que sim, já que Calla disse que sua avó havia nascido poucos meses depois.

Ele olhou para mim e ouvi seus pensamentos se atropelando na cabeça em busca da linha do tempo de cada evento.

— O vampiro te contou tudo isso?

Balancei a cabeça e tomei um gole do meu uísque antes de explicar tudo desde o segundo em que Calla e eu chegamos aqui, até quando pedi que Donovan ficasse de olho até que eu descobrisse o que fazer. Eu queria saber o instante em que ele sentiria alguém do clã ou o próprio Renzo na área.

— Estamos fodidos — Athan afirmou quando concluí.

Bebi o último gole do uísque e fechei meu laptop.

— Pode ser que sim, mas talvez não. Donovan disse que nosso nome ainda é bastante citado no clã, porque tivemos coragem de fugir quando ninguém mais teve. Isso mostra que nem todo mundo está feliz sob o comando de Renzo, assim como nós não estávamos.

— O que você quer dizer? — Ele cruzou os braços e os apoiou sobre a ilha central, inclinando o corpo para frente.

— Eu vou até Chicago, e direi que quero voltar. Depois, posso mantê-lo longe daqui.

Athan riu com sarcasmo.

— Você acha que Renzo vai te deixar voltar depois de oitenta e seis anos? Ele nunca aceitaria, e posso apostar que vai te matar na mesma hora.

— Só consigo pensar nessa alternativa. Não posso deixá-lo vir para Burn Falls.

— Você sabe que esta é uma missão suicida, certo?

— É tudo o que me resta.

Ele balançou a cabeça lentamente.

— Da mesma forma que falei antes, quando saímos de Chicago: 'não posso deixar meu melhor amigo deixar rastros sozinho.'

Eu sabia que não importava o que acontecesse, eu acabaria morto. Ou Renzo faria isso por conta própria, ou meu melhor amigo me apunhalaria pelas costas, ao não me dizer o quão estúpido este plano era.

E realmente era uma ideia idiota.

Se eu não conseguisse persuadir Renzo a deixar Calla em paz, considerando acabar com a minha vida em troca da dela, eu tinha certeza de que seria morta. Eu tinha que tentar, no entanto. Renzo ganharia mais comigo voltando ao clã, já que eu era um vampiro mais velho e experiente agora, o que significava que era mais forte e conhecia os meandros do nosso mundo.

— Excelente. Sairemos depois do meu plantão. — Eu me levantei.

— Espere, o quê?

— Já se passaram quase dois meses. Você sabe tão bem quanto eu que Renzo não gosta de esperar.

— Talvez ele mande outro vampiro, ao invés de vir pessoalmente?

— Não posso me arriscar.

— O que você vai dizer a Calla?

— Não sei.

Deixei Athan na cozinha e fui para o meu quarto, com a intenção de acordar a *Bela Adormecida*. Esta seria a última vez que eu a veria, porque era melhor ir embora agora, torcendo para que eu conseguisse que Renzo esquecesse Burn Falls. O problema era que eu não seria capaz de dizer a ela, cara a cara, porque ela faria de tudo para que eu mudasse de ideia. Eu sabia disso.

Porque eu a amava.

Essa certeza me atingiu enquanto eu a contemplava. Eu *estava* apaixonado por ela. E faria qualquer coisa que ela me pedisse. Eu poderia negar até o fim, mas enquanto olhava para Calla, dormindo em minha cama, eu sabia, sem sombra de dúvida, que estava apaixonado. Completamente apaixonado por uma humana. Eu pensava nela o tempo todo, e não só porque queria mantê-la segura.

Sinceramente, não conseguia imaginar um mundo sem Calla O'Bannion.

E agora eu entendia o verdadeiro significado da frase que muitos diziam: que quando se ama alguém, devemos libertá-lo. Eu vivi o suficiente e ela ainda tinha uma longa vida pela frente. Além disso, ela poderia se casar e ter filhos. Eu não poderia tirar isso dela. Eu disse que nunca deixaria que nada lhe acontecesse, e isso significava que daria a minha vida pela dela.

Era melhor assim.

Depois de rastejar na cama com Calla, eu a acordei com minha boca e então desejei a ela um bom-dia de trabalho depois de deixá-la saciada, ciente de que seria a última vez que veria seu lindo rosto.

Enquanto a lua iluminava a superfície do lago distante no meu quintal, dei uma última olhada para a casa que havia começado a se parecer comigo mais do que qualquer outro lugar em que já morei. Meu plano era ligar para Martin da estrada e contar tudo o que estava acontecendo. Não tive tempo de vê-lo e dizer adeus porque o tempo estava passando. Eu precisava interceptar Renzo antes que ele pudesse causar mais danos. Ninguém mais sabia, exceto Athan, que aquele seria meu último plantão, mas não importava. Claro que o hospital ficaria desfalcado por um tempo, mas eu também não dava a mínima. Eu nunca praticaria medicina novamente porque ou morreria ou me entregaria de volta sob o jugo de Renzo. Em 1932, avisei Malone para não vender sua alma para o mafioso, porque ele nunca a teria de volta, mas era exatamente o que eu estava prestes a fazer.

Eu estava vendendo minha alma para o diabo.

Por Calla.

Há um ditado que diz: "Olho por olho". Eu proporia a troca de uma vida por outra. Minha vida imortal deveria ser o bastante pelas quatro pessoas que carregavam o sangue de Renzo. Eu planejava dizer a ele que matei Donovan quando ele veio atrás de Miles, porque pensei que ele estivesse atrás de mim. Então, eu contaria a Renzo que Miles estava morto e deixaria por isso mesmo, torcendo para que ele não soubesse nada sobre Calla e seus irmãos. Eu não me preocuparia com a avó. Ela estava com uns noventa anos, e se Renzo realmente desejava uma nonagenária como um vampiro, era por sua conta. Eu estava apostando muito alto, porque havia uma chance de Renzo já saber sobre a existência de Calla. Se ele encontrou Miles, então era bem capaz que ele já soubesse que O'Bannion teve filhos.

Durante meu turno, pensei em Calla. Embora nunca mais a visse, senti que precisava revelar o que faria. Eu a amava demais para simplesmente ir embora sem contar a verdade.

— Ei — cumprimentou ela, ao atender.

— Ei.

— Como está o pronto-socorro esta noite?

— Está bem lento.

— Isso é bom, não é?

— Escuta, depois do trabalho… estou indo para Chicago.

— O quê? Por quê?

— Preciso interceptar Renzo no caminho.

— O que você quer dizer com 'precisa *interceptá-lo* no caminho?

— Vou até lá para dizer que sabia que Donovan foi enviado atrás de mim.

— Atrás de você?

— Sim. Vou dar a entender que ele me encontrou e, se ele perguntar sobre seu pai, direi que ele se interpôs em nosso caminho e acabou sendo morto. Ele não precisaria vir para Burn Falls, a menos que saiba sobre você e sua família. Então, posso fazer algo para detê-lo. Eu não sei o quê, ainda...

— Você está louco? Você não pod...

— Estou — declarei com firmeza. Estava louco e indo para Chicago. — Estarei no Canadá antes do nascer do sol.

— Você está falando coisas sem sentido, Draven.

— Estou fazendo o que precisa ser feito.

— Então você só vai embora?

— Sim.

— Sem se despedir?

— Isto é adeus.

— Você não pôde ser homem o bastante para me dizer cara a cara?

— Eu não sou um homem, Calla.

— Você pode pensar que não tem coração, mas está enganado. Ele não precisa pulsar para eu saber que você o sente.

— Meu coração não tem nada a ver com isso — menti. Ele podia até não bater no meu peito, mas tinha tudo a ver com a minha partida.

— Besteira, Draven. Isso é uma besteira do caralho.

Então, ela desligou.

BURN FALLS

CAPÍTULO 21

CALLA

Como ele ousa.

Como ele se atreve, porra!

Eu estava furiosa quando desliguei o telefone do escritório. Draven podia até pensar que a única maneira de resolver o problema era se sacrificar, mas isso era besteira. De jeito nenhum eu o deixaria voltar para o monstro que matou sua namorada na frente dele e o fez matar sua própria família.

Eu não iria simplesmente deixá-lo ir. Tinha que haver outra maneira.

— Ele te contou? — Athan perguntou ao aparecer do nada e se recostar contra o batente da porta do escritório.

— Você sabe?

— Claro que sei. Não vou deixá-lo ir sozinho.

Contornei a mesa e fui em sua direção, dando um empurrão em seu peito. Ele não se moveu um milímetro.

— E você não vai impedi-lo?

— Como eu deveria fazer isso?

— Não sei! — bufei. — Como ele pode achar que isso é uma boa ideia?

— Não sei. — Athan deu de ombros. — Meu plano é tentar conversar com ele enquanto estivermos na estrada. Vamos levar pelo menos quatro noites para chegar lá, e espero fazê-lo mudar de ideia.

— Isso é ridículo. — Peguei minha bolsa de cima da mesa. — Vocês dois são ridículos pra caralho.

— Aonde você vai? — ele perguntou enquanto me seguia pelo corredor.

— Vou impedir esta merda — rugi.

— E como você vai fazer isso?

— Vou descobrir quando chegar a Anchorage.

— Eu não vou deixar você ir sozinha.

Eu me virei e o encarei.

— Não pensei que você deixaria, já que foi meu guarda-costas por quase dois meses.

— Bom. Estou feliz que estamos na mesma página.

Eu gemi e empurrei a porta que levava ao estacionamento. Uma chuva intensa caía do céu escuro.

— Basta entrar no carro, Athan!

— Os homens são tão burros — resmunguei para mim mesma, fazendo uma curva um pouco rápido demais. Eu precisava chegar o quanto antes. Até onde eu sabia, ele poderia ir embora sem o amigo antes que seu turno terminasse. Eu não queria correr nenhum risco.

— Nós não somos homens.

— Eu sei disso! — esbravejei. — Draven mencionou esse pequeno fato para mim ao telefone. Por telefone, Athan! Ele terminou comigo por telefone.

— Você sabe o porquê, certo?

Virei a cabeça para olhar para ele por um segundo.

— Por causa de Mary?

— Sim.

— Então, você está dizendo que mesmo se superarmos isso, sempre competirei com uma mulher morta?

— Não, não estou dizendo isso de forma alguma.

— Então o que você está dizendo? — Fiz outra curva acelerando e os pneus guincharam de leve.

— Tire o pé do acelerador, Andretti.

— Quem?

— Mario Andretti… Piloto de corrida?

Eu ainda não sabia quem era.

— Esqueça. De qualquer forma, o que estou dizendo é que Draven pode pensar que não te ama, mas tudo isso é porque ele te ama e isso o assusta pra caralho, porque da última vez em que esteve apaixonado, ela acabou morta por causa dele.

— Então o plano dele é morrer ao invés disso?

— Sim.

— Puta que pariu, Athan! — Virei em uma curva e, ali, no meio da estrada, havia uma família de cervos. Antes que pudesse frear ou atropelá-los, desviei o carro e bati na grade de proteção da pista. O carro levantou voo e capotou morro abaixo, parando apenas quando o teto se chocou contra algo grande e duro. Uma dor aguda rasgou meu peito antes que tudo escurecesse.

CAPÍTULO 22

DRAVEN

— Parker — Elizabeth, a enfermeira-chefe do plantão, enfiou a cabeça na sala de descanso onde eu conversava com Elena, uma das enfermeiras da minha equipe, e me chamou. — *LifeMed* a caminho. Fratura em braço direito. Tempo de chegada em cinco minutos.

Elena e eu nos levantamos, e ela foi para a um lado, enquanto eu fui para o outro, a fim de beber mais uma bolsa sanguínea. Quando eu estava quase acabando de me alimentar, meu celular começou a vibrar no bolso. Achei que poderia ser Calla, querendo se desculpar por ter desligado o telefone na minha cara, ou para tentar me fazer mudar de ideia. Em vez disso, era Athan.

— Sim? — atendi, ríspido, porque ele sabia que eu odiava ser incomodado no trabalho.

— *É ruim, cara. Muito ruim!*

— Do que você está falando?

— *Calla e eu sofremos um acidente.*

Meu corpo retesou na mesma hora.

— O quê?

— *Não dá tempo de explicar. Você precisa chegar aqui rápido.*

— Onde?

— *West Park...*

— Estou a caminho.

Eu não fazia ideia do que ele estava dizendo, mas ouvir que haviam se envolvido em um acidente foi o suficiente para me colocar em ação. Eu nunca tinha ouvido Athan tão em pânico como naquele momento. Ele era sempre tranquilo, era o tipo de cara que sempre mantinha a calma na maior parte do tempo. Mesmo quando fugimos de Renzo, Athan concordou com o plano como se fosse uma coisa normal e rotineira fugir de seu senhor.

Depois de terminar a bolsa rapidamente, fui até Elizabeth.

— Liz, eu tenho que ir embora. Minha namora... da — hesitei porque não tinha certeza se Calla ainda era minha namorada — acabou de sofrer um acidente e precisa da minha ajuda. Chame Jack para lidar com o novo paciente que está chegando. — Não esperei que ela respondesse; não estava nem aí. Meu único pensamento era chegar até Calla.

Em vez de pegar meus pertences do vestiário, disparei pelas portas do hospital e corri em uma velocidade sobre-humana em direção à rodovia. Logo após a minha transição – depois que o choque inicial passou –, eu costumava correr por entre os carros para me divertir. Sempre fui muito mais rápido do que qualquer carro, porque não somente ultrapassava os 160 quilômetros por hora, como também contornava o trânsito em um piscar de olhos e não precisava perder tempo pegando meu carro no estacionamento.

O vento soprava em meu cabelo curto enquanto eu acelerava pela estrada sob a chuva torrencial, contornando curvas, automóveis e mais curvas. Eu não precisava saber exatamente onde eles estavam porque sentiria a presença de Athan e o cheiro de Calla assim que me aproximasse. Mesmo sabendo que estava percorrendo o trajeto em uma velocidade absurda, a impressão que dava era que eu me movia como uma lesma.

Então senti cheiro de sangue.

Limão, lavanda e gasolina para ser mais exato.

Possivelmente, Athan e eu sentimos a presença um do outro ao mesmo tempo, porque no instante em que percebi que ele estava por perto, o avistei na beira da estrada. Eu parei diante dele, irritado.

— Saia da frente! — esbravejei e desci correndo a encosta, deparando com o carro de Calla virado de cabeça para baixo. — O que aconteceu? — perguntei, avaliando o estrago. Ainda não a havia visto, mas sabia que ela estava ali dentro. Senti o cheiro de seu sangue, mas não ouvi o som de sua respiração ou dos batimentos de seu coração. E isso não era bom.

— Ela estava dirigindo para Anchor...

— Por que que você não a tirou dali de dentro? — interrompi.

— Porque há muito sangue e eu queria me alimentar.

Ajoelhei-me ao lado da porta do motorista e a vi pendurada de cabeça para baixo e presa pelo cinto. Meu olhar pousou em seu peito e tudo parou. Agucei meus ouvidos e detectei os batimentos fracos. Eu tinha certeza de que ela poderia morrer a qualquer momento. Calla morreria diante dos meus olhos porque um galho de árvore estava alojado em seu peito e ela não respirava mais. Meu palpite era que o galho estava quase perfurando seu coração.

Porra.

— Ajude-me a tirá-la do carro — ordenei.

Athan estava andando de um lado ao outro, mas não veio na minha direção. Eu sabia que ele estava lutando contra a maldição que nos atormentava sempre que sentíamos o cheiro ferroso de sangue no ar.

— Agora! — gritei.

— O sangue... estou com fome...

Corri até ele, agarrei-o pela camisa e o levantei do chão.

— Se você tocar nela, vou acabar com você — rosnei.

— Estou tentando não fazer isso, eu juro. Mas o cheiro dela é bom demais. Quando saí do carro, andei de um lado ao outro, esperando que você aparecesse antes de eu perder o controle.

— Você tem muita sorte de eu ter aparecido. — Eu o larguei e voltei para o carro, arrancando a porta tamanha a minha raiva. Arremessei o pedaço de metal para longe e me ajoelhei. — Ajude-me a libertá-la. — Athan ficou ao meu lado. — Rasgue o cinto de segurança e só então vou puxá-la para fora. — Tive o cuidado de quebrar o galho, mantendo-o dentro dela para funcionar como um tampão. Assim que a tiramos, embalei seu corpo entre meus braços e me ajoelhei.

— O que você vai fazer? — Athan perguntou.

Eu o encarei, sem dizer nada. O que eu poderia fazer? Estávamos no meio do nada e, pelos batimentos lentos do coração de Calla, eu sabia que não daria tempo de colocá-la em uma mesa de cirurgia, mesmo que pudéssemos chegar ao hospital em menos de dez minutos.

— Eu sei que você a ama. — Não era uma pergunta, e não neguei. Ele se ajoelhou e ficou cara a cara comigo. — Você sabe o que precisa fazer para salvá-la.

— Não... — sussurrei. Não era porque não quisesse fazer isso, eu só não podia. Eu fiz uma promessa...

— Então você vai perdê-la *para sempre*.

Se eu pudesse, choraria.

Se pudesse, meu coração se partiria.

Se *eu* pudesse, morreria com ela.

Desde que conheci Calla, ela abriu meus olhos para um novo mundo. Um mundo em que eu queria viver. Um mundo onde eu queria me estabelecer. Ao olhar para ela, ouvindo a batida lenta de seu coração – vendo o sangue escuro encharcando seu suéter –, eu sabia que ainda queria todas essas coisas e que o tempo estava se esgotando.

BURN FALLS

No entanto, Calla nunca expressou o desejo de que queria ser transformada em uma vampira.

— E se ela me odiar como odiamos o Renzo por nos transformar?

— Calla te ama. Ela não vai odiar você por transformá-la.

— Ela não pediu por isso.

— E ela, por acaso, pediu que uma manada de cervos aparecesse na estrada, fazendo-a jogar o carro de um penhasco? Ela pediu que a porra de um galho de árvore se alojasse em seu peito?

— Não — murmurei.

— Me escute, D. Você não abriu seu coração desde Mary. Você fez isso por Calla. E pode negar o quanto quiser, mas você a ama há muito tempo.

— Não somos almas gêmeas.

Athan gemeu.

— Você quer que algum mito de merda o impeça de ser feliz?

Ele estava certo. E eu sabia disso, antes mesmo que ele tivesse soletrado para mim. Eu não tinha mais nem um segundo para desperdiçar em um conflito comigo mesmo.

— Okay. Tire a sua jaqueta. — Ele não hesitou enquanto retirava o casaco. — Coloque no chão para que eu possa deitá-la.

Eu não tinha ideia do que estava fazendo porque nunca transformei um humano, mas não queria deitá-la no chão molhado e imundo. Este não era o lugar perfeito para a transição, no entanto, era o melhor que poderia ser feito em tão curto prazo.

Depois que Athan ajeitou o casaco sobre a terra, coloquei Calla deitada de costas. Parei por um segundo, para respirar fundo, e então arranquei o pedaço de madeira alojado em seu peito, jogando-o para o lado. O sangue começou a jorrar da ferida e ouvi Athan grunhir antes de sair correndo. Se eu não tivesse bebido uma bolsa sanguínea antes de sair do hospital, sabia que não seria capaz de resistir a drená-la completamente.

Cravei os dentes em seu pescoço e chupei. Bebi até o fluido começar a afinar e então parei. Depois de morder meu pulso, eu o segurei contra seus lábios, inclinei sua cabeça para trás e o deixei escorrer por sua garganta.

Eu havia esquecido quanto tempo levaria para a mudança ser feita e não queria esperar na floresta úmida para que ela ocorresse.

— Vou levá-la para casa. Livre-se do carro e depois vá até o hospital para pegar o meu. Hipnotize Elizabeth, e ela o levará ao meu armário, onde você encontrará minhas coisas e as chaves. Enviarei uma mensagem de texto com a combinação quando Calla estiver acomodada. — Mesmo

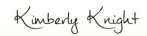

que Athan não estivesse à vista, eu sabia que ele tinha ouvido cada palavra.

Quando ergui Calla do chão, ele voltou correndo.

— Te vejo em algumas horas. Você quer que eu escolha um humano para completar a transição dela?

— Não, eu tenho bolsas sanguíneas.

— Tudo bem.

Assim que cheguei em casa, depositei Calla na minha cama e esperei, pela primeira vez, que o amor da minha *vida* se transformasse em um ser imortal.

CAPÍTULO 23

CALLA

Quando meus olhos se abriram, percebi que estava encarando as vigas de madeira do quarto de Draven, e morrendo de fome. Como cheguei aqui? Que horas eram? O quarto estava escuro, mas eu podia ver claramente. Fechei os olhos outra vez, tentando me lembrar de ter ido até a casa dele, mas a última coisa da qual me lembrava era do grupo de cervos na estrada, e do carro capotando quando desviei deles.

— Ei. — Ouvi a voz de Draven, e então a cama afundou ao meu lado.

Abri os olhos e o encarei. Se eu não soubesse que era impossível, pensaria que ele estava mais lindo do que na noite anterior.

— Ei. — Minha voz estava rouca, e minha sede era tanta que eu poderia beber um galão de água.

— Como você está se sentindo?

— Estou morrendo de fome. — Tentei me sentar, mas ele me deteve colocando uma mão em meu ombro.

— Há algo que você precisa saber.

— O Athan está bem?

— Ele está bem.

Acenei com a cabeça. Ele, como um vampiro, não morreria em um acidente besta de carro. Ainda mais, porque eu não morri, então não foi tão grave.

— Ele me ligou quando vocês se acidentaram.

— O que aconteceu? Eu não me lembro.

Draven tocou meu joelho por cima das cobertas e o apertou.

— Você desviou o carro para não atingir uma família de cervos e se chocou contra a grade de proteção. Em vez de manter seu carro na estrada, a pancada fez com que o veículo voasse e capotasse encosta abaixo. O carro só parou quando atingiu uma árvore.

Os eventos estavam voltando à memória. Enquanto ele falava, avaliei meu corpo, mentalmente. Eu me sentia bem. Estava me sentindo ótima, na verdade.

— Você me drogou?

Draven fechou os olhos por um breve segundo.

— Não.

— Então por que não me sinto como se tivesse sofrido um acidente de carro? — Nem minha cabeça doía. Olhei para baixo e vi que estava usando uma das camisetas de Draven. A roupa tinha o seu cheiro gostoso, e sorri ao pensar que ele não tinha voltado para Chicago.

Ele se levantou e começou a andar de um lado ao outro.

— Prometa que não vai me odiar.

Pisquei, confusa.

— Por que eu te odiaria?

Draven encarou o teto, passou as mãos pelo rosto e olhou para mim.

— Você estava morrendo.

— Estava? — Franzi o cenho e inclinei a cabeça de leve, pensando em suas palavras. Eu estava morrendo, então ele o quê? Me salvou? Mas eu me sentia bem. Fantástica. Como se pudesse correr uns dezesseis quilômetros sem nem perder o fôlego.

— Quando cheguei lá, você estava sangrando e… não estava respirando e…

Meus olhos se arregalaram quando tudo se encaixou na minha cabeça.

— Você me transformou? — Tirei a mão que estava sob as cobertas e a observei. Ainda parecia a mesma.

Draven não confirmou nem negou.

— Sou… uma vampira? — arfei com a palavra.

Ele veio até a cama e pegou um copo da mesinha de cabeceira. Ao lado do copo havia um galão de… só podia ser sangue, porque era um líquido carmesim e parecia espesso.

— Assim que você beber isso, você será.

Cruzei os braços sobre meu peito.

— E se eu não beber? — Sempre tive a esperança de que um dia teria coragem de pedir a ele que me transformasse para que pudéssemos ficar juntos para sempre, mas esse pensamento morreu quando descobrimos que não éramos amantes eternos.

— Você vai morrer antes do nascer do sol.

Eu não sabia quanto tempo ainda tinha, porque não fazia ideia de que horas eram. Suas cortinas estavam fechadas e ele não possuía um relógio no quarto.

BURN FALLS

— Draven… — sussurrei.

Ele colocou o copo de volta na mesinha.

— Eu não podia te deixar morrer.

— Por quê? — perguntei, querendo ouvi-lo dizer as três palavras que eu sabia que eram a razão de tudo. Ele disse que nunca havia transformado ninguém antes. Por que ele faria isso se não me amasse?

Draven se sentou ao meu lado e segurou minha mão, desfazendo meus braços ainda cruzados sobre o peito. Finalmente, agora nossas peles tinham a mesma temperatura.

— Porque, docinho… Eu amo você.

Um sorriso lento se espalhou pelos meus lábios.

— Você me ama?

Ele sorriu.

— Sim.

— Você se apaixonou por mim quando eu ainda era humana, ou só agora porque…

Ele se inclinou e pressionou seus lábios contra os meus, me silenciando.

— Eu me apaixonei por você desde que meus lábios encontraram os seus sob a aurora boreal, e me apaixonei mais ainda quando você me aceitou mesmo sendo quem sou: um monstro.

— E você ainda vai me deixar?

— Não. — Ele fechou os olhos e balançou a cabeça lentamente. — Nunca mais agirei de maneira estúpida de novo.

— Se você não vai embora, o que vamos fazer agora?

— Agora… — Ele hesitou por alguns segundos. — Agora, eu, sinceramente, não sei.

— Então, eu só preciso beber esse sangue, e depois me tornarei uma vampira? — Apontei para a jarra.

— Sim, você completará sua transição. — Ele estendeu a mão e pegou o copo mais uma vez.

— Vai doer?

— Não. — Ele balançou a cabeça. — A parte dolorida já passou. Você estava inconsciente quando aconteceu.

Draven me entregou o copo cujo conteúdo tinha um cheiro irresistível. Cheirava como se fosse a sobremesa mais gostosa do mundo. Como se todas as minhas sobremesas favoritas estivessem misturadas naquele copo. Sem muita hesitação, ingeri avidamente, lambendo a superfície para pegar a última gota antes que ele me servisse mais.

— Nunca imaginei que sangue tivesse um gosto tão bom. — Girei o dedo por dentro do copo para pegar cada gota restante.

— Há muito o que aprender. E antes que você seja expulsa de dentro desta casa, por uma força invisível, precisamos ligar para Martin.

Meus olhos se arregalaram.

— O quê?

— Lembra que, tecnicamente, ele é o dono da casa?

— Você não pode estender o convite?

— Tem que ser um humano, ou então os vampiros dominariam o mundo. — Draven sorriu.

— Ah, certo. Uma regra tácita. — Continuei a lamber a superfície do vidro. — Não precisa ser pessoalmente?

— Não. — Draven enfiou a mão no bolso e pegou o celular. Em instante, a ligação completou.

— Marty.

— *O que há de errado?*

Eu podia ouvir Martin falando do outro lado da linha, e franzi o cenho diante de sua pergunta. Draven só telefonava quando havia alguma coisa errada?

Draven esfregou a nuca.

— Calla sofreu um acidente.

— *Ela está bem?* — Martin perguntou.

O olhar de Draven encontrou o meu.

— Ela está agora.

Houve uma breve pausa antes de Martin perguntar:

— *O que você quer dizer com 'ela está agora'? Quando aconteceu esse acidente e por que você está ligando agora, no meio da noite, porra? Você sabe que eu durmo a esta hora.*

— Aconteceu um pouco mais cedo. — O olhar de Draven se voltou para o meu.

— Desembucha logo — murmurei e revirei os olhos.

— *E ela é…*

Draven o interrompeu.

— Tive que transformá-la para salvar sua vida.

Silêncio.

Mais silêncio.

Coloquei o copo em cima da mesinha e estendi a mão, pedindo o telefone. Draven me entregou na mesma hora.

— Oi, Martin, é a Calla.

BURN FALLS

— *Isso é verdade?* — perguntou ele.

Acenei em concordância.

— Sim.

— *Como você está se sentindo?*

— Incrível. Você não tem ideia.

— *Acho que Marcie vai ficar com ciúme.*

Eu ri baixinho.

— Bem, simplesmente aconteceu, então não tenho certeza ainda se é tudo isso mesmo.

— *Desde que eu o conheço, ele sempre me disse que nunca transformaria um humano.*

— Bom, ele fez isso porque ele me ama, e não queria me perder. — Eu sorri e encontrei o olhar de Draven novamente. Ele sorriu e desviou o olhar, meio embaraçado. Eu sabia que se ele pudesse corar, estaria nítido em seu rosto.

Martin riu.

— *Já era hora de isso acontecer também.*

Comecei a sentir um leve puxão no meu corpo, como se houvesse um ímã tentando me atrair para ele.

— A razão pela qual estamos ligando é que estou sentada na casa de Draven, enquanto minha transição está prestes a acabar. Alguma chance de você me dar permissão para ficar?

— *Ah, certo.* — Ele limpou a garganta. — *Calla, por favor, fique na minha casa por quanto tempo quiser.*

A atração diminuiu. Tão estranho.

— Obrigada. Diga olá às meninas por mim.

— *Pode deixar.*

Devolvi o telefone a Draven e peguei o copo ainda meio sujo de sangue.

— Ei, te ligo mais tarde. Preciso conversar com você sobre algumas coisas, mas farei isso quando você estiver mais acordado — disse Draven.

— *Não tenho certeza se conseguirei dormir agora, mas tudo bem.*

Draven sorriu.

— Eu sei, mas obrigado. Ligo para você quando acordar à tarde.

Eles desligaram e Draven tirou o copo das minhas mãos.

— Agora durma. E quando você acordar, vou ajudá-la com suas novas habilidades.

— Aonde você vai?

— Vou conversar com Athan. Você ficará cansada em alguns segundos enquanto a maldição assume o controle para completar a transição.

— Você vai ficar comigo até eu adormecer?
Ele pressionou seus lábios contra os meus novamente.
— Sim, docinho. Eu faria qualquer coisa que você pedisse.

Quando abri os olhos novamente, a sala estava brilhando como se tudo tivesse o brilho da lua ao redor. Uma lua que se tornaria meu sol a partir de hoje.

— Você está acordada.

Eu me assustei com a voz feminina e virei a cabeça em direção ao som, percebendo que ela era a fonte do brilho todo. Sua fisionomia era quase transparente e ela usava um vestido esvoaçante. Cada parte dela irradiava uma luz suave. Tentei falar qualquer coisa, mas nada saiu da minha boca; como se estivesse com paralisia do sono. Eu sabia que podia mover a cabeça, mas todas as outras partes do meu corpo estavam rígidas.

— Não tenha medo. Estou aqui para ajudar.

Onde estava Draven? Eu estava sonhando? Estava com alguma alucinação vampírica? Isso era uma coisa real?

— O quê?

— Estou aqui para ajudá-la — ela repetiu, mas dessa vez estendeu a mão e tocou meu braço. Estava fria. Muito fria.

Meu próprio braço se moveu abaixo de seu toque, e soube naquele momento que poderia me mover. Eu me levantei e recostei-me contra a cabeceira da cama, tentando me afastar o máximo que conseguia. Olhei à esquerda e vi Draven dormindo ao meu lado. Quando estendi a mão para acordá-lo, suas palavras me detiveram:

— Ele não vai acordar e você é a única que pode me ver.

Sim, eu estava sonhando. Então pisquei.

— O quê?

— Você sabe quem eu sou?

Uma senhora maluca. Balancei a cabeça.

— Sou Selene, a deusa da Lua e Mãe dos Vampiros.

Eu ri com sarcasmo.

— Certo.

Ela sorriu.

— Já ouviu falar de mim, Calla?

— Draven mencionou o nome *dela* quando me contou como os vampiros foram criados.

— *Ela* sou eu, e ele, por acaso, disse que cuido dos meus filhos todas as noites?

— Sim, mas não tenho ideia do que isso significa.

— Todos os vampiros são meus filhos porque fui eu e minha alma gêmea, Ambrogio, que demos início ao primeiro clã até minha morte. Todas as noites, eu olho da lua, aqui para baixo, para ver como eles estão, e esta noite fui abençoada com mais um.

— Eu?

— Você.

— Okay?

Selene uniu as mãos à frente do corpo.

— Estava esperando por este dia.

Eu pisquei, confusa.

— Você estava?

— Desde que você nasceu.

— Não entendo.

— Não posso escolher quem será transformado, mas posso escolher quem é a alma gêmea de todos e esperar que o destino assuma.

— O quê? — perguntei, confusa.

— Na noite em que Renzo Cavalli foi transformado, eu sabia que era um engano, mas não tinha como evitar ou cuidar do problema. Não é assim que funciona. Mas eu poderia escolher seu destino se tudo se alinhasse. Portanto, fiz de Gael sua alma gêmea quando ela nasceu, esperando que ambos se encontrassem.

— E isso realmente aconteceu — sussurrei, lembrando-me da foto em meu escritório.

— E quando *você* nasceu, eu a destinei para Draven.

Hesitei.

— Como isso é possível? Eu pensei que vampiros só poderiam ter bebês com suas almas gêmeas… Eu não estou grávida.

— Porque o problema das almas gêmeas é que elas precisam perceber que estão apaixonadas uma pela outra. Draven acabou de compreender que te ama de verdade.

238   *Kimberly Knight*

— Mas não sou mais humana. Só as mulheres humanas podem ter bebês, não é?

— Normalmente, sim. No momento em que os dois percebem que estão apaixonados, o vampiro macho é capaz de liberar sua semente, fazendo com que a humana engravide.

— Não sou humana — afirmei, novamente.

— Eu sei, e estou aqui para ajudá-la.

— Me ajudar como? Você está dizendo que posso ter filhos? Estou essencialmente morta, não estou? — Eu estava tão confusa, que me tornei repetitiva.

Selene sorriu.

— Sim, porém estou aqui para lhe dar a capacidade de conceber um filho desde que você mate Renzo e dê fim ao terror que ele tem imposto ao mundo. Nunca foi ideia minha nem de Ambrogio permitir que um senhor controlasse a maioria dos vampiros. Queríamos que cada um encontrasse seu verdadeiro amor e vivesse para sempre com eles, não que se tornassem assassinos.

— Você quer que eu mate o Renzo? Isso vai me tornar uma assassina também.

— Sim, mas ao eliminar Renzo, você salvará outros.

— E como poderei matá-lo?

— Isso dependerá de você.

— Por que eu?

— Porque você é a escolhida.

— E quanto a ter um filho com Draven? Como isso se encaixa em tudo isso?

Selene colocou a mão na minha barriga e uma luz começou a irradiar contra a minha camiseta.

— Porque eu sei que isso vai deixá-los felizes. A próxima vez que os dois compartilharem intimidade, você conceberá um bebê. — Ela se moveu ao redor da cama e apoiou a mão sobre a virilha de Draven. A mesma luz brilhou contra ele.

Meus olhos se arregalaram.

— E se eu estiver grávida quando encontrarmos o Renzo?

— Nada acontecerá com o bebê ou contigo. Seu bebê será o primeiro bebê-vampiro puro e lhe dará a força necessária para superá-lo e matá-lo.

— Um feto vai fazer isso?

— Sim.

BURN FALLS

— E se eu não estiver grávida quando o encontrarmos?

Selene veio até mim e segurou meu rosto entre suas mãos frias.

— Tenho fé em você, filha minha. Você é descendente de Renzo, e possui tanto a força dele quanto a sua. Seu sangue vampírico é muito poderoso e tudo está alinhado para dar fim ao reinado dele.

Antes que eu pudesse dizer mais alguma coisa, ela desapareceu e o quarto ficou escuro.

Voltei a dormir – ou sequer acordei, para início de conversa. Eu ainda não tinha certeza de tudo o que aconteceu quando rolei para fora da cama e fui atrás de Draven. Quando cheguei à cozinha, ele e Athan estavam sentados à ilha central, com suas canecas. O cheiro de café estava no ar.

— Vampiros bebem café? — perguntei, aproximando-me.

Eu já o tinha visto beber o líquido antes – quando fomos ver a aurora boreal –, mas não sabia, na época, que ele era imortal.

Eles viraram as cabeças em minha direção, e Draven falou:

— Sim.

— Mas não faz efeito nenhum, certo?

— É claro que faz — Athan ressaltou.

Draven me puxou contra o seu corpo e me abraçou.

— Funciona do mesmo jeito, docinho. Assim como acontece com o álcool. Nós o consumimos e ele entra em nosso sistema sanguíneo. A diferença é que temos que nos alimentar antes para que faça o efeito energético.

— Ah. Isso faz sentido. — Os lábios de Draven encontraram os meus. — Que horas são?

— Já passa das três da tarde — Draven afirmou.

— Ai, meu Deus! E a destilaria? Eu não dei as caras por lá!

— O sol está a pino. Você não pode sair por mais algumas horas.

— Preciso ligar para o Ted então. — Saí de seu alcance para procurar minhas coisas, mas parei. — Meu celular está por aqui? E o meu carro?

Athan empurrou sua cadeira para trás e enfiou a mão no bolso. Ele retirou as chaves e as estendeu para mim.

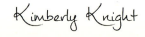

— Suas chaves estão aqui, mas não há carro onde você possa usá-las. Ele foi destruído, então eu o reboquei para um ferro-velho.

— Você tirou minhas coisas antes de fazer isso? — questionei.

— Claro. Afinal, sou o garoto de recados, certo?

— Ei! — Draven rosnou.

— Estou zoando. — Ele riu. — Suas coisas estão na mesa atrás do sofá.

— Obrigada. — Quando comecei a me afastar, Draven segurou meu pulso e me deteve.

— Como você está se sentindo?

— Bem, mas estou ficando com fome de novo.

— Isso é normal. Você precisa se alimentar novamente. Enquanto seu corpo estiver se adaptando à maldição, você se alimentará com mais frequência do que o normal.

— Com que frequência eu preciso fazer isso?

Draven se levantou.

— Dê seu telefonema. Vou aquecer um pouco de sangue e, em seguida, Athan e eu repassaremos o básico contigo. O aprendizado não será imediato, mas estaremos ao seu lado a cada etapa do caminho.

BURN FALLS

CAPÍTULO 24

DRAVEN

Eu nunca havia conhecido uma vampira antes. Claro, eu sabia que elas existiam, mas quando estava no clã, Renzo só transformava homens. Enquanto mantinha minha fuga, raramente encontrei outra criatura, e nunca conheci alguma da espécie feminina. Agora eu estava ensinando à minha namorada, os prós e contras, de como levar a vida como um ser imortal.

Assim que o sol se pôs, Athan e eu mostramos a ela como correr em sua supervelocidade recém-adquirida, usando sua visão e sentidos para não se chocar contra nada. Também encontramos um cervo para que ela pudesse se alimentar. Eu sabia que demoraria mais do que uma noite para ela se acostumar a ser uma vampira. Levei semanas, e até meses, para aprender a controlar minha fome. Tudo bem que naquela época não era necessário controlar meus instintos, porque nós comandávamos Chicago e, durante aquele período, muito sangue estava sendo derramado.

Enquanto Calla estava no banho, Athan e eu nos sentamos no meu terraço dos fundos, bebendo nosso uísque e relaxando da noite.

— Ainda precisamos lidar com Renzo — comentei.

Athan tomou um gole de sua bebida.

— O que podemos fazer? Você ainda quer voltar e se juntar a ele?

— Não. Eu nunca *quis* me juntar a ele. Eu queria manter Calla segura, e isso ainda é um fator preponderante.

— Você acha que ele vai vir aqui para buscá-la?

— Não sei.

— E quanto à própria filha dele? E quanto a Alastair e Betha? Todos eles têm o sangue de Renzo.

— Eu sei. — Inclinei-me para a frente e descansei os cotovelos sobre os joelhos. — Mas não acho que ele saiba que Miles está morto, já que Donovan nunca mais voltou a Chicago. Acho que precisamos reunir todos e deixar Burn Falls.

— Alastair e Betha nem estão aqui.

— Eu sei disso, mas quando o Renzo descobrir que o pai deles está morto, tenho certeza de que ele vai querer saber se ele teve herdeiros. Não vai demorar muito para que encontre Al e Betha.

— O que você acha que ele quer com eles?

Engoli o restante da bebida.

— Pense, A. Somos fortes porque carregamos o sangue dele. Eles também. Mas eles não se tornarão mais fortes ainda se forem transformados, com a quantidade dobrada de veneno correndo em suas veias?

Athan se inclinou para frente também.

— Então você acredita que ele quer fortalecer o clã?

— Quem sabe o que quer fazer? Nem sabíamos que ele estava na Rússia. Não temos ideia do que ele tem feito nos últimos oitenta e seis anos, mas eu não descartaria o fato de ele querer sua família sob seu comando.

— Você acha que se nos escondermos de novo, ele desistirá de procurá-los?

— Acho que precisamos tentar. Talvez devêssemos ampliar nosso próprio exército?

— Você quer começar a transformar humanos?

— Não. — Eu me levantei e recostei o quadril contra a grade, cruzando os braços. — Acho que devemos encontrar todos os vampiros que não estão diretamente ligados a Renzo e recrutá-los.

Athan também se levantou.

— Como faríamos isso?

— Para começar, temos Donovan, e tenho certeza de que ele conhece mais vampiros do que nós. Além disso, você é próximo de Peppe.

— Verdade, mas Donovan provavelmente só conhece vampiros no bando de Renzo.

— Talvez, mas já é um começo.

Já que nunca havia esbarrado em uma vampira antes, também nunca havia transado com uma.

Até agora.

Depois de sair do chuveiro, entrei no meu quarto e sorri ao ver Calla dormindo pacificamente. Seu cabelo castanho estava esparramado sobre o travesseiro e ela parecia feliz, o que me deixou satisfeito.

Larguei a toalha enrolada no meu quadril no chão, e rastejei pelo colchão em direção a ela. Puxei as cobertas sobre seu corpo – um corpo agora sólido como uma rocha. Ela ainda possuía curvas, mas agora era puro músculo. E eu amei cada centímetro dela.

— O que você está fazendo? — ela perguntou. Olhei para cima e deparei com seus olhos negros semicerrados. A cor havia mudado do verde-esmeralda para o preto após sua transição, assim como os meus mudaram de cinza para preto.

— O que parece que estou fazendo?

Seus olhos se abriram por completo e ela me encarou.

— Arruinando meu sono.

Beijei seu pescoço e cravei os dentes em sua pele, sentindo o gosto de seu sangue. Eu não tinha certeza se era possível me alimentar de outro vampiro, mas estava mais do que disposto a tentar.

— Não, docinho. Eu vou te dar uma canseira, daí você poderá dormir bem melhor.

Calla gemeu e curvou o pescoço para me permitir chupar sua veia.

— Ah, é?

— Só há uma maneira de descobrir. — O sangue do cervo que ainda corria pelo seu sistema começou a se derramar em minha boca, e o senti fluir em minhas veias. Meu pau endureceu, e antes que eu me desse conta, Calla *me* colocou de costas na cama.

— Acho que vou gostar dessa coisa de supervelocidade e força. — Ela riu.

Eu sorri.

— E o que você vai fazer agora que estou aqui deitado?

Calla umedeceu os lábios, seu olhar cálido vagando sobre meu peito nu e abdômen enquanto ela montava em mim. Sem responder à minha pergunta, ela deslizou pelas minhas coxas até que sua boca pairou sobre o meu pau. Ela o agarrou e lambeu a ponta.

— Caralho… — praguejei.

— Você gosta quando faço isso?

— Sim, querida, eu gosto.

— E que tal isso? — Abocanhou meu comprimento enquanto seus

Kimberly Knight

dedos envolviam a base. Ela bombeou, lambeu, chupou e eu amei cada segundo disso.

Agarrei sua nuca, movendo sua cabeça no mesmo ritmo que ela impunha. Calla me tomou profundamente, e meu pau atingia o fundo de sua garganta com cada movimento. O cheiro de sua excitação dominou o quarto e eu gemi.

— Sente-se sobre o meu rosto — ordenei. Eu não queria ter um orgasmo ainda, mesmo que ainda estivesse duro depois. Eu queria fazer isso quando estivesse enterrado em sua boceta, não em sua boca, porque eu só gozava uma vez por relação.

Sem hesitar, ela se despiu e, em seguida, engatinhou pelo meu corpo e montou em meu rosto. Sim, tê-la se movendo *rápido* como eu seria um benefício em mais de um aspecto. Havia um significado totalmente novo para a expressão 'em um piscar de olhos', quando significava que ela poderia ficar nua em menos de dois segundos. Eu mergulhei a língua em sua boceta, lambendo sua fenda.

— Não está frio — ela gemeu.

"Estamos com a mesma temperatura agora", eu a lembrei, mas sem tirar minha boca de seu centro. Comunicação telepática era outro benefício.

Calla empurrou seus quadris, movendo-se em sincronia com a minha língua e montando meu rosto exatamente como eu queria. Aparentemente, ela não precisava se alimentar para sentir prazer durante o sexo. Se Calla bebesse de mim, isso me deixaria duro? Teríamos que tentar quando acordássemos esta noite.

Estoquei minha língua profundamente dentro dela, devorando-a. Seu clitóris começou a latejar enquanto eu trabalhava o feixe de nervos, lambendo-a em toda a sua extensão. Ela tinha um gosto divino – melhor do que qualquer sangue que já ingeri.

Ela agarrou meu cabelo castanho-curto, enquanto uma onda de prazer a percorria, fazendo-a estremecer. Ouvi-la gemendo de prazer acima de mim fez com que um pouco de pré-sêmen saísse do meu pau. Eu sabia que isso era impossível, mas pareceu bem real.

Foi a minha vez de usar minha supervelocidade, portanto, agarrei seus quadris e movi nossos corpos até que fiquei por cima e a penetrei com vontade.

— Draven... — ela disse meu nome como se fosse uma advertência.

Não interrompi minhas estocadas.

— O que foi?

Ela olhou para mim.

BURN FALLS

— Nada. Só... não pare.

— Não estava planejando parar, docinho. — Eu sorri.

Estoquei com mais força do que o usual, ciente de que ela agora era inquebrável. A cabeceira da cama se chocava contra a parede a cada impulso. Ela agarrou a minha bunda, me incentivando a ir mais fundo de alguma forma. Agarrei sua nuca, inclinei sua cabeça para trás contra o travesseiro e cravei as presas em seu pescoço novamente. Não havia sensação melhor do que se alimentar enquanto gozava. Eu só esperava que funcionasse nos dois sentidos agora.

Puxei sua perna para cima, enganchei meu braço sob seu joelho e fui mais fundo enquanto chupava seu pescoço.

— Sim... — ela gemeu.

Grunhi, movendo-me o mais rápido que pude enquanto sua boceta apertava meu pau. Seus músculos internos começaram a pulsar ao meu redor, e eu sabia que, a qualquer segundo, ela gozaria. Nós dois gozaríamos. Com mais alguns movimentos de meus quadris – bem fundo –, gememos em uníssono diante do clímax. No entanto, desta vez, quando gozei, senti minha porra enchendo seu interior. Seria porque eu estava bebendo dela – uma vampira – enquanto gozava? Tudo isso era novo.

Meus olhos se arregalaram ao perceber esse fato, e levantei a cabeça para encará-la.

— Calla...

— Acho que isso significa que teremos um bebê agora.

— Por que você acha isso?

Ela deu de ombros.

— Pensamento ilusório?

Franzi o cenho, ainda enterrado dentro dela – e de pau duro. Pensei no que Donovan havia dito sobre Renzo e Gael.

— Ou chegamos tarde demais, já que não queria acreditar que amava uma humana, e agora você é uma vampira.

Calla beijou meus lábios suavemente.

— Você ficaria bem se tivéssemos gerado um filho?

— Claro, mas não há a menor possibilidade de você procriar. Tudo isso está encerrado agora.

Ela sorriu.

— Acho que vamos descobrir, não é?

Quando acordei naquela noite, Calla não estava na cama. Tive um momento de pânico, mas então a ouvi rindo com Athan na sala de estar. Depois de vestir a calça do pijama, fui averiguar o que era tão engraçado.

— Quando estávamos na faculdade — Calla sorriu ao me ver entrando na sala, mas depois voltou à sua história —, costumávamos ir a este bar todas as sextas e sábados à noite. Às vezes, às quintas-feiras também. Enfim, havia um cara que fazia truques de mágica para pegar garotas. Uma noite, ele tentou com a V.

— Que truque de mágica?

— Bem, era tipo um truque de cartas. Ele fazia as meninas escreverem seus números de telefone nas cartas e então as embaralhava, mas pegava a carta que constava com o número da garota.

— Funcionou?

— Toda vez.

— V foi para casa com ele?

— Sim.

— Então você está dizendo que preciso fazer mágica?

Calla riu.

— Não. Estou apenas contando uma história que aconteceu.

Avancei e beijei o topo de sua cabeça.

— Bom dia, docinho.

— Bom dia, McSafado.

— Vamos voltar a isso? — Athan gemeu.

Dei de ombros e Calla caçoou:

— Não fique com ciúmes.

— Aw, eu não estou com ciúmes. — Athan riu.

— Enfim… — comecei a andar em direção à cozinha. — Você tomou café?

Ouvi Calla sair do sofá e me seguir.

— Sim. Athan me mostrou o que fazer e por quanto tempo aquecer o sangue. Também tomei café.

— Há quanto tempo você está acordada? — perguntei, pegando uma bolsa de sangue da geladeira.

Calla se sentou em uma cadeira à ilha.

— Há cerca de uma hora.

— Eu não te deixei exausta ontem à noite? — Pisquei.

— É diferente agora que não sou humana. É como se eu pudesse passar a noite toda transando.

BURN FALLS

Peguei uma caneca e comecei a despejar o sangue.

— Não me tente ou vou aceitar isso como um desafio.

— Esta noite então? — Ela mordeu o lábio.

—Então está combinado. — Pisquei. Coloquei a xícara no micro-ondas e ajustei o time.

— Eu estava... — Calla gritou de dor, de repente, curvando o corpo.

— O que há de errado? — perguntei, correndo para acudi-la.

— Meu...

— Seu o quê? Seu estômago? — Abaixei-me e congelei, encarando seus olhos escuros. — Calla... — sussurrei, então seus olhos se arregalaram.

— Puta merda — murmurou.

— Sim — eu concordei.

— O que está acontecendo aqui? — Athan perguntou ao entrar na cozinha, distraído.

Meu olhar disparou para o dele, então comentei:

— Ouça.

Calla gemeu de dor novamente, e então os olhos de Athan se arregalaram.

— Ai, merda! — exlamou

Sem hesitar, peguei Calla no colo e corri para o quarto.

— Como? — perguntei, como se Calla soubesse. Eu a deitei de lado.

— Eu tenho algo... — ela se curvou e gemeu novamente.

— O que eu faço? — perguntei a Athan, sentindo-o parado à porta.

— E eu que sei?!

— Eu sei. — Calla estendeu a mão e tocou minha coxa quando me sentei ao seu lado na cama.

— O que nós fazemos agora?

Ela balançou a cabeça.

— Não sei o *que* fazer agora, mas sei *como*.

— Bem, não é óbvio? — Athan deu uma risadinha.

Eu o encarei, irritado.

— Selene me visitou anteontem à noite.

— Selene? — perguntei.

— A deusa da Lua.

— O quê? — Ri em descrença.

— Achei que estivesse sonhando. Ela estava aqui no quarto, enquanto você dormia, e disse que nos presentearia com um bebê.

— Está nos dando um filho?

— Bem, não nos presenteando com um *bebê*, mas nos dando a capacidade de conceber um.

— Por que você não me contou?

— Achei que fosse um sonho, Draven. Ela estava brilhando.

— Então, ontem à noite quando eu...

Calla acenou com a cabeça.

— Sim. Eu deveria ter te contado, mas achei que era um sonho. Sabemos que os machos vampiros podem fazer um bebê com sua alma gêmea, mas como você disse, minhas entranhas deveriam estar fechadas para negócios.

— Mas, aparentemente, não estão — comentei, ainda ouvindo o ruído do sangue e do veneno correndo por suas veias e estômago.

Ela sorriu.

— Aparentemente, não.

— Mas por que você está sentindo dor?

— Não sei. — Ela deu de ombros.

Eu fiquei de pé na mesma hora.

— Eu vou pegar uma máquina de ultrassom.

— Vai pegar um? — perguntou Athan, arqueando a sobrancelha.

— Sim. — Fui até o *closet* para trocar de roupa. — Tem um consultório médico na cidade. Vou pegar emprestado e já volto. Fique aqui e fique de olho em Calla.

— Draven... — Calla me chamou em um apelo silencioso, como se não quisesse que eu fosse embora.

Voltei ao seu lado e me inclinei para pressionar meus lábios aos dela.

— Eu já volto, querida. Para sua sorte, um médico, aparentemente, te engravidou.

— Vá rápido.

— Estarei de volta antes que você perceba.

Quando voltei, menos de vinte minutos depois, Calla e Athan estavam sentados na cama. Coloquei a máquina no chão e perguntei:

— Sentiu mais alguma dor?

— Não. Você roubou isso? — perguntou Calla, apontando para a máquina de ultrassom portátil.

— Peguei emprestado — esclareci, ligando-o. Eu tinha a intenção de devolver o aparelho antes que o sol nascesse.

— Estou com fome — afirmou Calla.

— Vá buscar uma caneca de sangue para ela — ordenei a Athan.

— Viu só? O garoto dos recados — Athan murmurou e saiu da cama.

— Isso mesmo, se manda — respondi, sem olhar para ele enquanto esperava a máquina inicializar. — Merda — murmurei e gritei: — Pegue o gel no carro.

Ouvi Athan gemer e então a porta que dava para a garagem se abriu.

— Vocês dois são realmente como irmãos — disse Calla.

Olhei para ela por cima do meu ombro.

— Sim.

— Estou feliz que vocês se resolveram.

— Só espero que não tenha sido um engano. — O micro-ondas apitou e ouvi Athan fechar a porta da garagem com força.

— Eu acredito totalmente que ele é leal.

— Eu também. — Dei um sorriso forçado e iniciei o programa na máquina.

Athan entrou com o que eu havia pedido poucos segundos depois. Eu não tinha certeza se ele tinha ouvido nossa conversa a seu respeito, mas não disse nada. Em vez disso, me entregou o gel e a caneca para Calla.

— Você vai contar para a V? — perguntou ele.

Olhei para Calla quando ela parou a caneca a caminho da boca.

— Não é como se eu pudesse esconder uma gravidez ou um bebê assim que ele nascer.

— Eu quero dizer sobre tudo… — ele esclareceu.

O olhar de Calla encontrou o meu e então ela deu de ombros.

— Não tenho certeza. Tudo aconteceu tão rápido.

— Certo — Athan concordou. Ele se sentou na cama e se recostou à cabeceira.

— Pronta? — perguntei.

Calla acenou com a cabeça.

— Deite-se e levante um pouco a camiseta.

Depois de aplicar o gel em sua barriga, segurei o transdutor sobre seu ventre. Aprendi na faculdade que não era possível visualizar um feto com menos de oito semanas com esse tipo de ultrassom. Ainda assim, eu queria tentar. Não sabíamos com o que estávamos lidando. Quero dizer, dois vampiros tinham acabado de conceber um bebê-vampiro.

— Não vejo nada — disse Calla, olhando para o monitor.

— Sim — Athan concordou.

— Saia — ordenei.

— O quê? — perguntou ele.

— Desculpe — murmurei, afastando o transdutor da barriga. — Preciso fazer isso por via vaginal e prefiro que você não esteja no quarto.

Ele saiu da cama às pressas.

— Não precisa dizer mais nada. — Foi em direção à porta. — Preciso comprar preservativos de qualquer maneira.

Eu sorri com sua percepção. Assim que ele saiu do quarto, eu disse:

— Tire a calcinha enquanto preparo o transdutor.

— Você fala assim com todas as suas pacientes?

Olhei para Calla e vi seu sorriso divertido enquanto tirava a calcinha.

— Não, docinho. Eu lido com sangue, não bebês.

— Não entendo como você consegue lidar com isso, agora que tenho noção dessa sensação de fome.

— Leva tempo para controlar, mas eu sempre bebo uma bolsa de sangue antes de tratar de cada paciente. Pronta? — perguntei, erguendo a haste.

Ela acenou com a cabeça.

Depois que coloquei o dispositivo dentro de sua cavidade, foquei minha atenção no monitor. Na tela em preto e branco, havia um pontinho. Não era grande, mas com minha visão superior, eu poderia dizer do que se tratava. Calla estava, definitivamente, grávida e, pelos meus cálculos, era do tamanho de um feto de quatro semanas.

BURN FALLS

CAPÍTULO 25

CALLA

Draven removeu a haste de dentro de mim.

— Tudo parece normal, exceto o fato de que cresceu em um ritmo acelerado... e não há batimento cardíaco.

— Isso é muito louco.

Eu já tinha aceitado o fato de que agora era uma vampira. Foi fácil aceitar porque eu sabia, no fundo, que era a única maneira de Draven e eu ficarmos juntos para sempre. Mas agora, tudo estava começando a se tornar sufocante demais. Até mesmo quando Draven gozou dentro de mim, não imaginei que a visão que tive naquela noite fosse real.

Agora, eu sabia que não foi apenas uma visão.

Draven desligou o aparelho e sentou-se ao meu lado.

— Será diferente por um tempo, mas você não está sozinha.

— Eu sei. Eu nunca imaginei que seria uma vampira grávida. Como isso foi acontecer?

Draven sorriu e eu revirei os olhos.

— Eu sei *como* isso aconteceu, Draven, é muito surreal.

— Eu sei. Nunca pensei que seria pai.

Segurei sua mão e apertei.

— Agora você será.

Depois que Draven ligou para o hospital, alegando que estava doente, nós vadiamos pela casa, assistindo Grey's Anatomy. Era o dia preguiçoso perfeito que eu queria passar com ele. A fome, no entanto, era voraz. A cada dez minutos, eu precisava de uma bolsa de sangue e, se não conseguisse me saciar, eu sentia uma fome muito maior do que já havia experimentado quando era humana.

Athan foi ao COB buscar meu laptop e uma lista de coisas que eu precisava fazer antes do final da semana. Parecia estranho não ir trabalhar desde que me mudei de volta para Burn Falls. Estive extremamente ocupada aprendendo tudo sobre a empresa, mas Ted estava me mostrando como as coisas funcionavam. Agora, eu teria que descobrir por conta própria, ou corria o risco de arrancar sua cabeça.

Literalmente.

Dei uma pausa em um episódio. Meredith estava conversando com sua mãe moribunda, em busca de conselhos. Isso me fez perceber que eu queria conversar com a minha mãe e contar tudo a ela. Mesmo que a existência dos vampiros fosse algo secreto, de jeito nenhum eu seria capaz de ter um filho sem que ela soubesse. Isso seria errado. Além disso, o marido com quem ela compartilhou trinta e um anos de sua vida era metade vampiro. Ela precisava saber.

— Então, eu estava pensando…

Draven virou a cabeça para olhar para mim.

— Que você não vai me fazer assistir essa série de novo?

Revirei os olhos e ri.

— Não é culpa minha que você nunca tenha assistido.

— Eu faço isso para viver, docinho, e a vida no hospital não é assim.

— Isso é bom. Eu odiaria se você tivesse dormido com todas as suas enfermeiras.

— Bem…

— O quê?! — gritei. — Você dormiu com elas?

— Não com alguém da minha equipe. Mesmo que eu pudesse hipnotizá-las para isso.

— Eu não quero saber quem foi, caso eu algum dia a encontre.

Draven me levantou e me colocou em seu colo.

— Você está com ciúmes, querida?

Comecei a rir.

— Por que eu ficaria com ciúme? Eu consigo me lembrar de todos os detalhes de quando transei com você.

— Você quer um curso de atualização?

Dei um beijo estalado em seus lábios.

— Sim, mas primeiro preciso lhe dizer o que estava pensando.

BURN FALLS

Ele sorriu.

— Tudo bem, o que era?

— Que devemos contar à minha mãe que somos vampiros.

Eu esperava que Draven gritasse em protesto, dizendo que era uma ideia estúpida sair espalhando por aí o que éramos. Em vez disso, ele murmurou:

— Eu concordo.

— O quê?

— Athan e eu estávamos conversando, e acho que o melhor plano é pegar sua família e ir embora por um tempo.

— Sair daqui?

— Se o Renzo vier a Burn Falls, prefiro que não estejamos aqui. Dessa forma, se ele aparecer, ficará sabendo a respeito da morte do seu pai e voltará para Chicago.

— E isso terá fim?

Ele balançou a cabeça.

— Não sei. Achamos que ele deseja que sua família fortaleça seu clã e seu exército.

Eu hesitei.

— Sério?

— É a única coisa em que consigo pensar, e depois que ele descobrir que Miles está morto, ele pode ir atrás de seus herdeiros.

— Eu e meus irmãos.

— Exatamente.

— Então Al e Betha também correm perigo?

— É bem provável. É melhor ficarmos quietos por um tempo.

— E depois?

Draven deu de ombros.

— Daí, depois, talvez eu e Athan consigamos bolar outro plano. Não sei.

— E o seu trabalho? E quanto ao COB?

— Espero que você possa trabalhar em casa, e quanto a mim, vou tirar uma licença por um tempo.

— Trabalho de casa? Eu sei que estou fazendo isso há alguns dias, mas não tenho nem certeza se estou fazendo as coisas direito quando estou lá. Além disso, daqui a pouco tenho que preparar o Imposto de Renda, e vou precisar de toda a documentação que se encontra no escritório.

Draven balançou a cabeça, devagar, como se estivesse pensando no que dizer a seguir.

— Vamos esperar algumas semanas e depois veremos isso. Se precisarmos voltar, nós o faremos. Athan e eu esperamos que até lá, possamos formar nosso próprio exército.

— Um exército?

— Não sei quantos vampiros Renzo possui agora em sua máfia, mas sei que precisaremos de mais do que apenas eu, Donovan e Athan para vencê-lo, se chegar a hora.

— Você tem a mim. — Eu sorri.

— Você nunca matou uma pessoa, querida. Você não tem ideia de como lutar.

— Você pode me ensinar.

Draven colocou a mão na minha barriga.

— Agora não posso. Não há nenhuma chance de eu permitir que você se arrisque.

— Quando Selene me visitou naquela noite, ela disse que serei forte o suficiente para matar Renzo.

— Como?

— Porque estou grávida de um vampiro puro e isso vai me manter a salvo.

Ele olhou para mim por um momento.

— Embora isso seja verdade, você terá que chegar perto dele o suficiente para realmente matá-lo. Não podemos correr esse risco porque não sabemos do que ele é capaz. Tudo o que será necessário é a velocidade e a força dele para arrancar seu coração.

— Mas ela disse...

Draven se levantou e me pôs de pé.

— Não vou correr o risco de ele matar alguém que amo e meu bebê de novo, Calla. Fim da história.

Ele saiu em disparado do quarto, batendo a porta com força e dando a última palavra no assunto.

Por enquanto.

— Renzo está chegando! — Athan gritou ao entrar como um tufão pela porta da frente. Antes que eu pudesse responder, Draven saiu voando do quarto.

— O quê?

— Acabei de encontrar aquele garoto, o tal Donovan, no bar, e ele disse que estava vindo aqui para te avisar. Ele recebeu uma ligação de um de seus amigos do clã, de onde Renzo saiu para 'resolver as coisas com as próprias mãos' — enfatizou as aspas.

— Quando? — Draven perguntou.

Athan deu de ombros.

— Ele não sabe. O amigo disse que tinha saído para cuidar de uns assuntos do clã e, quando voltou, soube que Renzo havia viajado. E não soube dizer quando, mas também não quis perguntar para não parecer suspeito.

— Onde o Donovan está agora?

— Fugiu. Ele se mandou porque não quer dar de cara com Renzo.

— Precisamos ir embora — Draven afirmou e voltou para o quarto, comigo e Athan em seu encalço.

— Agora? — perguntei.

— Agora. — Draven pegou uma bolsa de viagem de seu *closet* e começou a enchê-la com roupas.

— Vamos para onde? — questionei.

— O mais longe que conseguirmos chegar antes do nascer do sol.

— Mas e a minha mãe?

Draven parou de enfiar roupas na bolsa.

— É mesmo. Vamos buscá-la no caminho.

— Não podemos simplesmente ficar aqui? — perguntei. — Renzo não pode entrar sem ser convidado, não é?

— Ele poderia atear fogo na casa, com você dentro — Draven afirmou com naturalidade.

— Oh. — Meus olhos se arregalaram e me virei para Athan. Ele acenou com a cabeça em concordância.

— Vá pegar seu laptop, docinho, e todas as bolsas de sangue. Vamos sair daqui esta noite.

Se eu não ficasse na destilaria, cuidando de tudo e supervisionando o processo do COB, estaria decepcionando meu pai, porque, fatalmente, a empresa poderia ir à falência. Eu tinha consciência disso. Meu pai devia estar se revirando no túmulo, porque trabalhou tanto para que a empresa chegasse a esse patamar e eu estava prestes a ruir com tudo.

— E quanto aos meus irmãos? — questionei.

Draven olhou para Athan.

256   *Kimberly Knight*

— Podemos ligar para eles e dizer que cada um precisa sair da cidade — Athan sugeriu —, dirigindo para o mais longe que puderem e dar um tempo.

— Eles ainda têm aulas na faculdade por mais alguns meses.

— Você quer se arriscar que Renzo consiga pegá-los? — Draven perguntou enquanto voltava a fazer as malas.

— Claro que não.

— Vamos conversar sobre isso assim que sairmos da cidade. Precisamos ir agora — enfatizou.

Não argumentei mais e fui em busca do meu laptop, certificando-me de que meu celular e o carregador estavam na bolsa. Athan foi para seu quarto e, pelo farfalhar de roupa, percebi que também fazia a mala. Momentos depois, ele e Draven me conduziram até o carro, e só então pegamos o caminho para a casa da minha mãe.

— Como vou fazer minha mãe me convidar para entrar? Ela vai pensar que somos loucos.

— Merda. — Draven deu um tapa no volante. — Já que você não é mais humana, seu convite também não funciona comigo. Ela precisará convidar a todos nós a entrar.

— Vou ficar de guarda — Athan disse do banco de trás.

— Você não pode hipnotizá-la?

— Se ela encarar meus olhos por tempo o suficiente, sim.

— Bem, vamos tentar essa alternativa. Imagine fazê-la sair de casa, no maior frio, para contar históricas folclóricas de vampiros.

— Sabíamos que esse dia acabaria chegando — Athan afirmou.

— Sim, mas não sabíamos que seria dessa forma — disse Draven.

À medida que nos aproximávamos da casa, todos ingerimos nossas bolsas sanguíneas, e o tempo todo eu pensava que aquilo ali era tudo minha culpa. Se eu não tivesse testemunhado o ataque do meu pai, ele teria morrido no local. Nós nunca teríamos ido parar no hospital onde Draven trabalhava. Ele nunca teria assumido a responsabilidade de me manter segura, e ele e Athan estariam…

— Estaríamos bem aqui com você — Draven salientou.

Olhei para ele na mesma hora.

— Você estava lendo meus pensamentos?

Ele deu de ombros e sorriu.

— Vamos te ensinar a escondê-los. Mas tudo aconteceu por um motivo. Talvez Selene não soubesse que seu pai seria atacado e deixado ali para morrer. Mas ela destinou sua alma à minha por alguma razão.

BURN FALLS

— Vocês dois me dão vontade de vomitar — Athan murmurou.

— Estou começando a achar que você *tem* ciúme de nós. — Eu ri.

— Nada a ver com ciúme. Eu nunca quis me estabelecer e encontrar minha alma gêmea.

— Você tem uma eternidade para mudar de ideia. — Draven riu. Sem nem precisar olhar para trás, eu soube que Athan havia revirado os olhos. Era bem o estilo dele.

Draven parou diante da casa. A luz da varanda estava acesa, mas as de dentro estavam apagadas.

— Talvez ela não esteja em casa — comentei.

— Ligue para ela. — Draven indicou minha bolsa e desligou o motor.

Procurei o celular e liguei para minha mãe. Tocou três vezes antes de ela atender.

— *Calla?* — perguntou ela, com a voz sonolenta.

Pigarreei antes de dizer:

— Ei, mãe, acho que perdi minhas chaves. Você pode abrir a porta da frente?

— *Já estou descendo.*

— Obrigada. — Encerrei a chamada.

— Vamos até lá e deixe que eu assumo daqui — disse Draven, abrindo a porta do carro.

Assim que abri a porta do meu lado, senti sua presença. Renzo estava aqui. E não estava sozinho.

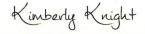

CAPÍTULO 26

DRAVEN

— Parece que minha noite acabou de melhorar. Três pelo preço de um.

Cerrei os punhos quando ouvi sua voz às minhas costas. No segundo em que abri a porta, soube que ele estava por perto. Um sentimento súbito de derrota me dominou quando me virei para encarar Renzo, e então me endireitei e me preparei para o que seria minha morte ou a dele. Havia movimento ao nosso redor, e eu sabia que ele não estava sozinho. Olhei para Athan e percebi que ele também estava tenso, preparando-se para uma luta.

— Calla, você precisa entrar em casa agora — ordenei assim que Shauna abriu a porta.

Renzo estava se aproximando. Eu não sabia o que ele havia planejado, mas se Calla estivesse segura dentro de uma casa onde ele não poderia entrar, eu poderia me concentrar mais. Eu lutaria com afinco contra ele antes de deixá-lo incendiar o lugar.

— Ela pode tentar, mas não vai conseguir.

— Mãe, feche a porta e não deixe ninguém entrar! — Calla gritou.

— O que está acontecendo? — Shauna perguntou. — Quem são todos esses homens?

— Agora! — sibilei. — Feche a porra da porta, Shauna.

Ela não hesitou ou questionou mais. Em vez disso, a porta se fechou com força e voltei minha atenção para o vampiro que caminhava em nossa direção.

— Podemos entrar no carro e ir embora — Athan sugeriu.

— Eu não vou deixar minha mãe sozinha com um quintal cheio de vampiros — Calla retrucou.

— Então lutaremos até a morte — Athan rebateu.

— Você está conosco? — perguntei.

Athan iria me ajudar ou dar cabo de algum plano para Renzo. Eu esperava, depois de todo esse tempo, que ele não fosse meu inimigo.

Athan virou a cabeça e me encarou.

— Claro que sim.

Finalmente, todos os vampiros que estavam juntos a Renzo apareceram. Estávamos em desvantagem numérica, já que eram dez contra três. Não reconheci nenhum deles, e nunca matei ou lutei contra um vampiro antes. Quando estava em Chicago, éramos treinados, mas nunca matamos qualquer um de nossa espécie.

— Calla, entre no carro — ordenei.

— Eu não vou entrar no carro, Draven.

— Por favor?

— Não.

Renzo riu.

— Impetuosa. Gosto dela, embora tenha cheiro de novata. Ela é sua amante?

Eu o encarei, sem responder à sua pergunta.

— Por que você está aqui?

— Vim pelo meu neto.

— Seu neto está morto — Athan afirmou.

— E por que devo aceitar sua palavra, *Athan*? — Renzo sibilou o nome dele em um tom desdenhoso.

— Tudo bem, não acredite então — Athan disse com rispidez. — Mas e quanto ao Donovan? É por isso que você está aqui, certo?

Renzo piscou.

— Não me diga por que estou aqui!

Athan riu, mas antes que pudesse dizer mais alguma coisa, eu interferi:

— Renzo, apenas me leve. Esqueça os O'Bannion e me leve contigo. Vou voltar e fazer o que você quiser.

— Não! — gritou Calla.

Renzo sorriu.

— O passado sempre te alcança, não é? Eu sabia que iria encontrá-los em algum momento.

— Você esteve nos procurando? — perguntou Athan.

Renzo fez uma careta.

— Não importa se estive ou não. O fato é que vocês estão parados na minha frente agora. Também parece que um de vocês transformou essa garota. — Ele inclinou a cabeça ligeiramente como se estivesse ouvindo alguma coisa e então disse: — E ela está grávida.

— Ela não é da sua conta — rebati. O medo percorreu meu corpo ao perceber que ele havia se dado conta.

260 Kimberly Knight

— Ah, ela é da minha conta, sim. Meu neto mora nesta casa e, como ela chamou de mãe, a senhora que abriu a porta, vou presumir que ela seja minha bisneta e, portanto, vou levá-la junto com seu bebê.

— Só se for por cima do meu cadáver — rosnei.

— Não me provoque, Draven.

— Aquele a quem busca está morto, Renzo. Seu filho, Donovan, o matou e fugiu — Athan interrompeu.

— Não acredito na sua palavra. Eu não sou ingênuo, Athan.

Athan deu uma risadinha.

— Tudo bem, mas você não vai levar a Calla.

— Exatamente — murmurei.

Renzo riu, tombando a cabeça para trás.

— Eu faço o que quiser, porra.

CAPÍTULO 27

Calla

Quando Selene veio me visitar, achei que estivesse sonhando. Eu me sentia da mesma forma agora, como se, a qualquer momento, eu fosse acordar na cama de Draven. No entanto, não havia brilho majestoso ao redor nenhum. Também era estranho demais olhar para meu bisavô de quase cento e quarenta e quatro anos em idade vampírica.

Renzo riu, com a cabeça inclinada para trás.

— Eu faço o que quiser, porra. — Então, com um aceno de cabeça, tudo aconteceu de forma rápida.

Seu capangas avançaram, seguindo direto para Draven e Athan. Eu não sabia o que fazer enquanto fiquei ali, observando a luta entre todos, vendo quando Draven e o amigo grunhiam e quebravam os pescoços de outros vampiros. Eu nem tinha certeza se isso mataria um deles em definitivo. Pelo que eu sabia – da TV, é claro –, a única maneira de um vampiro realmente morrer era se tivesse seu coração arrancado do peito, embora não fosse este órgão que os mantivesse vivos.

Enquanto eu os observava aniquilar um a um, senti uma pequena vibração na minha barriga. Eu sabia que meu bebê também estava preocupado que tudo pudesse dar errado. Draven e Athan poderiam ser fortes o suficiente para matar Renzo? Eu era? E se Selene estivesse errada? Afinal, eu era apenas uma novata – muito jovem nisso tudo.

Assim que Draven e Athan quebraram os pescoços dos dois últimos, senti-me sendo erguida do chão.

— Me solta! — gritei.

Draven e Athan se viraram na mesma hora.

— Solte-a — Draven rosnou.

Renzo riu.

— E por que eu faria isso?

— Eu vou acabar com você — esbravejou Draven.

— Você pode até tentar...

Renzo começou a recuar em seus passos, agarrando-me com força.

— Pare! — Esperneei. Gritei desesperada e, ao longe, ouvi o ruído das sirenes. Draven e Athan correram em nossa direção, cada um deles tentando me tirar do alcance dele, apenas para serem afastados.

— Vocês dois podem ser fortes e mais velhos do que aqueles que trouxe comigo — ele riu —, mas não são páreo para mim. — Draven e Athan tentaram novamente, no entanto, desta vez, Renzo me segurou com um braço e, com a mão livre, agarrou a garganta de Draven.

— Solte ele! — gritei, me debatendo sem sucesso.

— Me mate — Draven grunhiu. — É a única maneira de você sair com ela.

— Não quero te matar. Quero possuir você de novo. — Com uma torção do pulso, Renzo quebrou o pescoço de Draven.

— Não!!! — gritei, encarando o homem que eu amava, com os olhos arregalados, antes de se tornarem vazios.

— Seu filho da puta! — rugiu Athan, e antes que eu me desse conta, ele quebrou o pescoço de Renzo e meu corpo desabou no chão.

— Você o matou? — perguntei ao me levantar, olhando para Renzo. — Draven também está morto?

— Não. Assim que a lesão sarar, eles acordarão.

— Vamos apenas arrancar o coração dele agora — sugeri.

— Eu quero que Draven acorde para ver esse idiota morrer.

— Não posso acreditar que isso está acontecendo.

Athan me envolveu em seus braços e eu desejei ser capaz de chorar. Eu queria. Queria destruir tudo ao redor enquanto lágrimas grossas escorriam pelo meu rosto. Mas isso não era mais possível. Eu também adoraria me consolar com uma bela fatia de bolo.

As sirenes se aproximaram.

— Merda — Athan murmurou. — Não temos tempo de nos livrar de tudo isso antes que a polícia chegue.

— O que devemos fazer?

Athan olhou em volta.

— Ajude-me a colocar Draven e Renzo no carro.

— Colocar o Renzo no carro?

— Tudo bem, no porta-malas. Vou colocá-lo no porta-malas, caso ele acorde.

BURN FALLS

— Será que ele não é forte o bastante para destruir a lataria?

— Não sei, mas não vamos deixá-lo à solta por aí. Temos que tentar alguma coisa.

— Certo.

Athan foi até Renzo e o pegou enquanto eu dava a volta para abrir o porta-malas. Logo em seguida, ele colocou o corpo sem vida de Draven no banco de trás.

— Você tem certeza de que Draven não está morto?

— Sim. Nós precisamos ir agora.

— Mas e a minha mãe? Há um quintal cheio de vampiros em seu gramado.

— Tudo bem. Vou levá-los para a floresta enquanto você conversa com a sua mãe.

Athan decolou, pegando um vampiro no colo e saindo antes que eu pudesse responder. Fui até a porta da frente e bati. As sirenes estavam se aproximando, e eu sabia que só tínhamos mais alguns minutos antes que eles chegassem aqui.

— Mãe, sou eu.

A porta se abriu.

— O que está acontecendo, Calla?

— Olhe nos meus olhos. — Não tinha ideia de como compelir alguém, já que nunca fui treinada nessa habilidade, mas eu tentaria. Mesmo que não funcionasse, eu esperava que ela me ouvisse e confiasse em mim. — Você precisa entrar no carro e vir conosco. Por favor! — Senti meus olhos pulsando, mas, novamente, não fazia ideia se estava funcionando.

Finalmente, ela disse:

— Tudo bem. — E então saiu com seu roupão e chinelos e fechou a porta atrás de si.

— Sente-se no banco do passageiro, okay?

— Você vai me dizer o que está acontecendo?

— Sim. — Abri a porta e a ajudei a entrar. Logo em seguida, me sentei no banco traseiro e coloquei a cabeça de Draven no meu colo enquanto esperava por Athan.

— É o Dr. Young?

— Sim.

— Ele está dormindo?

Deus, eu esperava que sim.

— Sim. — Athan entrou no carro segundos depois. — Mãe, este é o amigo do Dr. Young, Athan. — Ele acenou com a cabeça e deu partida.

— Aonde vamos? — perguntou a mãe.

— Para a casa do Dr. Young — Athan respondeu.

Passamos pelas viaturas da polícia bem a tempo.

— Você chamou a polícia, mamãe?

— Sim. Minha filha estava cercada por homens estranhos no gramado da frente, tarde da noite.

— Okay. — Olhei para o céu escuro pela janela.

— Me diga o que está acontecendo — implorou a mãe.

Abri a boca para responder, mas então um pensamento me atingiu.

— Athan, como vamos colocar o Renzo dentro da casa de Draven?

— Quem é Draven? — perguntou minha mãe.

— Dr. Young — respondi, precisando que Athan me esclarecesse o fato mais importante.

— Achei que o primeiro nome dele fosse Parker?

Eu gemi, agoniada.

— Ele atende pelo nome do meio.

— Ah… — ela disse.

Athan deu uma risadinha.

— Não vamos deixar o Renzo entrar na casa do Draven. Eu nunca deixaria isso acontecer.

— Então o que vamos fazer?

— Eu ainda não tenho certeza.

— Quem é esse Renzo? — mamãe perguntou.

— Explicarei tudo quando chegarmos à casa do Draven — respondi.

— Aqueles homens ainda estão atrás de nós? — indagou ela.

— Não — Athan afirmou enquanto estacionava próximo à garagem de Draven. Ele parou pouco antes, e eu não tinha certeza se isso significava que Renzo seria arrancado à força do porta-malas assim que cruzássemos o limite da residência por não ser um convidado.

— Você os deixou na floresta. E se eles vierem atrás de nós?

— Então que venham — Athan disse. — Nós não os matamos porque Draven e eu sentimos que ninguém quer realmente trabalhar para Renzo.

— Matá-los? — mamãe perguntou, assustada, encarando Athan e se afastando o máximo possível.

— Alguns podem estar satisfeitos de trabalhar para ele — salientei, sem me preocupar em tranquilizar a minha mãe. Com sorte, ela pensaria que não o ouviu corretamente.

— Eles não terão um Renzo para quem voltar.

BURN FALLS

— Isso é verdade.

— Leve sua mãe lá para dentro, enquanto cuido de tudo aqui fora.

— Tudo bem. — Descemos do carro assim que ele abriu a porta da garagem com o controle remoto.

— Por favor, me diga o que está acontecendo — mamãe implorou enquanto eu gesticulava para que ela entrasse em casa.

— Okay. Sente-se aqui na cozinha.

Seus passos vacilaram quando ela olhou em volta, brevemente, e eu sabia que era por causa da cozinha maravilhosa à sua frente. No entanto, ela não disse nada enquanto se sentava e cruzava as mãos no colo.

— O que estou prestes a dizer é cem por cento verdade.

— Bem, espero que sim.

— Não é porque não queira te contar a verdade, é só porque o que vou dizer é meio que inacreditável.

— Diga logo, Calla.

— Tudo bem, então. — Eu sorri e suspirei, soltando a bomba em seguida: — Draven, Athan e eu somos vampiros.

Ela olhou para mim, sem piscar, e então começou a rir, descontroladamente.

— Obrigada. Eu precisava disso, depois de ficar apavorada por você e com toda essa confusão.

— Não estou brincando, mãe. Estou falando bem sério.

— Vampiros não existem.

— Existem, sim.

— Prove.

Fui até a geladeira e a abri. Todos os compartimentos estavam repletos de bolsas de sangue.

Ela não disse nada.

Voltei até a bancada central e me inclinei, ficando cara a cara com ela. Sem mais demora, projetei minhas presas.

Seus olhos se arregalaram e ela tentou se levantar. A banqueta começou a tombar para trás e eu dei a volta na bancada, segurando-a antes que ela desabasse no chão.

— Calla... — ela sussurrou.

— Eu sei.

— C-como?

Eu a coloquei sentada de volta no banquinho.

— É uma longa história e você deve estar cansada.

266

Kimberly Knight

— Calla, estou tudo menos cansada.

Balancei a cabeça, devagar, e voltei para o lado oposto da bancada.

— Sofri um acidente de carro há algumas noites. — Draven... a propósito, Draven Delano é seu nome verdadeiro e Parker Young é o pseudônimo que usa por aí, então... ele me salvou.

— Sério?

— Sim.

— Ele é mesmo médico?

— Sim. Claro.

— Isso é bom.

— De qualquer forma, o Draven veio ajudar depois que soube do meu acidente e disse que eu estava morrendo. A única maneira de me salvar era me transformar.

— Você estava morrendo?

— Sim, mas Draven me salvou.

— E como ele se tornou um vampiro?

— Ele foi transformado em 1928 por um outro vampiro.

— O quê? — arfou.

— Você se lembra daquela foto que encontrei na gaveta do papai depois que ele morreu?

— O da sua bisavó Gael?

— Sim.

— Eu me lembro.

— O homem daquela foto não era um homem de fato. Ele é o vampiro que apareceu em seu quintal esta noite.

— Ele é um vampiro? — ela sussurrou.

Eu concordei.

— Ele era o senhor de Draven, na verdade.

— Como isso é possível?

— Não sei como Renzo conheceu a bisavó Gael, mas sei que ele a engravidou... da vovó.

Ela ficou em silêncio e imaginei as rodas em sua cabeça girando.

— Então você está dizendo que seu pai...

— Sim.

— E você, Al e Betha...?

— Sim.

— São vampiros?

— Não. Carregamos o veneno em nosso sangue, mas ainda precisamos

BURN FALLS

ser transformados para completar a transição — esclareci.

— Eu fui casada com um vampiro?

— Não. — Eu ri. — Quero dizer, acho que sim, mas ele não era um vampiro de fato. — Eu não tinha certeza se estava fazendo qualquer sentido. Achei que teria mais tempo para me preparar antes de precisar contar tudo a ela. Mesmo se fizesse isso no carro, enquanto saíamos da cidade, eu teria a ajuda de Draven. — Há mais uma coisa que preciso te dizer.

— Tem mais?

— Depois que Draven me transformou, nós... hum... ficamos *grávidos*.

E então minha mãe desmaiou.

Minha mãe dormia no sofá, enquanto Draven estava em sua cama. Athan e eu estávamos olhando para ele, esperando-o acordar.

Esperançosamente.

— Podemos pesquisar alguma coisa no Google ou algo do tipo?

Os olhos de Athan se voltaram para mim.

— No Google?

Dei de ombros.

— Sei lá. Depois de tudo, não tenho certeza se deveria estar de luto.

— Draven não está morto — Athan afirmou.

— E se ele estiver?

— Eu não estou morto.

Olhei de volta para Draven. Ele gemeu ao tentar se sentar. Lancei-me em direção a ele, enlaçando seu pescoço.

— Você é um idiota!

— Sou?

— Você disse a ele para te matar! — Afastei a cabeça para trás e encarei seus olhos negros.

Draven segurou minha bochecha.

— Se algo acontecesse com você, eu não iria querer permanecer mais nesta terra. — Draven olhou por cima do meu ombro para Athan. — E o Renzo? Como vocês escaparam?

— Quebrei o pescoço dele, e deduzo que ele vai acordar em breve também.

— Como você conseguiu fazer isso? — Draven perguntou.

— Fazendo. Embora você saiba que isso não é o suficiente para matá-lo.

— É claro. Onde ele está?

Athan sorriu.

— Dentro de um barril de uísque no quintal.

— O quê? — questionei.

— Ele não conseguirá escapar? — Draven perguntou.

— Não sei. Esta foi a primeira vez que capturei um vampiro de 144 anos.

— É melhor irmos. — Draven começou a se levantar da cama, e então saiu correndo pela porta. Ele parou no segundo em que viu minha mãe, e me encarou.

Dei de ombros.

— Tínhamos que pensar rápido.

— Ela sabe?

— Ela sabe sobre as partes importantes, daí ela desmaiou quando eu contei que sou uma vampira grávida.

— Quando?

— Há cerca de uma hora — respondi.

Draven correu até onde ela estava deitada.

— Ela não deveria estar inconsciente.

— Ela acordou alguns minutos depois, e acho que finalmente adormeceu há cerca de dez minutos — esclareci.

— Olha, não quero me intrometer nesse reencontro familiar, mas temos um assunto para lidar no quintal, D. — Athan se dirigiu para a porta que se abria para o terraço dos fundos.

— Certo. — Draven se levantou, e nós três corremos em direção ao quintal. No entanto, ele parou antes de sairmos. — Fique em casa.

— Eu não vou ficar em casa, Draven.

— Por favor?

— Não. Vocês dois não vão lá sozinhos. Você precisa da minha ajuda. Lembra do que Selene me disse? Ela disse que serei forte o suficiente para matá-lo.

— Sei disso, mas prefiro que você fique dentro de casa, caso não seja verdade.

— Vocês dois vão parar de discutir? Renzo pode acordar a qualquer momento.

Não deixei que ele suplicasse para que eu ficasse em casa. Em vez disso, disparei porta afora. Quando estávamos observando o barril, a tampa voou e Renzo se levantou, nos encarando com fúria ardente.

BURN FALLS

269

— Você não fixou essa porra? — Draven perguntou, referindo-se ao tampo do barril.

— Sim — Athan afirmou.

Renzo rugiu com uma risada maligna.

— Você deveria ter me queimado quando teve a chance.

Eu não sabia como funcionava esse lance de matar um vampiro, mas não poderia ser tão fácil, certo? Quebrar seus pescoços para apagá-los e depois atear fogo?

— Acredite em mim, eu teria feito isso se você não tivesse quebrado o meu pescoço — Draven sibilou.

Senti a presença dos outros vampiros antes que eles aparecessem por trás das árvores que cercavam a propriedade de Draven.

— Então, estamos de volta a isso — Athan comentou. — Não hesitarei em queimá-lo depois de acabarmos com seus capangas.

Renzo saltou do barril e recostou-se a ele como se não estivesse nem um pouco preocupado.

— Diga-me, Athan. Por que você decidiu fugir com Draven? Você nunca lutou contra sua transição como ele. Nunca me respondeu, e tive a impressão de que estava feliz por fazer parte de uma família de *verdade*.

Uma família de verdade? Athan havia mencionado que um dia me contaria sua história. Isso ainda não aconteceu.

— Eu não preciso te contar merda nenhuma — Athan sibilou.

Renzo riu novamente.

— Eu já sei de tudo, mas e o Draven? Ele sabe?

Meu olhar oscilou para frente e para trás entre os três homens. Athan olhou para Draven e depois de volta para Renzo. Tentei ouvir os pensamentos de Athan para descobrir a verdade, mas ele os estava bloqueando. Eu realmente precisava aprender essa habilidade.

— Responda-me — ralhou Renzo. — Ou eu direi a ele.

— Não importa. Não mais.

— Não mais o quê? — Draven exigiu.

No entanto, eu sabia. Não era algo escancarado porque Athan nunca havia dado nenhum sinal, mas agora fazia todo sentido o porquê ele sempre fazia qualquer coisa que Draven pedia.

— Nada — Athan respondeu, sem olhar para o amigo, mantendo o olhar focado apenas em Renzo.

— Última chance antes de eu fazer isso — Renzo afirmou. — Ele merece saber antes de morrer. Antes de todos vocês morrerem.

270   *Kimberly Knight*

Eu me aproximei de Draven e segurei sua mão. Eu não tinha certeza de como ele reagiria à revelação, e queria que soubesse que eu estava aqui para ele, mesmo se todos nós morrêssemos agora.

— Por que você se importa com isso? — Athan esbravejou.

— Já vivi muito tempo e você sabe que adoro um drama. Além disso, por que acha que os coloquei no mesmo quarto no complexo?

Athan e Renzo se entreolharam.

— Diga logo de uma vez — Draven resmungou. Eu não tinha certeza se ele havia deduzido por si só ou não.

Os olhos de Athan se voltaram para Draven outra vez.

— Porque eu estava apaixonado por você.

Eu sorri, mas o corpo de Draven ficou rígido.

Athan continuou:

— Não estou mais e já faz muito tempo.

— Você é gay? — Draven perguntou.

— Bi.

— Por que nunca me contou? — ele quis saber.

— Porque era um mundo diferente. Os gays se mantinham no armário e eu lutava contra isso. Pensava... esperava que fosse uma fase e não queria que nossa amizade acabasse, então guardei isso para mim. Sempre foi melhor assim.

— E agora? — Draven olhou para mim, e eu sorri calorosamente antes que ele voltasse seu olhar para o amigo.

— Agora não.

E se o verdadeiro amor de Athan não fosse uma mulher e por este motivo ele nunca tenha engravidado uma mulher?

— Tudo bem. Agora que tudo está exposto, todos vocês podem morrer de vez. — Renzo arreganhou os dentes e voou direto para Draven.

— Não! — gritei e me coloquei na frente do corpo dele antes que Renzo pudesse agarrá-lo. Renzo me girou e me grudou ao seu peito, da mesma forma que fez na frente da casa da minha mãe. Draven e Athan cerraram os punhos e o encararam.

— Desta vez, Draven, você vai me ver matar sua namorada grávida.

— Ela é sua bisneta — ele afirmou, como se isso fosse mudar a opinião do idiota.

— Embora eu não estivesse esperando nada disso quando vim para Burn Falls, terei muito mais prazer agora, vendo seu sofrimento por ter se voltado contra mim. Você sabe que ninguém que se volta contra mim permanece vivo.

— Eu deixei o clã porque não queria ficar sob seu controle! — rugiu Draven. — Eu nunca pedi por essa maldição.

— Ninguém pede, Draven. E essa é a beleza de ser tão velho quanto eu. Eu posso fazer o que quiser.

Eu me debati, tentando me soltar de seu agarre. Senti quando Renzo acenou com a cabeça, e, em seguida, os vampiros que o acompanhavam se lançaram contra nós. O tempo pareceu desacelerar quando as mãos de Renzo envolveram o meu pescoço. Draven e Athan gritaram ao mesmo tempo:

— Não! — E começaram a avançar.

Raiva e medo me percorreram de cima a baixo.

Eu me inclinei para trás, envolvi minhas próprias mãos ao redor da cabeça de Renzo e puxei o mais forte que pude. Renzo voou por cima do meu ombro e aterrissou no chão. Eu me lancei contra ele e montei em seus quadris, esmurrando-o com toda a minha força. Seus olhos se estreitaram, e então ele inverteu nossas posições, mantendo-me presa no chão.

— Você acha que é uma vampira fodona agora? — ele sibilou.

— Eu te odeio! — gritei, sentindo o sangue e o veneno em minhas veias bombeando rapidamente.

Renzo sorriu.

— Isso não é jeito de falar com seu bisavô.

Eu girei para ficar por cima outra vez.

— Eu não me importo com quem você é. Você nunca vai machucar ninguém que eu amo novamente.

Ele começou a dizer algo mais, mas antes que pudesse continuar, enfiei meu punho em seu peito e fui direto para seu coração. Os ossos se partiram e os músculos se rasgaram quando perfurei seu torso, e no instante que senti seu coração em minha mão, eu o arranquei da cavidade. Os olhos de Renzo se arregalaram e nós dois encaramos o coração negro em meu punho, com o sangue escorrendo pelo meu braço. Eu o encarei, e enquanto ele me olhava de volta, sua pele lentamente ficou cinza.

Meus olhos se arregalaram quando percebi o que havia feito, agora com um coração em minha mão. Estremeci e joguei o mais longe que pude. Então, para testar minha força e para fazer o que Selene ordenou, eu me abaixei e agarrei sua cabeça, arrancando-a sem dó. O som horrível se infiltrou pela noite. Arremessei o membro para longe e tentei me acalmar diante de todo o horror vivenciado.

Draven e Athan se viraram para enfrentar os capangas que ainda se aproximavam.

Kimberly Knight

— Vão embora e nós pouparemos suas vidas — Draven disse.

Sem hesitação, eles sumiram de vista.

O olhar de Draven encontrou o meu e ele sorriu antes de me pegar no colo e me girar em seus braços.

— Você conseguiu!

Eu ainda estava atordoada e, aparentemente, Athan também, porque ele ainda encarava o corpo decapitado e ensanguentado de Renzo. Ouvi seus pensamentos quando a realidade o atingiu.

"Puta merda."

— Você conseguiu! — Draven repetiu, orgulhoso.

— S-sim... — Draven me beijou com voracidade antes de me colocar de pé outra vez. — Selene estava certa — sussurrei.

— Sim, docinho. Ela estava.

Ele me beijou de novo e então olhamos para Renzo. Eu não tinha certeza de quanto tempo se passou, mas então Athan disse:

— Eu vou queimar o corpo dele.

— Onde? — Draven perguntou.

— Não sei. Eu vou descobrir. Tenho certeza de que há uma casa funerária por aqui... — O olhar de Athan encontrou o meu. — Sinto muito.

Dei um sorriso forçado, ciente de que ele estava se desculpando por achar que ao falar em uma funerária, eu pensaria no meu pai.

— Está tudo bem. De qualquer maneira, eu teria perdido meu pai. Não sei o que teria feito se ele tivesse simplesmente largado minha família, e pouco antes do Natal. — Draven me puxou com mais força contra ele e beijou o topo da minha cabeça.

— Okay... Então, vocês dois vão comemorar com uma transa selvagem ou algo assim, e eu vou cuidar desse idiota.

— Athan. — Eu o alcancei. — Acho que vocês dois precisam conversar.

O olhar de Athan se voltou para Draven.

— Não há nada a se dizer.

— Há, sim — eu insisti.

— Isso foi há muito tempo — Athan afirmou. — Eu não me sinto mais daquela forma.

Olhei para Draven enquanto ele ainda me segurava em seus braços.

— Vocês dois precisam conversar.

— Ela está certa — Draven disse, olhando para o amigo.

— Não importa, D. Você encontrou sua alma gêmea e eu segui em frente. Somos amigos e nada mais. Fim da história.

BURN FALLS

— Athan — implorei. — Está tudo bem se você ainda estiver apai...

— Não estou, Calla — ele disse, ríspido.

— Só deixe-o ir — Draven disse. — Vamos conversar em algum momento.

— Tanto faz. — Athan revirou os olhos. — Posso queimar esse filho da puta agora?

Ele pegou o corpo de Renzo e o colocou sobre o ombro, e Draven lhe entregou a cabeça antes que ele saísse correndo noite adentro sem dizer mais nada.

— E aí...? — perguntei, olhando para o monitor que mostrava a imagem em preto e branco.

— Já que não tem batimento cardíaco, não tenho certeza. Mas... — disse Draven, apertando alguns botões — acho que cresceu alguns centímetros.

— Quanto? — Minha barriga ainda não era aparente, muito provavelmente porque eu era cheinha, embora meu corpo fosse feito de puro músculo agora. Fiquei sabendo que a nova tendência era ser forte, ao invés de esquelética, e eu não estava reclamando disso.

— Não muito. Se meus cálculos estiverem corretos, acho que você vai dar à luz em cinco ou seis meses.

— Não nove?

— Não.

— Como isso é possível se não há batimento cardíaco e os vampiros não envelhecem?

— Não sei, docinho. Mas o veneno em suas veias não parou de bombear desde que você engravidou. Isso tem que significar alguma coisa.

Balancei a cabeça, lentamente, processando suas palavras.

— Eu acho que sim. Só espero que a dor desapareça.

Ele afastou o transdutor do ultrassom e se inclinou para beijar meus lábios.

— Eu também, querida. Eu também.

De alguma forma, fomos capazes de ser silenciosos enquanto fazíamos amor, com minha mãe ainda dormindo no sofá. Foi lento, profundo e apaixonado. Tudo em Draven era perfeito. E agora que tudo foi dito e feito, ele não conseguia mais conter o sorriso constante, e nem eu.

— O que vai acontecer com o clã? — perguntei, arrastando os dedos preguiçosamente pelo seu abdômen trincado.

Ele deu de ombros.

— Não tenho certeza.

— Ele tem um segundo no comando ou algo assim?

— Samuel.

— Esse Samuel era algum dos vampiros que veio esta noite?

— Não.

— Ele é tão ruim quanto o Renzo?

— Acho que se alguém esteve sob o controle de Renzo por tanto tempo, isso deve estar impregnado nele.

— Então nós fizemos isso por nada?

— Não. Fizemos isso para vingar o seu pai.

— E você e Athan — eu corrigi.

— Nós também.

— Ele virá atrás de vocês? — perguntei, referindo-me a Samuel.

— Ele não deveria.

— É melhor mesmo.

— Não, é melhor que não venha. — Eu ouvi o sorriso na voz de Draven.

Draven e Athan tiveram uma longa conversa enquanto eu estava no trabalho, e parece que a revelação de que Athan é, na verdade, bissexual, e já amou Draven, agora era passado. Porém, alguém seria, realmente, capaz de esquecer uma pessoa amada? Talvez se apenas achassem que as amavam. Eu acreditava que aconteceria isso com Athan, quando ele encontrasse seu verdadeiro amor.

Se ele algum dia o encontrar.

Minha mãe levou vários dias para entender o fato de que eu era uma vampira grávida, e que estava namorando um vampiro secular. Acabei indo morar com Draven por causa do problema com a exposição ao sol; as cortinas *blackout* que desciam automaticamente em sua casa eram perfeitas para nos proteger. Se alguém me perguntasse, no Dia de Ação de Graças, onde eu achava que estaria quatro meses depois, nunca que a história que aconteceu no período do Natal se passaria pela minha cabeça.

Draven e eu nos sentamos no terraço dos fundos da casa, degustando de nossos copos com sangue e enquanto observávamos o brilho do luar sobre as águas do lago. Sorri para mim mesma ao imaginar Selene olhando para nós, e então a aplaudi em silêncio. Sinceramente, eu acreditava que não teria coragem de reunir forças para acabar com Renzo.

— Pronta? — Draven perguntou.
— Onde estamos indo?
Ele sorriu.
— Temos um *encontro* esta noite.
Eu ri com vontade.
— Toda noite temos um *encontro*.
— Não estou falando sobre sexo, docinho.
— Então do que está falando?
— Você confia em mim?
— Claro que sim.
— Então venha comigo. — Levantou-se e estendeu a mão para mim.

— Você vai me contar agora? — perguntei enquanto ele dirigia para o norte.
— Não.

Nós dirigimos um pouco mais além.

— E agora?

— Não.

Algumas horas depois, Draven pegou a saída para Fairbanks.

— Vamos ver a aurora boreal?

— Talvez...

Eu sorri enquanto contemplava o céu escuro pela janela. Quando Draven parou o carro, percebi que estávamos no mesmo mirante da primeira vez que vimos a aurora juntos.

Não havia se passado nem um minuto quando as luzes começaram a iluminar o céu noturno, criando seu contraste com as ondas esverdeadas. Enquanto eu olhava para cima, não percebi que Draven havia se ajoelhado ao meu lado até que disse meu nome:

— Calla. — Olhei para ele e o vi segurando uma aliança com um *imenso* diamante. Arregalei os olhos e cobri a boca com a mão, em choque. — A primeira vez que viemos aqui, eu sabia que estava apaixonado por você. Posso não ter admitido, mas na época eu sabia que a queria para sempre. Agora que sabemos que somos almas gêmeas, gostaria de saber se você deseja passar a eternidade ao meu lado. Você quer se casar comigo?

Não hesitei nem um segundo antes de me jogar em seus braços.

— Sim!

BURN FALLS

EPÍLOGO

DRAVEN
Oito meses depois

A neve estava caindo quando saímos de nossa casa para o cemitério. Minha filha, Luna, sentada no banco de trás, brincava com seu *iPad*, e Calla, minha esposa, estava ao meu lado.

Muita coisa havia mudado em oito meses.

Calla e eu nos casamos em Seattle em uma noite estrelada de maio, no quintal de Martin. Ela não foi capaz de esconder o fato de estar grávida, então garantimos que todos soubessem.

— *Você não está comendo?* — ouvi Valencia perguntar a Calla.

Estávamos jantando na casa de Martin antes da grande noite. Claro, a comida era para os mortais. As três filhas de Martin iriam dormir na casa de alguém, já que a casa foi tomada pela família de Calla.

Calla encolheu os ombros.

— *Não estou com fome.*

Sorri calorosamente para ela, sentada ao meu lado, e apertei seu joelho sob a mesa.

— *Como sua dama de honra, vou te obrigar a comer para que você não...*

Calla saiu correndo abruptamente – e muito rápido. Enjoo matinal para um vampiro era diferente de um humano, já que a única coisa que Calla podia vomitar era sangue. Além disso, nossas manhãs eram à noite.

Corri atrás dela, mas ouvi Al perguntar:

— *Como os dois correram tão rápido?*

— *Docinho, você está bem?*

— *Igual a todas as 'manhãs'* — *Calla respondeu enquanto enfiava a cabeça na privada.*

Eu sabia a resposta para minha próxima pergunta, porque era a mesma que ela me dava todas as manhãs:

— *Posso pegar alguma coisa para você?*

278

— *Não.*

Ouvi passos se aproximando.

— *Precisamos contar a eles.*

— *Calla* — *Valencia a chamou e espiou dentro do banheiro.* — *Você está... Isso é sangue?*

Eu me virei e deparei com seus olhos azuis arregalados.

— *Val...*

— *Está tudo bem, Valencia.* — *Calla se levantou e foi até a pia para enxaguar a boca.*

— *Como assim, está tudo bem? Você está vomitando sangue!* — *gritou sua amiga.*

— *Farei o que você quiser* — *afirmei antes de sair do banheiro. Voltei para a sala de jantar e sentei-me novamente.*

— *Tudo bem?* — *perguntou Marcy.*

— *Sim* — *respondi, e meu olhar encontrou o de Shauna.*

Devo dizer que Shauna estava levando muito bem o fato de que sua filha era uma vampira grávida. Era o que ela queria para Calla durante toda a vida. Não a parte do vampiro, mas a parte em que sua filha seria amada por alguém. Ela sorriu levemente para mim, indicando que entendia o que estava acontecendo.

Calla e Valencia voltaram alguns momentos depois.

— *Só digo uma coisa* — *começou Valencia* —, *Calla estava vomitando sangue no banheiro, e seu noivo médico está agindo como se ele não se importasse.*

— *Você estava vomitando sangue?* — *perguntou Betha.*

O olhar escuro de Calla encontrou o meu. Porra, eu sentia falta de seus olhos verdes.

— *Depende de você* — *respondi em voz alta à pergunta silenciosa sobre se deveríamos contar a eles.*

— *Depende de ela dizer o quê?* — *Al perguntou.*

— *Todo mundo pode terminar de comer, e então temos algo para contar a vocês* — *Calla respondeu e pegou o garfo, apenas para brincar com o espaguete em seu prato.*

Valencia empurrou o prato para longe dela.

— *Depois de ver você vomitando sangue, estou satisfeita.*

—*Tão dramática* — *murmurou Calla.*

— *Estou saciada também. Obrigada pelo adorável jantar* — *Shauna disse a Marcy.*

Todos começaram a se levantar.

— *Sem problema. Pode deixar que recolho os pratos* — *disse Marcy.*

— *Como já sei o que Calla vai contar a todos vocês, vou lavar a louça* — *Shauna afirmou.*

Foi a vez de Marcy protestar:

BURN FALLS

— Não posso deixá-la f...

— Que tal deixarmos tudo aqui e, depois de darmos a notícia, todos ajudaremos? — interrompi. Todos concordaram e finalmente foram para a sala de estar.

— Tudo bem — começou Calla. — Todo mundo precisa se sentar.

— Você está me deixando nervosa. — Betha riu.

— Estou mais nervosa que vocês — respondeu Calla ao se aproximar de mim.

Eu a puxei para o meu lado e beijei o topo de sua cabeça.

— Eu posso fazer isso — ofereci.

Ela olhou para mim e disse:

— Não, pode deixar. Só esteja preparado se alguém desmaiar.

Nós dois rimos.

"Eu cuido da V, caso ela desmaie", Athan disse para nós dois, por telepatia.

Calla acenou com a cabeça.

— Nossa bisavó Gael engravidou de um vampiro chamado Renzo, o que significa que todos nós — ela apontou entre ela, Al e Betha — temos veneno de vampiro em nossas veias. Renzo, em 1928, transformou Draven e Athan em vampiros e, há algumas semanas, eu quase morri num acidente de carro. Draven me salvou ao me transformar, e A Mãe dos Vampiros nos deu a capacidade de gerar um bebê-vampiro puro. — Calla se virou e alisou o suéter sobre a barriga; um suéter que ela usava em pleno mês de maio, para tentar esconder a barriga protuberante.

A sala ficou em silêncio e então Valencia começou a rir.

— Essa foi boa. Quase acreditei por um segundo.

— Não estou brincando — Calla declarou. — Pense sobre isso, V. Pense sobre você e Athan...

Calla parou de falar e, quando o pensamento estalou em sua mente, seus olhos se arregalaram e ela encarou Athan, ao seu lado.

— Você é um vampiro? — perguntou, boquiaberta.

Ele assentiu sem hesitar.

— Sim.

— Nós somos vampiros? — Al perguntou.

Calla balançou a cabeça.

— Não, você e Betha só têm traços vampíricos.

— E o papai? — perguntou sua irmã.

— Ele tinha todos os traços — Shauna afirmou. — Ele era rápido, forte e tinha os reflexos de um gato.

— Você pode nos transformar também? — Al perguntou.

— Não — afirmou Calla.

— Você é um vampiro! — Valencia gritou para Athan. — Você não acha que

Kimberly Knight

isso é algo que deve ser dito a alguém com quem se está dormindo? — Ela empurrou o peito dele, mas ele sequer se moveu. — *E você!* — Ela se virou para encarar Calla. — *Nem passou pela sua cabeça me dizer que quase morreu?*

Na noite seguinte, Calla e eu nos casamos no quintal de Martin. Valencia ainda estava atirando adagas em Athan, mas parecia que ela havia perdoado a amiga. Martin realizou a cerimônia, e tudo, a meu ver, foi perfeito. Calla era perfeita e isso era tudo que importava.

— *Você vai me carregar além da soleira?* — Calla perguntou depois que a limosine alugada nos deixou no hotel.

— *Pode apostar que sim.*

Athan já havia feito nosso check-in e me entregado a chave do quarto. Sem mais hesitações, inclinei-me e peguei Calla em meus braços. Seu vestido branco e volumoso acabou cobrindo seu rosto e ela começou a rir.

— *Eu mal posso esperar para tirar essa coisa.*

Entrei no hotel e fui direto para os elevadores.

— *Mal posso esperar para tirá-lo de você.* — Apertei o botão de chamada e as portas se abriram. Entrei na mesma hora, selecionando o número correto do andar.

— *Você quer tentar oito hoje à noite?* — Calla sorriu e olhou para mim.

— *Andou lendo a minha mente?* — provoquei.

Nos últimos meses, desde que ela se transformou, tínhamos aumentado constantemente nossa meta, já que nossa vida sexual era intensa – mesmo se ela estivesse grávida. No começo, eu estava preocupado em machucar o bebê, mas ele era um vampiro puro, e deduzi que seria mais forte do que nós dois.

— *Não, mas percorremos um longo caminho desde aquele primeiro.*

— *Sim, docinho, percorremos mesmo.* — Abri a porta do nosso quarto e dei à minha esposa o que ela queria.

Luna cresceu no ventre da mãe em um ritmo acelerado, e Calla deu à luz depois de apenas seis meses de gravidez. Acabei ficando com a máquina de ultrassom – depois de fazer uma doação substancial ao consultório médico para que eles pudessem substituí-la –, e fiz o parto da minha filha em um quarto montado especificamente para isso.

Olhando para Luna agora, no banco de trás, você pensaria que ela nasceu há dois anos. Ela já caminhava para todo lado. Eu não sabia quando ela iria parar de crescer porque nunca havia encontrado ninguém de sua espécie antes, mas tinha certeza de que ela se pareceria a uma mulher adulta em alguns anos.

Segurei a mão de Calla e entrelacei nossos dedos enquanto dirigia.

— Você está bem, docinho?

— Não acredito que já se passou um ano.

— Sim.

Fazia um ano desde que desliguei os aparelhos de Miles naquele hospital. Se ele tivesse ido com Donovan para Chicago, eu não tinha certeza se algum dia teria conhecido minha esposa. Porém, uma parte minha sabia que nossos caminhos teriam se cruzado em algum momento, já que somos almas gêmeas.

— Vou ganhar um presente também? — Luna perguntou do banco traseiro, tirando-me dos meus pensamentos.

Calla se virou para encará-la.

— Não, bebezinha. Você já abriu todos os seus presentes no Natal.

— Por que estamos fazendo isso agora então?

Minha esposa olhou para mim, e eu me concentrei novamente na estrada, pegando o acesso que levava ao cemitério.

— Porque meu pai não conseguiu abrir o dele, ano passado, então estamos fazendo isso agora.

— Mas ele está morto.

— Ele está — concordou Calla —, mas a vovó quer fazer isso, e isso significa que temos que fazer o mesmo.

— Tá bom. — Luna revirou os olhinhos. Eu não tinha certeza se queria que o envelhecimento dela fosse acelerado ou mais lento, porque, na verdade, eu não queria que ela crescesse.

Depois que todos se abraçaram, Calla e sua família se sentaram em cadeiras estilosas no formato de uma meia-lua em frente à lápide de Miles. Uma tenda havia sido erguida para evitar que a neve nos atingisse, e uma plataforma de madeira foi instalada na grama para que a umidade não estragasse as embalagens dos presentes. Segurei Luna em meus braços enquanto os observávamos abrir cada presente.

Restava apenas mais um, quando Calla disse:

— É para você, mãe. — Ela lhe entregou o pacote.

Shauna o pegou e, depois de ler o rótulo, disse:

— É do seu pai.

Calla acenou com a cabeça e observamos enquanto sua mãe rasgava o embrulho. Ela abriu a caixa e pegou um relógio ali de dentro. De onde eu estava, pude ler o verso quando ela o virou. Havia uma inscrição gravada que dizia:

Prometo te amar até meu último suspiro.

Mal sabia Miles que seu último suspiro se tornou o meu começo.

FIM

NOTA DA AUTORA

Caro leitor,

Espero que tenha se divertido com *Burn Falls*. Escrever um romance paranormal foi algo novo para mim, e tenho que admitir que adorei. Se puder, ficarei imensamente grata se deixar uma avaliação no Amazon e no Goodreads. Resenhas sinceras ajudam outros leitores a encontrar meus livros, e o seu apoio é muito importante para mim.

Por favor, também assine minha Newsletter para ficar por dentro de todas as novidades sobre os próximos lançamentos. O link pode ser encontrado aqui no site: www.authorkimberlyknight.com. Siga-me também nas redes sociais, como Facebook (www.facebook.com/AuthorKKinight), ou no Instagram:

@authorkimberlyknight

Obrigada, mais uma vez. Você realmente me ajudará ao deixar uma resenha nas plataformas de leitura. Seu amor e apoio significam tudo para mim, por isso os estimo tanto.

Beijos,
Kimberly

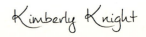

AGRADECIMENTOS

Sempre começo pelo meu marido, porque é ele quem mais me apoia nesta jornada. Então, muito obrigada pela sua ajuda com Burn Falls. Eu agradeço, mesmo que você tenha dito que a trama te dava dor de cabeça. Eu te amo, sabia?

À Andrea M. Long – Eu sei que já dediquei este livro a você como uma forma de agradecimento, mas queria dizer meu muito obrigada outra vez. Sua ajuda foi imprescindível para dar vida ao Draven. Quando você vem me visitar?

À minha revisora, Jennifer Roberts-Hall – Acho que estamos melhorando. Somos como uma máquina bem-lubrificada. Obrigada pela sua ajuda constante e por sempre manter meus interesses em primeiro lugar.

Às minhas alfas-betas – Carrie Waltenbaugh, Kristin Jones, Stacy Nickelson e Stephanie Brown – Obrigada por confiarem em mim o bastante para me darem uma chance com este gênero tão novo para mim. Eu não teria conseguido, de verdade, sem a ajuda de vocês por todo o caminho.

Às minhas betas – Laura Green, Lauren Barrows e Zetoon Zafar – Obrigada por garantirem que a história fizesse sentido e pela confiança quando decidi me aventurar por este novo gênero. Agradeço demais pelo tempo e o feedback que vocês me deram.

A todos os blogueiros que participaram da blitz de lançamento – Obrigada pelo apoio e pelas resenhas! Sem vocês, não faço ideia de onde estaria agora. Todos me deram uma chance e aos meus livros, a todo tempo, e não tenho como expressar em palavras o quanto sou grata por isso.

À Dyana Newton e Brian Byrne – Obrigada pelas respostas a todos os questionamentos a respeito de Medicina.

À Andrea Johnston – Obrigada por me ajudar com a história em uma determinada cena e por ter me dado a ideia do lubrificante morno. ;)

E, finalmente, um agradecimento aos meus leitores – Obrigada por acreditarem em mim, e por darem uma chance aos meus livros, mesmo a este romance paranormal que é tão diferente do meu estilo. Sem ter vocês comprando meus livros e fazendo questão de deixar resenhas e avaliações, eu não estaria escrevendo e vivendo o meu sonho.

SOBRE A AUTORA

Kimberly Knight é autora best-seller do *USA Today* e vive em Central Valley na Califórnia com seu amado marido, que é um ótimo assistente de *pesquisa*, e sua filhinha, que a mantém atenta. Kimberly escreve uma variedade de gêneros do romance, incluindo suspense, contemporâneo, erótico e paranormal. Seus livros farão você rir, chorar, desmaiar e se apaixonar antes que ela jogue em você várias bolas que não estava esperando.

Quando Kimberly não está escrevendo, você pode encontrá-la assistindo seus *reality* shows favoritos, incluindo competições culinárias, maratonando documentários de *true crime*, e indo aos jogos do San Francisco Giants. Ela também lutou duas vezes contra um câncer/tumor desmoide, o que a deixou mais forte e a tornou uma inspiração para os seus fãs.

authorkimberlyknight.com
facebook.com/AuthorKKnight
instagram.com/authorkimberlyknight
pinterest.com/authorkknight
twitter.com/Author_KKnight

A The Gift Box é uma editora brasileira, com publicações de autores nacionais e estrangeiros, que surgiu no mercado em janeiro de 2018. Nossos livros estão sempre entre os mais vendidos da Amazon e já receberam diversos destaques em blogs literários e na própria Amazon.

Somos uma empresa jovem, cheia de energia e paixão pela literatura de romance e queremos incentivar cada vez mais a leitura e o crescimento de nossos autores e parceiros.

Acompanhe a The Gift Box nas redes sociais para ficar por dentro de todas as novidades.

 www.thegiftboxbr.com

 /thegiftboxbr.com

 @thegiftboxbr

 @GiftBoxEditora

Impressão e acabamento